바보온달,
조조와 지혜를 겨루다

바보온달, 조조와 지혜를 겨루다

상상예찬

데운 술을 앞에 놓고
《삼국지》를 논하다

나는 이 책을 통해 삼국지를 몇가지 새로운 시선으로 써내고 싶었다.

그래서 첫째, 신화를 타파해 보았다. 신단(神壇) 위에 올라간 제갈량을 인간 본연의 모습으로 되돌려 놓고자 했다. 유비의 환심을 사려고 고뇌하는 모습과 교활한 모습, 귀신 뺨치는 농간을 부려대는 제갈량을 통해 그를 인간 본연의 모습으로 되돌려 보내고 싶었다.

둘째, 삼국시대를 둘러싼 역사적 왜곡과 날조를 벗겨내었다. 마속(馬謖)의 억울함을 풀어주고, 아두에 대한 오명도 정정하고 여포의 설욕까지 도맡아주고 싶었다.

셋째, 역사의 진실을 투명하게 밝혀보았다. 따라서 이 책에서만은 천하를 버리고 평범한 삶을 선택한 유기(劉琦)의 결단을 높이 사고 있다. 또한 병사들의 목숨을 제 것처럼 여겼던 장수 조운(趙云)과 평화주의자였던 노숙(魯肅), 투항을 결정할 수밖에 없었던 아두의 소신 있는 행동을 찬양하고자 했다.

이 책을 쓰게 된 가장 큰 이유는 바로 의혹을 제거하는 일이었다.

유비는 왜 서주 태수의 제의를 세 번이나 거절했을까? 현령이 된 후 방통(龐統)은 왜 나태한 생활로 일관했을까? 미모와 무술을 겸비한 손권의 누이는 왜 유비와 같은 중늙은이와 결혼했을까? 요화는 왜 선봉장에 임명되었을까?

이 밖에도 《삼국지》에는 우리의 호기심을 자극하는 소재가 무궁무진하다.

조운과 여포의 대결은 어떻게 되었을까? 조조는 언제부터 편두통에 시달리게 된 것일까? 만약 방통이 살아 있었다면 후에 제갈량과 세력 다툼을 일으키지는 않았을까? 제갈량 때문에 주유가 화병으로 죽자 소교(小喬)는 과연 수절했을까? 등등 이야기를 꺼내자면 끝이 없다.

　무엇이 진정한 영웅이고 무엇이 간신인가? 어떻게 하면 단 번에 기
회를 찾아낼 수 있으며 한 번 잡은 기회는 어떻게 적절히 활용할 것인
가? 유혹 앞에서 어떻게 대처하는 것이 좋을까? 실패의 원인을 어디서
부터 찾을 것인가? 고수가 되는 길은 어떤 것일까? 용기와 지혜는 어
디서 얻을 수 있을까? 인재를 발견하고 양성하여 중용하기에 이르기
까지 어떻게 하면 좋을까? 도덕적 가치는 무엇이고 의리는 또 왜 중
요한 것인가? 정의를 구현하고 불의를 물리치는 방법은 무엇일까? 독
립적으로 사고하려면 어떻게 해야 할까? 현상의 본질을 파악하는 혜
안을 기를 방법은 없는가?

　이러한 고민들은 비단 삼국지에만 존재하는 것은 아니다. 현대의 젊
은이들도 함께 고민해 볼 수 있는 문제라고 생각하지 않는가?

　이 시대를 사는 젊은이들이 이 책을 읽고 난 후 사회를 바라보는 통
찰력과 인생을 관조하는 여유를 얻게 된다면 더 바랄 것이 없겠다. 거

기다 정신적인 긴장과 스트레스까지 한 방에 날려버릴 수 있다면 금상 첨화일 터다.

이처럼 인생을 풍자하고 사회의 통념을 뒤집고 현실을 반영하는 새로운 '고전읽기'와 과감한 '역사 비틀어 보기'야말로 우리 젊은이들에게 가장 필요한 것이 아닐까 하는 생각을 전하며 이제부터 삼국지를 깨부수기로 하자.

런하오(仁灝)

목 차

제3장 삼국지에서 배우는 영웅의 처세학

큰 꿈을 누가 알겠느냐.
평생 스스로 알고 족할 뿐.
봄날 초당에 누워 한숨 자고 일어나 창밖을 보니
아직도 해는 뉘엿뉘엿 하누나.
(大夢誰先覺 平生我自知 草堂春睡足 窓外日遲遲)

제1장

삼국지에서 배우는
리더의 처세학

하나,
장비와 장팔사모

공적인 상황에서는 감정이 아닌 이성을 좇아라.
감성에 의존한 자유는 방종일 뿐이다.

유비가 평원(平原)의 현령이 되자 관우 역시 군관이 되어 군사를 통솔하고 병마를 훈련시키는 일을 담당하게 되었다. 그러나 의형제들과 달리 장비만은 관직에 오르지 않았다.

본래 장비는 연산조사(燕山鳥蛇) 파의 두목으로 직업은 백정이었다. 장비 스스로도 자신은 벼슬길에 나서기보다는 돼지를 잡는 백정일이 제격이라고 여겼다. 그러나 그 후 장비는 평원 현의 포도대장을 맡아 십여 명의 포졸들을 이끌고 온종일 현상범을 잡는 귀찮은 일을 맡게 되었다. 하지만 사실 한때 강호를 호령하였다던 도적떼 두목도 단숨에 해치운 장비에게 평원 현의 애송이 도적떼들을 혼내주는 일은 식은 죽 먹기였다.

애용하는 무기인 장팔사모를 든 장비는 평원 현의 관내를 연일 샅샅

이 누비고 다녔다. 주점, 찻집, 유곽, 약방 등등의 주인들은 장비를 보기 위해 맨발로 뛰어 나와 눈물까지 글썽이며 연신 고개를 조아렸다. 장비는 자부심을 가졌고, 스스로도 매우 흡족해 했다. 그러나 장비의 그러한 기쁨은 그리 오래가지 않았다.

어느 날 긴 가마 행렬이 평원 현의 관아를 찾아왔다. 요란하게 나팔을 불어대는 나팔수의 뒤로 체격이 건장한 호위 무사들이 뒤따랐다. 거만하게 반쯤 내리깐 그들의 눈빛에 배알이 뒤틀린 장비는 당장이라도 휘두를 듯 장팔사모를 만지작거렸다.

이윽고 가마 안에 타고 있던 독우(督郵-관직명, 시찰관-역주)가 모습을 드러냈다. 옥같이 하얀 얼굴에 턱에는 수염 한 올도 나있지 않은 이였다. 장비는 그가 황제가 보낸 시찰관이라는 사실을 한눈에 알아보았다. 독우는 허리춤에 가느다란 채찍 하나를 차고 거만하게 외쳤다.

"평원 현령 유비는 나와 황제의 명을 받아라!"

유비는 최대한의 예의를 갖춰 독우를 관아로 인도하고 관우와 예를 갖춰 무릎을 꿇고 앉았다. 상석에서 입을 연 독우는 인과 예를 운운하면서 앵무새처럼 종알거렸고, 밖에서 그 광경을 지켜보고 있던 장비는 잠시 후 유비의 얼굴이 사색으로 변한 것을 보고서 유비가 파직되었다는 사실을 알았다. 장비는 다짜고짜 관아로 뛰어 들어가 독우에게 고했다.

"억울합니다! 비록 손바닥만 한 땅이지만 유비 형님이 현령이 된 후로 우리 삼형제는 최선을 다해 이곳을 지켜왔습니다. 이런 공로마저 무시당하는 겁니까?"

그러자 독우가 유비를 보며 물었다.

"저놈은 도대체 무엇 하는 놈이기에 이렇게 무례한가?"

"대인. 저 녀석은 제 동생 장비로 평원 현의 포도대장을 맡고 있습니다. 타고난 성격이 호탕하여 가끔 입바른 소리를 하지만 단지 예의범절을 갖추지 못하여 그럴 뿐 악의가 있어서 그런 것은 아닌 줄로 아뢰옵니다."

유비의 대답에 독우는 가소롭다는 듯 웃기 시작했다.

"풋! 입바른 소리라고? 장비! 네놈이 바로 돼지를 죽여서 유명해진 인간백정이로구나? 듣자하니 백정 일을 해서 모은 돈 전부를 유비에게 갖다 바쳤다면서?"

당황한 유비가 말했다.

"대인, 저는 오로지 군사를 모으고 병마를 사는 데 유용했을 뿐이옵니다. 또한 장비는 이 평원 현의 도적을 잡는데 많은 공헌을 한 자이옵니다."

독우는 유비의 말은 듣는 둥 마는 둥 하며 계속해서 장비에게 물었다.

"소문에 의하면 네가 연산조사파의 두목이었다고 하던데 너는 어떤 병기를 사용하느냐?"

"대인께 아뢰옵니다. 제가 가진 병기라고는 장팔사모가 전부입니다. 그것 하나만으로 이 평원현의 도적떼들을 모두 일망타진했사옵니다."

"검이 아니라 삼지창이었다고? 네놈에겐 차라리 돼지 잡는 칼이 훨씬 더 잘 어울리겠는걸. 하하하!"

독우의 파안대소에 장비의 검은 얼굴이 새파랗게 질려갔다. 그것은 장비가 살인을 저지르기 직전에 나타나는 징조였다. 고개를 숙이고 있던 장비가 얼굴을 들어 독우를 노려보자 독우의 신변을 지키는 호위무사가 한걸음에 달려와 살기등등한 눈빛으로 장비를 노려보았다. 그러나 장비는 거침없이 말했다.

"저는 사람을 죽일 때는 돼지 잡는 칼을 쓰지 않습니다. 그야 물론 사람을 죽이는 일이 훨씬 더 쉽기 때문이지요. 돼지는 아무리 머리가 나빠도 자신이 죽을 것을 미리 눈치 채고 소리를 질러 대는데, 사람은 죽음이 코앞에 닥친 줄도 모르고 여전히 웃고 있으니까요."

장비의 말에 이번에는 독우의 얼굴이 새파랗게 질렸다. 장비는 그런 독우에게 서늘하게 물었다.

"도대체 무슨 연유로 유비 형님을 파직하려는 것입니까?"

장비의 기세에 놀란 독우는 어투를 점잖게 바꾸어 말했다.

"이미 도적떼는 완전 소탕되었다. 조정은 이제 관직을 개편하고 관원을 축소하려고 한다. 그런데 현령 유비는 소학도 졸업하지 않은 몸으로 단지 도둑놈 몇몇을 잡았다는 것만으로 7품에 해당하는 관직에 임명되었다. 유비는 황실의 봉록을 받기에 자격이 미달되므로 파직하기로 결정한 것이다."

그 말에 유비는 온몸을 부들부들 떨며 고개를 숙였고, 보다 못한 장비가 또 다시 나섰다.

"유비 형님은 독학으로 이미 스스로 배우고 익힌 바 있습니다. 동탁이야말로 일자무식인데다가 조정에 세운 공로도 변변치 않은 자가 아닙니까? 그런데도 조정은 그를 정서(征西) 대장군의 자리에 앉히지 않았습니까? 독우께서는 이것을 어떻게 설명해주실 것입니까?"

"이런 발칙한!"

독우의 얼굴에서 핏기가 싹 가셨다. 보다 못한 유비가 장비를 꾸짖으며 말했다.

"막내는 무례한 말을 삼가지 못하겠느냐? 동탁 장군을 대신으로 임명한 것은 그의 무공이 뛰어났기 때문이다. 어찌 나와 같은 평민을 동탁 장군과 비교하려 하느냐?"

장비는 여전히 앞뒤를 분간하지 못하고 떠들어댔다.

"무공은 무슨 얼어 죽을 무공입니까! 동탁이 도적단 두목에게 생포되어 목숨이 위태로울 때 그를 구해준 사람이 누군지 아십니까? 바로 접니다. 동탁이 대장군이라면 유비 형님께서는 어찌 현령이 될 수 없단 말입니까?"

장비의 말에 독우는 인내심에 한계를 느꼈는지 버럭 화를 내며 외쳤다.

"네놈이 정녕 조정과 대신을 우롱하려 드느냐? 죽음이 두렵지도 않느냐?"

독우가 호통을 치자 관아는 찬물을 끼얹은 듯 조용해졌다. 유비의 얼굴은 점점 울상이 되어갔다. 이와 같은 상황이야말로 독우가 바라던 것이 아니던가? 한 손에 채찍을 든 독우가 회심의 미소를 지으며 유비에게 물었다.

"자네가 황제의 친척이라는 소문이 있던데 그 말이 사실인가?"

유비는 머뭇머뭇하며 말했다.

"조부와 선친께서 그리 말씀하시는 것을 들은 적은 있사오나 정확하지는 않사옵니다."

장비는 순간 눈에서 불이라도 뿜어져 나올 것 같았다. 아니, 하마터면 기절할 뻔했다. 그도 그럴 것이 장비는 유비가 황제의 친척이라는 사실을 철석 같이 믿어왔던 것이다. 가산을 쏟아 부으면서까지 물심양면으로 유비를 도왔던 까닭도 거기에 있었다. 하지만 지금 유비의 어투는 황제의 친척임을 부인하는 것처럼 들렸다. 조급한 마음에 장비가 소리쳤다.

"유비 형님은 황제의 삼촌뻘 되는 줄로 아뢰옵니다."

"이것은 매우 중요한 문제이다. 이 일은 어사대에 특별히 사람을 보내서 해결해야 한다. 마침 여기 있는 기영(紀靈) 장군이 공평무사하다고 하니 너희들의 주장을 믿어줄 것이다. 기영 장군이 조정으로 돌아간 후 황제께 이 사실을 보고하면 반드시 네 출세를 약속해주실 것이다. 유비, 이제 그만 됐으니 돌아가도 좋다."

비로소 마음을 놓은 유비는 얼굴 가득 환한 미소를 띠었다. 그러나 장비는 뭔가 수상쩍은 생각이 들었다. 기영의 정체가 강호의 무사라는 소문을 들은 바 있었기 때문이다. 장비는 궁금증을 풀기 위해 꼬치꼬치 캐묻기 시작했다.

"혹시 대인은 원술(袁術)의 부하가 아닙니까? 게다가 원술이라면 회북(淮北) 사람인데 도대체 언제 이곳에 왔단 말입니까?"

"잘 알고 있군, 그래."

짧게 대답한 후 독우가 말을 이어나갔다.

"원 대인이 기영장군을 어사대로 특별 파견한 것은 조정의 재건을 돕기 위한 일이다. 눈치를 챘으니 하는 말인데 우리의 봉록은 원술이 주지만 실상은 조정을 위해 일하고 있다."

차츰 독우의 정체가 드러나고 있었다. 적(籍)은 다른 곳에 두었음에도 불구하고 조정의 임시 관원을 사칭하며 유비가 황제의 친척인지 아닌지를 알아보고자 하는 것은 사실 누가 봐도 터무니없는 이야기이다. 장비는 점차 독우의 정체가 의심스러워져 다시 질문을 던졌다.

"어찌해야 기영 장군께서 유비 형님이 황제의 삼촌이란 사실을 믿어주실까요?"

"좋은 질문이다."

그 말은 이제껏 잠자코 있던 기영의 입에서 나왔기에 장비는 깜짝 놀랐다. 하지만 기영의 입에서 나온 다음 말에 장비는 더욱 경악을 금치 못했다.

"황금 202근을 가지고 오너라. 황제의 삼촌 아니라 할아버지라고 해도 네 말을 믿어주마."

❈

"천하의 탐관오리 같으니라고! 청렴한 관리로 살아온 내게 황금을 요구하다니. 무슨 수로 그렇게 많은 황금을 구할 수 있단 말이냐?"

자신의 숙소로 돌아온 유비는 매우 강경한 어조로 소리쳤다. 장비와 관우는 잠자코 유비의 말에 귀를 기울였다.

"내가 보기에 저들의 술수가 보통이 아닌 것 같구나. 탐관오리를 척결한다는 말은 핑계에 불과하고 돈을 뜯어내기 위한 수작이 틀림없다."

"저 두 놈을 당장 없애버리겠습니다!"

장비의 살기는 이미 하늘을 찌를 듯했다.

"쉿! 셋째 아우는 목소리를 낮추게나. 벽에도 귀가 있단 말도 있지 않은가. 장비, 머리통이 날아가지 않으려면 항상 조심해야 하네. 게다가 독우는 황제가 보내온 사람이니 함부로 그를 벌할 수는 없지 않은가."

유비는 뒷짐을 진 채로 복도를 몇 번 오간 후에 다시 말을 이었다.

"독우를 없애는 일은 어려운 일이 아니나 그 즉시 조정의 관원에게 쫓기는 신세가 될 거라는 사실을 염두에 두어야 하네."

"백성을 위해서라도 놈을 죽이는 것이 좋겠다고 생각해요. 조정도 우리의 수고를 치하할 테고요.”

장비는 여전히 기세등등했다. 그러나 유비는 그런 장비에게 호통을
쳤다.

“허튼 소리! 황제가 우리를 믿어줄 거라고 생각하는가? 독우는 황제
가 아끼는 사람이네. 그런 사람을 죽이고서 어찌 충성을 다했다고 말
할 수 있는가?”

유비는 긴 한숨을 내쉬었다.

“우리에게 황제의 측근이 없다는 사실이 참으로 애석하구나.”

“유비 형님, 중산정왕(中山靖王) 유정(劉靖)이 형님의 할아버지뻘이라
고 하지 않았나요? 황제에게 이 사실을 알리기만 하면 될 것 아닙니
까? 잠자코 있다가는 우리까지 형님처럼 억울한 누명만 쓰고 살게 된
다고요.”

“황실과 우리 일가가 친분이 있는지는 모르나 이를 관아에 증명할
방법이 없다. 설령 이것이 사실이라고 해도 너무 오랜 세월이 흘러버
린 탓에 황제의 친척이라고 주장한들 어느 누가 이렇게 가난한 친척이
있다는 사실을 믿어주겠는가?”

유비는 잠시 머뭇거리다가 다시 입을 열었다.

“이제 와서 황제의 삼촌이라고 떠들어보았자 황제의 친척을 사칭하
는 행위가 될 뿐이다. 또한 나 하나의 안위를 구하기 위해 더 많은 사
람들을 희생시키는 결과를 가져올 수도 있다. 너희들은 유방이 자기를
백사의 후예라고 하는 말을 믿느냐? 나 또한 그와 다를 바 없는 처지
이다.”

관우는 고개를 저으며 말했다.

“저와 장비는 형님이 황제의 친척이란 사실을 추호도 의심해 본 적

이 없습니다. 기왕 이렇게 된 바에 천하를 다투면 뭣하겠습니까?"

유비는 난감하기 이를 데 없었다.

"우리가 최선을 다한다면 하늘도 분명 우리를 도울 것이다. 물론 나도 독우와 기영 같은 탐관오리들을 한없이 경멸하지만 그렇다고 해서 함부로 해칠 수는 없는 일이다. 수년간 과거에 응시했지만 번번이 떨어지고 이제 서른을 넘겨 어렵게 현감이 되었다. 밥도 한 번에 한 술씩 먹어야 하듯 천자의 자리에 오르는 일도 단계가 있는 일이다."

"그럼 어떻게 하면 좋을까요?"

"결론을 내리자면 재물이란 한낱 먼지 같은 것이다. 옛말에 숲이 무성하면 땔나무를 걱정할 필요가 없다고 했다. 어쨌든 그들이 요구하는 대로 황금을 바치는 수밖에 다른 도리가 없는 것 같구나. 하지만 독우는 반드시 이에 상응하는 대가를 치르게 될 것이다. 그들에게 반드시 본때를 보여주고 말 테다. 기영을 없앨 수 있는 정당한 이유를 찾아서 유비란 인물이 그렇게 호락호락한 사람이 아니라는 것을 보여주고 말 게야."

"하지만 기영을 죽여 버리면 형님이 황제의 삼촌이란 사실은 누가 황제에게 증명해주죠?"

보기보다는 예리한 장비의 질문에 유비는 감탄하며 대답했다.

"기영보다는 독우를 황제에게 보내는 편이 훨씬 더 효과적이라고 생각한다. 아우야, 너는 태감들이 하는 일이 무엇이라고 생각하느냐? 그것은 바로 달콤한 말로 황제의 눈과 귀를 멀게 하는 일이다. 아첨에 관한 일이라면 아마 베개를 함께 쓰는 황후도 따라오지 못할 것이다."

거기까지 미리 염두에 두다니 유비는 확실히 머리가 좋았다. 장비는 이제야 자신이 유비의 발끝에도 미치지 못한다는 것을 확실히 깨닫게 되었다. 유비는 과연 장비가 상상했던 것보다 더 대단한 인물임에 틀림없었다. 장비는 기뻐서 어쩔 줄 몰라 하며 말했다.

"좋습니다. 기영의 머리는 저를 주십시오."

유비가 손사래를 치며 말했다.

"도적떼를 죽이는 일이라면 네게 맡기겠다만 이것은 조정의 관리를 죽이는 일이다. 따라서 자칫하다가는 화를 불러올 수 있다. 화를 자초하는 일은 애초에 피하는 것이 현명하지 않겠느냐. 이번 일은 관우에게 맡기는 것이 좋을 성 싶구나. 관우는 신중하니까 실수 없이 처리할 것이다."

유비는 모질게 마음을 먹고 조상 대대로 내려오던 진귀한 패물과 서화들을 내다 팔아 황금 202근을 모았다. 그러고는 길일을 택하여 독우와 기영을 초대해 연회를 베푼 다음, 손수 황금을 가져와 그들에게 바쳤다. 기분이 좋아진 독우와 기영은 즉석에서 유비를 친구로 삼았다.

장비는 연회 내내 기회를 엿보고 있다가 관우에게 눈짓을 보냈다. 관우는 기영에게 다가가 독우의 흥도 돋울 겸 검술이나 한 판 겨루는 것이 어떻겠느냐고 청했다. 기영은 두말 않고 관우의 청을 받아들였다.

관우가 먼저 청룡언월도를 뽑아 들었다. 기영 역시 사람을 시켜 검을 가져오게 했다. 두 사람이 무예를 겨루는 모습은 실전인지 연습인지 도무지 분간할 수 없을 만큼 긴장감이 흘렀다.

연회의 분위기가 무르익자 독우는 탁자 모서리에 채찍을 휘두르며 박자를 맞추기 시작했다. 관우는 비틀거리며 짐짓 취한 척했다. 사실 관우가 마신 술은 겨우 반 단지도 되지 않았다. 기영은 이미 술 두 단지를 모두 마신 후였다.

기영은 원술이 거느리고 있는 장수 가운데 최고의 고수였다. 만약 그가 술에 취하지 않는다면 관우 혼자서는 당해내기 힘든 상대가 틀림없었다. 그런데 이것이 어찌된 일인가! 기영의 검술은 술 취한 상태에서도 전혀 변함이 없었다. 결국 관우는 기영의 기선을 제압하는 데 실패하고 말았다.

이것은 전혀 예상치 못했던 상황이었다. 장비와 관우가 사전에 모의한 바에 의하면 두 사람의 경합이 3회를 넘기기 전에 관우는 기영을 찌른 후 바닥에 쓰러지기로 되어 있었다. 다음날 아침, 잠에서 깬 관우가 술에 취해 실수를 저질렀다고 하면 작전은 완벽하게 성공하는 것이다. 그런 다음에 유비가 나서서 독우에게 사죄하면 독우는 혼자서 황금을 차지하게 되므로 말썽이 생길 이유가 없었다.

하지만 장비는 물론이고 관우 역시 기영의 주량이 이처럼 세리라고는 전혀 예상치 못했다. 보통 사람들과는 달리 기영은 술이 들어가면 들어갈수록 더욱 날렵한 검술을 발휘하고 있었다. 이를 지켜보고 있던 장비는 갑자기 앞이 캄캄해졌다. 관우는 전에 한 번도 드러낸 적 없는 비장의 필살기까지 동원하여 가까스로 버티고 있었던 것이다.

연회장 안에는 두 고수의 검과 검이 부딪치는 소리만이 울렸다. 그러던 어느 순간 관우의 청룡언월도가 기영의 검을 쳐서 멀리 날려 버렸다. 관우의 검이 기영을 겨누었다. 상황은 이제 종료되는 듯했다. 그러나 관우는 돌연 회합장 밖으로 뛰쳐나갔다.

독우 앞으로 달려가 무릎을 꿇은 관우는 예를 갖춰 고했다.

"황송하오나 기영 장군께서 술에 취했기에 소인은 더 이상 회합을 벌일 수 없사옵니다. 더 이상의 회합은 위험하옵니다. 중요한 것은 우정이 아니옵니까? 검술을 겨루는 일은 그 다음인 줄로 아뢰옵니다."

그날 밤, 관사로 돌아온 장비가 따져 물었다.

"어째서 기영을 죽이지 않았습니까?"

"만약 기영을 죽였다면 나는 분명 그 즉시 독우에게 목숨을 잃었을 것이다."

관우가 차갑게 대답했다.

"그게 무슨 말입니까?"

"기영은 사실 내 적수가 될 수 없다. 하지만 우리의 예상과는 달리 독우는 절대 고수일 가능성이 크다. 그는 애초에 전혀 술에 취하지도 않았다. 그 뿐인 줄 아느냐? 독우가 가지고 있던 채찍은 보기와 달리 상당히 위협적이었다. 아까 내가 기영의 급소를 치려고 다가서려는 순간 갑자기 옆구리 쪽으로 살기가 느껴졌다. 순간 당황스럽더구나. 시선을 돌려 주위를 돌아보니 독우의 채찍이 공중을 가르고 있더군. 그가 휘두르는 채찍이 나의 기해혈(배꼽 아래의 혈-역주)을 막고 있었던 거야. 다행히도 금방 손을 멈출 수 있었기에 망정이지. 그렇지 않았다면….'"

관우는 조금 전의 상황을 떠올리며 아직도 가슴이 진정되지 않는 듯했다. 장비는 그제야 조금 전 관우가 왜 그런 행동을 했는지 이해할 수 있었다. 관우와 기영 장군이 검술 회합을 벌이는 동안 어쩐지 독우는 계속해서 채찍을 휘두르고 있었던 것이다.

"형님, 그렇다면 독우를 단칼에 베어버리지 그러셨습니까."

"독우는 철저한 사람이야. 그런 고수를 죽인다는 것은 당연히 쉽지 않은 일이지. 아마 너는 발끝에도 따라가지 못할 거야. 무림 천하에는 엄청난 무공을 지닌 고수들이 모여 일파를 이루고, 연일 무술을 연마하여 거의 최고의 경지에 도달한 자들이 하더군. 그들은 무공을 이용해 빠르게 관원이 되었는데 조정의 태감들이 바로 이 파의 고수들이지. 황제의 주변을 그림자처럼 따르는 이 절대고수들을 일컬어 십상시(十常侍)라고 하지, 아마. 장양(張讓)과 건석(蹇碩)은 그들 일파의 두목으로 태감이란 벼슬은 허울에 지나지 않고 사실은 황제의 오른손이나 다를 바 없어. 독우 역시 그중의 하나라고 봐야지.”

“관우 형님, 우리 둘이 힘을 합치면 독우 정도는 간단히 해치울 수 있어요.”

“나는 조정의 관리를 죽이는 일은 하고 싶지 않아.”

“하지만 형님이 자기를 죽이려고 했다는 사실을 눈치 챈 이상 기영은 결코 형님을 가만두지 않을 거예요.”

“어쨌든 나는 독우를 죽일 수 없다. 이것만큼은 원칙으로 삼고 싶구나.”

“원칙? 지금 발등에 불이 떨어졌는데 무슨 말입니까? 내 원칙은 바로 독우를 죽이는 일입니다. 형님이 못하겠다면 제가 맡죠!”

✻❊✻

장비가 독우의 숙소를 찾아갔을 때 그는 채찍을 쥔 채로 의자에 앉아 있었다. 기영 장군은 침상에 누워 곤한 잠에 빠져 있었다.

“네가 올 줄 알았다.”

독우의 입가에 알 수 없는 미소가 떠올랐다. 독우의 얼굴을 본 장비는 그가 과연 상당히 교활한 위인이라는 생각이 들었다. 자신의 목숨이 위태롭다는 사실을 알면서도 이처럼 아무렇지도 않게 미소를 지을 수 있다는 사실이 놀라웠다. 독우가 말했다.

“일찍이 강호에 떠도는 풍문을 들은 바 있으나 네놈의 장팔사모는 난생 처음이구나."

"이제 보았으니 죽어도 여한이 없겠구나."

장비의 손에 움켜쥐고 있던 장팔사모가 부르르 떨리기 시작했다. 독우는 놀랄 만큼 침착한 목소리로 말했다.

"우리 두 사람 중에서 누가 목숨을 부지할지는 아무도 모른다. 너는 왜 내가 웃고 있는지 아느냐?"

"알게 뭐냐? 태감들이란 모두 변태라고 하더니. 지옥문이 가까우니 기분이 좋은가 보구나?"

"하하하! 아직도 나의 정체를 전혀 모르고 있는 모양이구나. 모르고 있으니 내가 직접 알려주마. 내 채찍은 조사편(鳥蛇鞭)이라고 부른다. 네놈의 장팔사모와는 비교도 안 되지."

"이것 참 재미있군. 삼지창과 채찍의 대결이라. 어디 누가 진정한 고수인지 겨뤄볼까?"

"빨리도 말하는군."

독우는 말을 마치자마자 허공을 향해 팔을 뻗더니 있는 힘껏 채찍을 후려쳤다. 독우의 채찍은 과연 독기를 잔뜩 품은 뱀의 혀처럼 날렵하게 장비를 향해 날아왔다. 채찍의 끝자락이 자신의 다리를 휘감자 장비는 채찍의 위력을 깨달았다. 그러나 장비는 결코 순순히 물러설 상대가 아니었다. 장비는 순간 겁을 먹긴 했으나 이내 마치 맹수가 울부짖듯 포효하기 시작했다.

한편 독우 역시 장비의 무공이 이처럼 대단하리라고는 미처 생각지 못했다. 온몸으로 전해오는 전율을 느끼자 독우 자신도 모르게 손이 떨려왔다. 순간 때를 놓치지 않고 장비는 자신의 장팔사모로 독우의 목을 내리 찍었다. 공포에 질린 독우가 두 눈을 부릅뜬 채로 천천히 앞으로 고꾸라졌다. 독우는 자신이 이렇게 비참한 최후를 맞이할 것이라고는 꿈에서도 생각지 못했다. 장비에게서 이처럼 알 수 없는 괴력이 솟아 나오리라는 예상은 하지 못했던 것이다.

사실 이것은 오직 장비가 연마한 필살기로 '조천일후(朝天一吼)'라 불렸다. 장비는 이 필살기를 숨겨두고 지금껏 누구에게도 보이지 않았다. 머지않아 천하평정을 위해 싸우다 막다른 골목에 다다르면 쓰려고 아껴둔 최후의 보루였다. 장비는 잠에서 깨어난 기영에게 다시 장팔사모를 날렸다.

✽ ✣ ✽

유비는 죽어버린 독우와 기영의 시체를 바라보며 한숨을 내쉬었다.

"휴, 이게 운명의 장난이 아니고 무어란 말인가? 어째서 나는 순탄한 길을 놔두고 이렇게 험난한 길만 찾아 가야 한단 말이냐?"

탄식을 금치 못하는 그 얼굴에는 난감한 기색이 역력했다. 장비는 마치 큰 잘못을 저지른 어린아이처럼 고개를 푹 숙인 채 말이 없었다. 관우가 유비를 위로하며 말했다.

"장비는 사실 형님을 위한다고 저지른 일이니 너무 탓하지 마세요."

"하는 짓이 저렇게 세 살 먹은 아이 같으니 큰일을 어찌 맡기겠는가?"

유비의 상심은 이만저만이 아니었다. 하지만 이내 침착을 되찾고 말했다.

"일단 시체를 수습하고 어서 이곳을 떠나는 것이 좋겠다. 이제 우리 삼형제는 강호를 떠도는 유랑자 신세가 되었구나."

탐욕스러운 상대는 배려와 자신감으로 대하라.

상대의 비위를 적당히 맞춰주는 한편 자신이 결코 호락호락한 사람이 아님을 상대의 뇌리에 각인시켜야 한다. 눈엣가시처럼 마음에 들지 않는다고 해서 수단과 방법을 가리지 않고 단칼에 베어버리려고 한다면 결과는 언제나 쌍방 모두의 치명적인 상처로 남는다는 것을 잊지 말자.

자신의 힘과 능력을 믿고 전진하는 자세는 물론 바람직하다. 하지만 자만하여 도를 넘어서게 되면 이제껏 이뤄놓은 모든 것을 일순간에 잃을 수 있다. 자신감과 자만심은 종이 한 장 차이라는 것을 명심하라.

중심을 잃지 않는 리더가 되어라.

살아가다보면 누구나 실수를 하고, 또 어려운 상황에 처하게 된다. 이때 우선 리더가 침착함을 되찾은 후 가장 객관적이고 타당하게 상황을 판단하여 재빨리 처리하는 것이 무엇보다 중요하다. 당황하여 우왕좌왕하다가는 주변의 신뢰를 잃을 수 있다. 하지만 일단 저질러진 실수를 인정하고 재빨리 그것을 수습하려는 의연한 태도를 보인다면 전화위복이 될 수도 있다.

둘,
유비와 사마휘의 만남

진정한 충고를 분별하여 감사히 받아들이는 현명함을 가져라.

　유비를 태운 말이 박달나무 계곡 근처에 다다라 웅덩이에 빠지고 말
았다. 형주의 지형은 이처럼 도처에 깊은 웅덩이가 있었다. 때는 바야
흐로 봄날, 들판에는 황금빛 유채화가 흐드러지게 피어났지만 유비의
마음은 무겁기만 했다.

　'만약 유표(劉表)가 마다했던 이 적로마가 없었다면 지금쯤 나는 채
모(蔡瑁)의 화살에 맞아 죽었겠지.'

　유비는 말을 달려 객잔으로 향했다. 날은 벌써 저물었는데 객잔에는
거문고를 뜯는 사람이 있었다. 유비는 입구에 선 채 조용히 그 소리를
감상하며 생각에 잠겼다.

　'비록 내가 어려서부터 가난하게 자라서 거문고를 배우지 못했지만
이 거문고의 연주가 얼마나 우아한지는 알아들을 수 있지.'

연주가 끝나자 유비는 박수를 보냈는데, 그 순간 '팽' 하는 소리와 함께 거문고의 줄이 끊어져 버려 더 이상 연주할 수 없게 되었다. 그러자 연주하던 이가 화가 나서 소리쳤다.

"좀 조용히 있을 수 없소? 아직 연주를 다 끝내지도 않았는데 박수를 치다니. 당신은 음악 감상도 할 줄 모르는가?"

유비는 미안한 마음이 들어 정중히 사과를 했다.

"미안하오. 당신들 초나라의 예의를 나는 잘 모르오. 그 대신에 망가진 거문고를 보상해주겠소."

거문고 악사는 마치 유비의 처지를 꿰뚫어보기라도 하듯 말했다.

"됐소이다. 자기 코앞에 위험이 닥친 것도 모르는 사람에게 무엇을 바라겠소? 사람의 운명은 아무도 모르는 일 아닙니까? 보상은 원하지 않소이다."

유비는 다시 놀랐다.

'지금 내가 쫓기고 있다는 것을 어떻게 알았을까? 혹시 숨어사는 강호의 고수는 아닐까? 거문고 타는 솜씨를 보니 그럴 만도 하군. 들어가서 한 수 가르쳐 달라고 해야겠다.'

살며시 문을 밀고 들어가니 어둠 속에 앉아 있는 한 남자가 눈에 띄었다. 남자의 수염은 바닥까지 길게 내려뜨려져 있었다. 유비는 존경의 뜻으로 고개 숙여 절을 올렸다.

그러나 남자는 유비에게 화를 내며 말했다.

"남의 집에 들어오면서 기척도 없이 불쑥 들어오다니 예의가 없군. 역시 황제의 친척이라 눈에 뵈는 게 없나보지. 기껏 조조에게 쫓겨 꽁지가 빠지게 도망쳐 온 주제에."

유비는 가슴이 철렁 내려앉아 곰곰이 생각에 잠겼다.

'아무 말도 하지 않았는데 벌써 다 알고 있다니 절대 고수가 틀림없구나.'

유비는 허리를 굽히며 공손히 말했다.

"노인장, 내 팔자가 왜 이렇게 기구한지 당신은 알고 계시오? 요행히 서주의 태수가 되기는 했으나 유표가 이곳 신야(新野)에 온 이후로는 채부인(蔡夫人)까지 줄곧 나를 시기하고 있소이다."

노인이 말했다.

"내 이름은 사마휘(司馬徽)요. 사람들은 나를 수경(水鏡)선생이라고 부르더군. 호수 위의 꽃에 비친 달빛을 뜻하는 말이지요."

유비는 신야의 수경선생에 관한 소문을 익히 들어 알고 있었다. 그를 대하는 유비의 자세가 갑자기 숙연해지기 시작했다. 노인은 다시 입을 열었다.

"유비, 당신 운명이 박복한 편이 아닙니다. 당신은 짚신을 팔던 사람이었소. 그런 사람이 십년 만에 현감이 되었으니 그리 나쁜 것만은 아니지 않소."

"그렇지만 저는 천하를 갖고 싶습니다."

유비는 자신도 모르는 사이에 튀어나온 말에 가슴이 철렁 내려앉을 만큼 놀라 재빨리 주위를 둘러보았다. 사마휘가 다시 말했다.

"뭘 그리 놀라시오? 유현덕의 생각은 이미 세상이 다 알고 있는 사실이라오."

"수경선생, 그 말은 어폐가 있사옵니다. 저는 '사마소(司馬昭)의 생각은 세상이 다 안다'고 들었습니다."

사마휘는 인상을 찌푸리며 말했다.

"유비, 설마 나와 언쟁을 벌이고 싶은 것은 아니지요? 나는 당신이 아는 것보다 더 많은 것을 알고 있다오. 당신은 박달나무 계곡에서 넘어지는 바람에 이곳까지 오게 된 것입니다. 세상에는 '유현덕의 생각은 세상이 다 안다'는 말도 있어요. 이것이 바로 원조인 셈이죠. '사마소의 생각은 세상이 다 안다'는 말은 나중에 생겨난 말입니다."

유비는 여전히 이해가 되지 않았다. 뭔가 항변을 하고 싶었지만 노인의 얼굴에는 이미 노기가 짙게 서려 있었다.

'저 사람의 성이 사마소와 같은 걸 보니 혹시 그의 아버지가 아닐까? 그렇지 않다면 이 말을 어떻게 알고 내게 써먹는 것일까?'

노인의 수염이 땅까지 닿아 있음을 보면서 유비는 다시 생각했다.

'그만 두자. 이 노인과 언쟁을 벌여 무엇 하겠는가? 누가 무슨 말을 하든지 나는 두렵지 않다. 나는 나의 길을 갈 뿐이다. 사람들보고 마음대로 떠들어대라고 하지 뭐. 박달나무 계곡에서 넘어지긴 했지만 길이 없다면 나는 만들어서라도 가고야 말테다. 세상의 평판 따위는 아무래도 상관없다.'

사마휘는 골똘히 생각에 잠겨 있는 유비를 보며 말했다.

"당신이 황제의 자리를 노리고 있다는 사실은 유비 당신만 빼고 만천하가 다 아는 사실이라오."

유비는 미소를 머금고 물었다.

"노인장께서는 제가 황제가 되리라 보십니까?"

"황제가 되려면 반드시 인재를 두어야 하는데 당신 주위에 인물이 없으니 어떻게 황제의 자리에 오르겠소? 기껏 해봐야 산적의 두목이지."

유비는 속으로 반발했다.

'인재를 두라고? 나의 능력만으로는 부족하다 이 말인가? 이 유비가 소학도 졸업하지 못했다는 사실을 만천하가 다 알고 있는데 그런 내가 인재를 어떻게 얻겠어? 하긴 사람들 말로는 조조는 하늘을 얻었고 손권은 지리를 얻었고 나 유비는 인재를 얻었다고 하던데….'

유비는 흥분한 탓에 두 뺨을 빨갛게 물들이고 항의했다.

"인물이 없다고요? 내 측근들은 귀신을 부리는 재주도 있소. 또한 모두들 뛰어난 학식을 갖춘 수재들이라오."

사마휘는 가소롭다는 듯 차갑게 웃었다.

"시끄럽소! 학벌이 무슨 소용이 있소? 모두 무용지물이요. 수(隋)조라면 몰라도 지금은 조정과 강호 어디에서든 학벌을 따지지 않고 있소. 단지 강조하는 것이 있다면…."

그러면서 사마휘는 자신의 소매를 걷어 팔뚝을 드러냈다. 주먹을 쥐었다 폈다 하면서 알통을 만들어 보려 하지만 푸른 혈관만 돋을 뿐 여전히 근육은 나타나지 않았다. 유비는 그가 무슨 말을 하려는지 알 것 같았다.

"제 수하에는 망명을 해온 무리가 적지 않습니다. 관우, 장비의 이름은 들어보셨습니까? 그들은 일당백의 힘을 가지고 있습니다. 모두 나와 의형제를 맺었습니다. 그리고 조운이란 자도 있습니다."

사마휘는 빙그레 웃고 있을 뿐이었다. 유비가 다시 물었다.

"제 말이 믿기지 않습니까? 관우는 82근이나 나가는 청룡도를 가지고 다닙니다. 내일 당장 데리고 와 볼까요?"

사마휘는 여전히 무관심한 표정이었다. 유비는 답답해서 미칠 지경이었다.

"그들이 내게 얼마나 일편단심인 줄 아십니까? 솔직히 말해서 내가 죽으라면 죽는 시늉까지 한단 말입니다!"

사마휘는 여전히 고개를 가로저었지만 유비는 아랑곳없이 떠들었다.

"관우란 녀석은 조조가 그렇게 후한 대접을 해주는데도 조조가 준 적토마를 타고 나를 찾아다닐 생각만 했던 녀석이라오. 조운은 한술 더 떠서 공손찬이 죽은 후 원소에게서 고액 녹봉과 하북의 별장을 제의 받았지만 강호를 떠도는 도망자 신세가 되는 한이 있어도 나 유비만을 섬기겠다고 맹세한 녀석입니다."

가만히 듣고 있던 사마휘는 허풍을 늘어놓고 있는 유비에게 따끔하게 일침을 놓았다.

"관우, 장비, 조운. 그들은 허우대는 그럴듯할지 몰라도 머리는 텅 빈 자들이오. 당신 대신에 주먹질을 할 수 있겠지만 천하를 얻는 데는 결코 큰 도움이 되지 못한다고!"

순간 유비는 망치로 머리를 한 대 얻어맞은 것과 같은 충격을 받았다. 마치 아무리 애를 써도 도무지 풀리지 않던 오랜 수수께끼의 실마리를 얻은 기분이었다. 하지만 도대체 어디서부터 실마리를 풀어야 좋을지 몰라 잠시 망설이다 조심스레 물었다.

"수경선생. 그 말의 의미를 어떻게 해석하면 좋을까요?"

사마휘는 유비가 흥분을 가라앉힌 것을 확인하고 나서야 비로소 입을 떼었다.

"내가 말하는 인재는 당신이 생각하고 있는 기준과는 완전 상반된 것이오."

"지금까지 우리가 언쟁을 벌일 수밖에 없었던 이유가 바로 기준이 달랐기 때문이었군요. 그렇다면 선생께서 그 기준을 제시하면 어떨까요?"

"적어도 인재라면 두 손으로는 글을 쓸 줄 알아야 하고 두 귀는 남의 말을 경청할 줄 알아야 하고 두 눈으로 사물을 똑바로 바라볼 줄 알아야 하는 사람이라야만 하오. 또한 군량마차도 만들 줄 알아야 하고 팔진도(제갈공명이 만든 군진의 8가지 진형-역주)도 자유자재로 움직일 수 있는 사람이면 더욱 좋겠지요. 게다가 작은 일에 연연하지 않고 대사에는 대범한 인물이어야 합니다."

"수경선생의 포부가 너무 크신 것 같군요. 옛 말씀에 '수신제가치국평천하(修身齊家治國平天下)'라고 하지 않았소? 나는 아직 초가집도 세우지 못했는데 어찌 천하를 세우겠습니까? 게다가 속담에도 있지 않아요? '작은 일은 하기 싫고 큰일은 능력이 없어서 못한다'고요. 선생이 말한 기준에 맞는 인물은 아무래도 천하에 없는 듯하오."

"속담이란 평범한 세속인들이나 하는 말이오. 당신은 어째서 그런 말에 귀를 기울입니까? 믿으려면 나처럼 속세를 초월한 사람의 말을 믿어야지요."

사마휘는 안타까운 표정으로 말했다.

"누구는 천하를 호령하는데 유비 당신은 어째서 초가삼간에 연연하시오. 나를 보세요. 비록 초가집에 살지만 속세에 연연하지 않습니다."

유비가 주위를 둘러보니 과연 온통 지저분하고 궁색하기 그지없었다. 방 한가운데 놓인 탁자 위에는 먼지가 새까맣게 찌들어 있었다. 사마휘는 여전히 유비를 독려하며 말했다.

"큰일을 해야 할 사람이 어째서 하찮은 속세에 집착합니까? 내가 볼때는 대사를 치루는 것은 속세의 일과는 하등의 연관이 없습니다. 그둘은 반비례의 관계가 있다 이 말입니다."

유비는 《구장산술(九章算術; 중국에서 가장 오래된 산법-역자 주)》을 배운 적이 없기에 사마휘가 말한 반비례의 개념조차 이해하지 못하고 어리둥절할 뿐이었다. 그러자 사마휘의 얼굴에 안타까운 기색이 역력해졌다.

"반비례라는 말은 공자께서도 책에 그 말을 써넣었는데 후대의 불초한 자손들은 이 원리를 이해하지 못하고 있다오. 세대가 갈수록 못하다니까."

그 말을 듣고 보니 유비의 머릿속에 갑자기 떠오른 생각이 있었다.

'맞아. 기준을 어디에 두는가가 가장 중요한 문제였어. 짚신과 비교해보면 옛날에 내가 하루에 40개의 짚신을 만들고 있을 때 다른 사람들은 30개에 불과했었지. 이에 견주어 보자면 수경선생은 지금 50개를 기준으로 삼고 있는 셈이야.'

사마휘는 그런 유비의 머릿속을 들여다보기라도 한 것처럼 이렇게 말했다.

"당신에게 두 사람을 추천하고 싶소. 말하자면 짚신을 백 개 이상 삼는 능력을 갖춘 사람이 될 거요."

"대체 그게 누굽니까?"

"한 명은 제갈량이란 사람으로 용의 해에 태어났다오. 그는 지금까지 천하를 등진 채 세속인들과는 인연을 끊고 살고 있지요."

유비는 깜짝 놀랐다.

"그렇다면 와룡선생을 말씀하시는 것입니까?"

제갈량이라는 이름은 유비도 들어본 적이 있었다.

"소문에 듣자하니 그 분의 성질이 보통이 아니라고 하던걸요. 게다가 명성을 얻기 위해 수단과 방법을 가리지 않는다고 하는데 제가 부른다고 해서 와줄지 걱정입니다."

"내가 추천장을 써줄 테니 걱정할 것 없소. 그리고 당신이 천하를 얻기만 하면 와룡도 손해 볼 것이 없으니 걱정할 필요가 없지 않소?"

유비는 연신 고개만 끄덕였다.

사마휘가 다시 말을 꺼냈다.

"일반적으로 인재를 평가할 때는 업적보다는 잠재력을 봐야 한다오. 말이 나왔으니 말인데 당신이 황제가 되기만 하면 어느 누가 당신보다 잠재력이 크겠소?"

"그렇군요. 그러면 나머지 한 사람은요?"

"이름은 방통(龐統)이고 봉황 해에 태어났다오."

"그럴 리가요? 십이간지에서 돼지나 양은 봤어도 봉황은 처음 들어 봅니다."

"촌스럽기는. 내가 어찌 십이간지를 모르겠소? 돼지, 양, 말, 닭. 봉황이란 바로 닭인 셈 아니겠소? 뱀이 용과 사촌지간인 것처럼."

"일리는 있군요. 용이 승천하지 못하면 뱀이 된다고도 하지요."

"그렇지요. 닭을 추봉(雛鳳)이라고도 부르지 않습니까? 그래서 방통을 봉추(鳳雛)선생이라고 부르는 것입니다."

"그것 참 절묘한 표현이군요."

유비는 무릎을 치며 감탄했다. 그리고 다짐했다.

"이 두 명의 인재를 꼭 찾고야 말겠습니다."

그때 갑자기 밖에서 말발굽소리가 나더니 누군가가 안을 향해 소리 쳤다.

"유비 형님! 그 안에 계십니까?"

목소리의 주인공은 조운이었다. 창밖을 내다보니 여명이 밝아 오고 있었다.

"이제 그만 가봐야겠습니다."

유비는 사마휘의 손을 잡고 감사의 뜻을 전했다.

"당대 최고의 인재를 추천해주신 것에 대해서 어찌 감사를 올려야 할지… 기필코 이 두 사람을 꼭 찾겠습니다."

 마음이 한결 가벼워진 유비가 가뿐하게 말에 올랐다.

다른 사람의 충고에도 귀를 기울여라.

살다보면 예기치 않은 슬럼프에 빠져서 절망적일 때가 있다. 그럴 때는 인생선배들에게 충고와 조언을 구해 귀 기울이는 것도 좋다. 선배들의 말을 모두 이해하거나 동의할 수는 없다 해도 그들을 가까이하다 보면 자신의 부족한 점을 알게 된다. 또한 이렇게 구한 충고와 조언 중 내게 진정으로 필요한 것을 구분하여 받아들이는 자세 또한 중요하다.

또, 내가 충고나 조언을 구했을 때 듣기 거북한 말을 연신 퍼붓는 사람도 주의해야 하지만 귀에 착착 감기는 좋은 말만 해주는 사람도 주의해야 한다. 칭찬 일색인 이들은 당신의 문제에 관심조차 없는 사람일 경우가 많다.

조언이나 충고를 할 때는 들을 때보다 더 주의하라.

살다보면 내게 조언이나 충고를 구하는 이들을 만나게 된다. 그들은 친구나 동료일 수도 있고, 후배나 아랫사람, 혹은 윗사람일 수도 있다. 이때 가장 중요한 것은 채찍과 당근을 적당히 섞어 충고를 해줘야 한다는 것이다. 입에 쓴 약이 몸에 좋다고는 하나, 자신의 단점만을 집어내는 사람 앞에서 기분 좋은 사람은 하나도 없다. 충고나 조언이 효력을 가지려면 상대를 따끔한 지적과 함께 적당히 어우르는 지혜가 필요하다.

셋,
삼고초려(三顧草廬)

자신의 가치를 높이는 협상을 할 때는
'밀고 당기기'를 적당히 사용하라.

"닭이 홰치고 돌아다닌 지가 언제인데 아직도 자고 있어요? 어서 일어나세요."

아내의 잔소리에 잠이 깬 제갈량은 졸린 눈을 비비며 볼멘소리를 해댔다.

"천하의 대세를 고민하느라 어제 밤늦게까지 한숨도 못 잤단 말이요! 이제 겨우 단잠이 들었는데…."

제갈량은 몸을 뒤척이며 다시 잠을 청했다. 아내는 고개를 절레절레 흔들며 빨래를 널러 나갔다. 그때 마침 제갈량의 장인 황승언(黃承彦)이 안으로 들어오면서 말했다.

"희소식이다!"

제갈량은 침상에 누운 채 여전히 게슴츠레한 눈으로 물었다.

"장인어른, 무슨 소식입니까?"

"유비가 또 자네를 찾아오려 한다고 하네."

제갈량은 너무나 감격에 겨워 눈물이 날 것 같았다.

"드디어 내게도 기회가 왔구나!"

제갈량은 손가락을 꼽으며 생각에 잠겼다.

'음력 섣달부터 치고 이게 얼마만인가? 엄동설한 다 보내고 동지까지 지난 지가 언젠데. 이제야 나를 찾다니….'

제갈량의 넋두리는 계속되었다.

'최주평(崔州平)하고 황학루(黃鶴樓)에 놀러가기로 하고도 가지 않았고 석광원(石廣元)과 맹공위(孟公威)이 행화촌에 가서 술 마시자고 한 제의도 거절했었지. 하지만 그러길 잘했지. 암 잘했고말고. 만약에 갔으면 유비와는 어긋날 뻔했는걸. 그랬다면 평생 천추의 한이 되었겠지'

제갈량의 본심은 귀신은 속여도 장인을 속일 수는 없었다. 황충언이 말했다.

"좋은 일은 세 번을 넘기지 않는다고 했네. 이번이 마지막 기회이니 모든 것은 오늘 자네의 연기에 달린 셈이지. 유비를 꼼짝 못하게 만들어야지 않겠나?"

제갈량과 황충언은 앉은 자리에서 작전회의를 하느라 고심하고 있었다. 아내와 제갈량의 아우인 제갈균도 입을 다문 채 조용히 앉아있을 뿐이었다. 그러나 다들 속으로는 흥분을 감추지 못했다.

황충언이 말했다.

"한 식경 후면 유비가 도착할 예정이네. 첫 만남에서 가장 중요한 것은 바로 첫인상이지. 유비에게 강한 인상을 남기려면 자네는 어떻게 할 텐가?"

제갈량은 한참 고민한 끝에 벌떡 일어나 밖으로 나갔다. 놀란 황충 언이 그를 잡으며 물었다.

"이보게 사위, 지금 자네 무슨 짓인가?"

"동구 밖까지 나가서 유비를 마중하려고 그럽니다."

황충언은 이맛살을 찌푸리며 그를 잡아끌었다.

"자네는 유비가 어느 길로 올 줄 알고 그러는가? 만일 길이 엇갈리 면 모두 헛수고가 되네."

"그럼 지금부터 문 앞에 서서 기다리다가 유비가 나타나면 공손히 허리를 숙인 후, '오시느라 수고 많으셨습니다'라고 인사하면 어떨까 요?"

황충언과 제갈량의 아내가 고개를 가로저으며 말했다.

"그건 너무 식상한 방법 같지 않아요? 게다가 유비가 언제 올 줄 알 고 계속 서 있을 거예요?"

제갈량은 머리를 쥐어뜯으며 물었다.

"그럼 나보고 어쩌라고?"

황충언은 이미 만반의 준비를 하고 있었다.

"자네는 책도 많이 읽었다면서 어떻게 일처리 하나 제대로 못하는 가? 유비에게 강한 인상을 남길 방법을 좀 찾아보게. 내 생각에는 상 식을 깨지 않으면 유비에게 점수를 따기 힘들 것 같네."

그러나 제갈량이 아무리 머리를 짜내려 해도 사서오경만 아른거릴 뿐이었다.

"옳지!"

황충언이 좋은 생각이 떠오른 듯 손뼉까지 치며 말했다.

"지난번에 유비가 두 번이나 허탕을 치고 갔던 경험으로 보자면 그는 지금 자네에 대한 호기심이 극도에 달해 있을 것일세. 이번에는 아예 그를 모른 척하는 것이 좋겠네."

"뭐라고요?"

제갈량은 장인의 생각이 너무나 황당할 따름이었다.

"장인어른은 지금 저보고 유비와 숨바꼭질이라도 하란 말씀이십니까?"

황충언은 웃으며 말했다.

"아니, 내 말은 이번에 우리가 방법을 좀 달리 해보자는 말이지. 하지만 원칙은 변함이 없다네. 자네는 늦잠 자는 것을 좋아하지 않나?"

황충언의 말에 제갈량의 얼굴이 붉어졌다.

"장인어른께서 하도 꾸지람을 하셔서 고쳐보려고 해도 쉽게 고쳐지지 않습니다."

"오늘 자네는 충분히 잤네. 하지만 유비를 밖에서 오래 기다리게 만들어야 하니까 자네의 이름을 부르지 않으면 절대로 눈을 떠서는 안 되네."

제갈량이 의아한 표정으로 물었다.

"유비더러 기다리게 하란 말씀이십니까?"

"내 말만 들으면 틀림없네. 수경선생과 서서(徐庶)가 귀띔해준 바에 의하면, 그들이 이미 유비에게 바람을 잔뜩 넣어놓았다고 하더군. 유비는 지금 자네를 한조의 왕실을 구할 당대 최고의 인재라 여기고 있다네. 그런 유비에게 자네에 대한 신비감을 높이기 위해서 자네는 오늘 늘어지게 낮잠이나 자두게. 자네의 몸값이 높아지는 것은 이제 시간문제라네."

그러자 제갈량의 부인까지 나서서 종이 한 장을 펼치며 말했다.

"이것은 제가 지은 오언시예요. 잠시 후 이불 속에 누워 자는 척하면서 이 시를 읊어 보세요. 아마 유비가 기절초풍할 걸요."

아내가 준 종이에는 이렇게 적혀 있었다.

「큰 꿈을 누가 알겠느냐. 평생 스스로 알고 족할 뿐. 봄날 초당에 누워 한숨 자고 일어나 창밖을 보니 아직도 해는 뉘엿뉘엿 하누나(大夢誰先覺 平生我自知 草堂春睡足 窓外日遲遲).」

제갈량은 절로 감탄이 나왔다.

"평소에 내가 늦잠을 자고 일어나면 온갖 잔소리를 다 퍼붓곤 했던 부인이 이처럼 훌륭한 시를 짓다니. 나에 대한 애정이 이처럼 깊은 줄은 미처 몰랐소."

제갈량의 부인은 우모선(羽毛扇)을 꺼내어 그의 손에 쥐어 주었다.

"잠시 후 유비와 대면하게 되면 이 부채를 흔드는 것을 잊지 마세요."

✽ ❀ ✽

유비는 제갈량의 집 앞에 와 있었다. 장비는 유비가 형주성의 제후인 유표에게 무시당하는 것만도 억울해 미칠 지경인데 기껏 시골뜨기 농부 하나를 만나려고 여기까지 온 것 때문에 자존심이 상해 있었다. 부글부글 끓어오르는 화를 삭이지 못하고 장비는 관우를 향해 소리를 버럭 질렀다.

"바보가 아닌 다음에야 해가 중천에 떴는데도 잠을 자다니… 내 당장 뒤뜰에 가서 이놈의 초가집구석을 확 불 질러 버릴 테다. 제갈량! 어디 언제까지 안 일어나나 보자!"

이 말을 들은 제갈량의 등 뒤로 식은땀이 흘러 내렸다. 제갈량은 안절부절 못하다가 아내가 써준 시를 읊어댔다.

"큰 꿈을 누가 알겠느냐. 평생 스스로 알고 족할 뿐. 봄날 초당에 누워 한숨 자고 일어나 창밖을 보니 아직도 해는 뉘엿뉘엿 하누나."

그런 다음 제갈량은 다시 큰 소리로 허풍을 떨기 시작했다.

"아우야, 오늘은 또 누가 초청장을 보내 왔느냐? 과왜국이냐 아니면 부상국이냐?"

그 말을 듣고 있자니 마음이 조급해진 유비가 황급히 뛰어 들어갔다. 일단 자신의 소개를 마친 후 간단한 인사를 나누었다. 제갈균이 먼저 녹차를 끓여서 유비에게 대접했다. 제갈량은 너털웃음을 지으며 말했다.

"저는 늘 용정차(龍井茶)만 마십니다. 용정차의 맛은 십대 명차 중에서도 일품이 아니겠습니까?"

유비는 차의 향을 음미해보더니 감탄하며 말했다.

"과연 와룡선생이십니다. 앞으로 손권과의 전쟁에서 이기면 항주(杭州)의 용정촌(龍井村)을 당신께 드리지요. 그러면 용정차의 진수를 맛보시게 될 것입니다."

두 사람은 곧 천하의 대권을 화제로 진지한 대화에 들어갔다.

"와룡선생, 내가 어떻게 하면 한조의 강산을 다시 되찾을 수 있겠습니까?"

제갈량은 부채를 흔들며 그저 웃기만 할 뿐이었다. 그리고 한참을 그러다가 입을 열었다.

"그야 어려운 일이 아니지요. 감도 제일 무른 것부터 먹지 않습니까? 약한 것부터 치고 나중에 강한 것을 치면 간단한 일이죠."

"현재 누구의 세력이 가장 강한지 어떻게 알 수 있지요? 선생께서 알기 쉽게 설명해주시죠."

"현 정국은 매우 혼란한 상태라 우위를 가늠하기가 어렵습니다. 하지만 북방의 조조와 남방의 손권을 제외한 나머지 군벌들은 세력이 미약하므로 거론할 여지가 없습니다. 따라서 이 두 사람을 제거하고 나면 나머지야 식은 죽 먹기지요."

유비의 질문이 이어졌다.

"그 말의 의미는 조조와 손권을 제거할 방법이 없다는 뜻인가요? 제 아우인 관우와 장비는 약골은 시시해서 상대하기조차 싫어한답니다. 그들은 강한 상대만 골라 싸우기를 좋아하지요."

제갈량은 비웃으며 말했다.

"관우와 장비는 무예는 뛰어날지 몰라도 머리가 나쁘니 어찌 도를 알겠습니까?"

말을 내뱉고 나니 장비의 심기를 건드릴 수 있다는 생각이 들어 속으로 정신이 번쩍 든 제갈량은 얼른 본론으로 돌아왔다.

"한조의 옥새는 지금 조조의 수중에 있습니다. 자칫 잘못하면 황실의 명의를 도용할 수 있어요. 그 뿐이겠습니까? 황제를 협박하거나 군벌들을 마음대로 조종할 수도 있지요. 군벌들이야 황제의 직인이 찍힌 문건만 내밀면 무조건 명령복종이잖습니까. 자, 천하의 수많은 군벌들이 이런 식으로 조조와 연합하게 된다면 어떨 것 같소?"

제갈량은 자신의 전략가 소질을 슬쩍 내보였다. 유비는 조용히 고개만 끄덕이며 감탄을 금치 못했다. 제갈량은 유비의 표정을 살피며 갈수록 의기양양해졌다.

"손권은 지금 강동에 할거(割據) 하고 있지요. 장강은 천혜의 요새로 장강 이남의 해안에는 함정이 가득하다고 합니다. 따라서 손권을 잡을 수 있는 방법이 없습니다. 조조는 지금 천시를 얻었고 손권은 지리적인 우세에 있어요. 아무도 이 두 사람은 건드릴 수 없지요."

"그렇다면 우린 무엇을 가지고 천하를 다툰단 말이오?"

유비는 울분을 참을 수 없었기에 이런 생각까지 들었다.

'내가 기껏 이런 말이나 듣자고 여기를 찾아왔단 말인가?'

제갈량은 차를 마시며 얘기를 계속했다.

"천시, 지리적 우세, 인화. 천하를 다투고자 한다면 유비 당신은 인화를 차지하시오."

"인화라니요?"

유비는 어리둥절했다. 도대체 인화가 무엇을 말하는지 알 수가 없었다.

제갈량은 득의양양하여 말했다.

"어째서 이것을 모른답니까? 마치 바보인 것처럼 백성들의 마음을 헤아리고 동고동락하는 것이 인화를 얻는 길입니다."

유비는 제갈량이 말에 조용히 귀를 기울이다가 문득 붓을 꺼내어 적기 시작했다. 그리고 '동고동락'이라는 글자를 적은 후 다시 물었다.

"와룡선생, 이제 우리가 천하를 제패할 수 있는 구체적인 계획을 알려 주시오."

제갈량이 말했다.

"구체적으로 들어가자면 우선 호북(湖北)의 유표와 사천(四川)의 유장을 제거해야 합니다."

유비는 아연실색하며 말했다.

"유표? 유장? 두 사람 다 정직한 사람입니다. 게다가 나랑 같은 성

씨라서 따지고 보면 먼 일가친척뻘인데 어떻게 그들을 칠 수 있겠습니까?"

제갈량은 그런 유비가 답답하다는 듯 말했다.

"바로 그런 이유 때문에 그들 수중의 기반을 빼앗아야 한다는 겁니다. 왜냐하면 다른 상대에 비해서 훨씬 쉽기 때문이지요. 게다가 당신의 친척이니 경계심을 보이지 않을 것 아닙니까? 작은 노력으로 큰 효과를 볼 수 있는 절호의 기회입니다."

유비는 제갈량이 음모에 능한 모사꾼일거라고는 예상치 못했기에 난감하기만 했다.

"나는 그런 짓은 할 수 없습니다. 착한 이들을 괴롭히는 짓은 너무 잔인한 행동이지 않습니까?"

"잔인하다고요? 지금 가장 잔인한 사람은 바로 조조입니다. 천하를 얻으려면 이보다 더 확실한 방법은 없어요. 유비, 당신은 얼굴이 두껍기로 유명하잖아요?"

유비는 고개를 가로저으며 말했다.

"아무래도 안 되겠어요. 우리 유 씨 가문은 조상 대대로 신의를 지켜왔습니다."

"모르는 소리 마시오! 유비, 당신의 조상인 유방(劉邦)이 어떤 인간인 줄 모르시나 보군요."

그 말에 유비는 망연자실할 수밖에 없었다. 또 다시 제갈량이 말했다.

"천하에 뱃속이 가장 시커멓고 얼굴이 가장 두꺼운 인간이 바로 유방이요. 《후흑학(厚黑學)》이란 책을 보면 이와 같은 대표적인 인물로 첫손을 꼽는 것이 바로 당신의 조상 유방이란 말입니다. 당신의 몸속에는 이처럼 뻔뻔하고도 잔인한 피가 흐르고 있음을 어찌 모르시오!"

제갈량이 선조까지 들먹이며 자신의 태생적 기질을 꼬집는 데는 유비로서도 부인할 도리가 없었다. 운명으로 정해진 것을 어찌 인간의 힘으로 막을 수 있다는 말인가?

"그렇다면 본래 제게 정해져 있는 길을 두고 다른 길로 돌아갈 뻔했군요. 선생께서 용케도 알려주셨습니다."

뒤늦게 제 정신을 차린 유비를 보자 제갈량은 더없이 반가운 마음이 들었다.

"우선 사천을 공격해야 합니다. 그곳에 촉(蜀)국을 세운 후, 조조와 손권으로 갈라진 삼국을 되찾아 천하를 통일합시다."

유비는 또 다시 의구심부터 들었다.

"선생, 사천부터 공격하는 이유가 뭡니까? 하남이나 하북, 협서, 산서 중 한 곳을 먼저 치는 것이 낫지 않을까요?"

"예로부터 사천은 인구도 많고 땅도 넓어서 천혜의 나라라고 불리고 있습니다. 그러니 사천을 근간으로 통일의 초석을 세워야 할 것입니다. 너무 성급하게 굴 이유가 없습니다. 유비 당신이 말한 지역은 그때 가서 싸워도 충분합니다."

"사천의 인구가 많다는 점이 유리한 것은 사실이나 대신에 게으르고 마작이라면 사족을 못 쓰는 기질 때문에 아무래도 민첩성은 떨어진다고 봅니다. 게다가 영토의 대부분이 황폐하기 짝이 없으니 혹시 선생께서는 뭘 잘못 알고 계신 것이 아닌지요?"

제갈량은 당황스런 기색을 애써 감추며 말했다.

"아무려면 어떻습니까? 다만 사천을 기점으로 영토를 넓히게 되면 적들도 감히 우리를 우습게보지 못할 것입니다. 아무튼 사천만 차지하고 나면 황제가 될 수도 있지 않습니까? 성도의 무후사, 두보의 초당,

이게 다 우리 것이 되는 것입니다."

유비는 제갈량의 말에 어폐가 있음을 느끼고 속으로 반발심이 생겼다.

'무후사라면 제갈량, 저나 좋지 나와 무슨 상관이란 말인가? 내가 바라는 것은 잃어버린 한조의 강산이라고.'

하지만 차마 입 밖으로 꺼내지 못하고 이렇게 말했다.

"선생, 저는 지금까지 촉국이 외적의 침입을 받거나 다른 민족을 괴롭혔다는 얘기를 들어본 적이 없습니다. 이것은 촉국이 결코 만만한 상대가 아니라는 말일 것입니다. 그렇다면 도대체 무슨 수로 촉국을 뚫고 들어가란 말씀이십니까?"

제갈량은 유비의 말 속에 뼈가 있음을 알고 심기가 불편해졌다.

"공격이 최선의 방어라는 것을 모르십니까? 유비 그대를 위해서라면 가시밭길도 탄탄대로로 만들어 드리리다. 목우로 만든 마차에 태워서 장안성까지 일사천리로 달려 황제의 옥좌에 앉혀 주겠소. 그러니 이제 나를 믿고 쓸데없는 걱정은 접으시오."

"마차라고요?"

유비는 도무지 알 수 없는 말만 늘어놓는 제갈량 때문에 그저 어안이 벙벙해질 뿐이었다.

"당신을 믿지 못해서가 아니라 사천 땅이 워낙 넓기 때문이라오."

유비는 여전히 우물쭈물하고 있었다. 제갈량은 답답해서 미칠 지경이었다.

'아무래도 이 위인은 대충 넘어가질 않겠는 걸. 확신을 주려면 좀 더 심오하게 말해야겠군.'

그래서 제갈량은 허풍을 떨기로 했다.

"어제 밤하늘의 별을 관측하고 있었는데 북두칠성 가운데 별 하나가 사천 쪽으로 떨어지더군요. 그것은 바로 우리에게 사천을 차지하라는 하늘의 뜻이 아니겠소. 그러니 반드시 사천부터 치고 나서 승리의 축배를 듭시다.”

“그 말이 사실입니까? 당신은 별도 관측할 줄 아시는군요.”

그러나 유비는 속으로 놀라움을 금치 못하고 있었다.

‘지금까지 살아오는 동안 천공(天公)장군 장각(張角)이 닭 피를 이용하여 도술을 부리는 것을 본 적은 있지만 그 이후로 제갈량 같은 인물은 처음이다. 마침내 하늘의 섭리를 득도한 인재를 만나게 되었구나.’

유비는 이제 더 이상 망설일 시간이 없었다. 유비는 제갈량을 앞세우고 문을 나섰다.

“관우야, 장비야. 어서 말을 가져오너라. 지금 즉시 신야로 돌아가자. 이제 천하는 우리의 손에 있다.”

✽ ✽ ✽

장비는 말을 끌고 오면서 관우에게 말했다.

“와룡강(臥龍江)가를 지나오던 중 신야의 시장에서 사람들이 하는 말을 들었는데 ‘무지렁이 셋이 모여야 제갈량 하나를 당한다’ 고 하더이다. 당시에는 제갈량을 어떻게 무지렁이와 비교할 수가 있냐고 화를 냈지만 지금 막상 터무니없는 소리를 내뱉는 것을 들어 보니 사람들 말이 영 틀린 것만은 아닌 것 같습니다.”

관우가 뒤를 돌아보니 제갈량이 헤벌쭉 웃으며 가족들과 작별 인사를 나누고 있었다. 관우는 걱정스러운 얼굴로 말했다.

“저 제갈량이란 위인은 수완이 대단해. 무슨 요령을 피웠는지 순식간에 유비 형님을 자기편으로 만들었잖아. 유비 형님 좋아하는 것 좀 보라고! 내가 오관참육장(유비를 찾아 나서기 위해 다섯 개의 관문을 지키고 있던 조조의 여섯 장수들을 죽인 것-역자 주)을 했을 때는 물론이고 형수님이 천리 밖까지 나와 배웅할 때도 저렇게 감격하지는 않았던 것 같아."

누가 제갈량을 '와룡 강가의 백수'라고 했던가?

제갈량이 시골에서 세월을 낚고 있었던 것은 작은 관직에 연연하기 보다는 큰 인물이 되고자 했기 때문이다. 그러니 당연히 세속에 관심이 없는 척할 수밖에 없었던 것이다. 이율배반적이지만 이것은 당신에게도 일어날 수 있는 일이다. 만약 공적인 상황에서 이런 사람을 만나게 되면 절대로 마음을 놓아서는 안 된다. 그는 결국 당신의 마음을 얻는 것과 동시에 자신이 원하던 것도 얻을 테니 말이다. 또한 반대로, 당신이 제갈량만큼의 배포와 재능이 있다면 원하는 것을 이루고자 할 때 삼고초려에 대한 제갈량의 방법을 써볼 수도 있을 것이다.

좋은 술은 깊은 항아리를 마다하지 않는다.

좋은 술은 아무리 뚜껑을 닫아 놓아도 향기나 나기 마련이다. 이처럼 정말 뛰어난 재능이 있는 사람은 자기 자신을 높이려 애를 쓰지 않아도 사람들이 절로 그 재능을 알기 마련이다. 그러니 기회가 왔다고 덥석 받아들이지 마라. 누군가 당신을 원한다면 그럴 만한 이유가 있기 때문이다. 이런 기회가 왔을 때는 한 발 뒤로 물러서서 신중하게 생각해 조금이라도 좋은 조건을 잡아 자신의 가치를 높여라.

넷,
제갈량의 허풍

상대를 진심으로 대하는 것만큼
상대에게 진심을 드러내지 않는 것도 중요하다.

제갈량이 강동의 모사(謀士)들과 낮에 궁에 모여 의견을 취합한 결과, 이번 강동행이 큰 승리로 끝날 것이 거의 확실시 되었다. 제갈량은 이를 자축하기 위해 저녁식사를 마친 후 강동의 모사들을 주점으로 끌고 가서 여흥을 즐기기로 했다.

이 자리는 친교를 위해서라는 이유도 있었으나 실은 양국 간의 대립으로 인해 은연중에 생긴 개인적 불만을 가라앉히기 위한 목적이 더 컸다. 제갈량은 이들이 모두 강남의 수재 출신이며 술과 풍류를 즐긴다는 사실을 알고 기녀(妓女) 몇 명을 불러 합석하게 했다.

한데 몇 잔의 술이 돌고 분위기가 무르익을 만한데도 모사들의 분위기는 여전히 침울했다. 제갈량은 기녀들에게 눈짓을 해 그들의 기분을 풀어줄 것을 부탁했다.

기녀 갑(甲)은 성격이 화끈했다. 그녀는 장소(張昭)의 잔에 술을 가득 따라 붓더니 '챙' 소리가 나도록 잔을 부딪쳤다.

"장소님은 표정이 왜 그렇게 칙칙해요? 자! 이거 한 잔 마시고 나면 걱정거리 같은 것은 다 잊게 된다고요."

그러자 장소가 술잔을 입에 댄 채 말했다.

"강남의 제일가는 수재였던 내가 남양(南陽) 현의 시골 촌뜨기인 제갈량에게 지다니. 나 원 참!"

기녀 갑이 다시 물었다.

"제갈량이 뭘 어쨌기에 이렇게 화가 났어요?"

장소가 투덜거리며 말했다.

"유비는 항상 제갈량 말만 믿고 덤볐다가 번번이 지기만 하더군. 조조에게 쫓겨서 생쥐처럼 도망가는 꼴이라니. 그러니 한심한 생각이 안 들겠어? 그런데도 제갈량은 그게 다 유비가 욕심을 부려서 그런 거라고 하잖아. 이기려고만 드니 질 수밖에 없다는 거야. 게다가 한 번만 이길 수 있다면 백 번을 져도 상관없다면서 오히려 큰 소리를 치더군. 전쟁은 마작과 같아서 큰 것만 먹을 욕심에 작은 패를 쥐고 있으면 결국 피박을 쓰고 만다는 거야. 말만 번드르르하니 왜 화가 안 나겠어!"

이 말을 들은 기녀 갑이 말했다.

"그만 두세요. 유비 그 양반은 우리 고향에서도 소문난 유명인사라고요. 그의 소문은 이 바닥에서도 파다한 걸요."

장소는 그 말에 발끈하여 외쳤다.

"뭐라고? 너도 유비를 알고 있느냐?"

"지난번에 고향에 내려갔다가 들은 말인데 도박판에서도 유비는 소심하기로 평판이 자자하다고 하더군요. 사람들이 수군거리는 말로는 유비는 큰 패는 겁이 나서 가져가지 않고 마냥 작은 패만 붙들고 늘어지는 성격이라 대박난 적이 한 번도 없대요. 이건 우리 고향사람도 다 아는 사실이지요."

장소는 믿기지 않아서 되물었다.

"그게 정말이냐?"

"그럼요. 오죽하면 애들까지도 속 좁고 겁 많은 유비라고 노래를 부르고 다니겠어요. 그런 사람이 전쟁을 일으키다니 정말 지나가는 개가 웃겠어요."

장소는 그 말을 들으니 속이 다 시원해졌다.

"그래? 하마터면 우리 모두 속을 뻔했구나."

제갈량은 어느새 얼굴과 귀까지 불그스름하게 달아올라 있었다. 그때 우번이 기녀 을(乙)과 함께 노래를 부르다 말고 갑자기 술잔을 내던졌다.

"에이, 기분이 안 나네."

기녀 을은 아양을 부리며 말했다.

"우번님, 무슨 기분 나쁜 일이라도 있어요? 제게 말해보세요."

우번은 담배에 불을 붙이며 말했다.

"제갈량 저 녀석이 한 말을 생각하니 갑자기 화가 치밀어 올라서 말이야. 유비는 단지 병사 몇 명만 있어도 조조의 백만 대군과 맞서 싸울 각오가 되어있는데 우리 강동의 손권 군대는 수만 대군에 군량미도 넉넉하면서 오직 투항할 생각만 하고 있다는 거야. 그러니 노래 부를 기분이 나겠어?"

"우번님은 비교할 사람이 따로 있지, 어떻게 짚신이나 삼던 유비하고 자신을 비교해요? 유비는 평생을 떠돌이처럼 지내다가 어쩌다 운이 좋아 현감이 되었는데 왜 악착스럽지 않겠어요? 게다가 유비의 동생 되는 관우란 사람은 조조의 적토마를 빌려간 뒤 돌려줄 생각도 하지 않는다더군요. 그러니 그들은 투항하고 싶어도 이미 조조에게 미운 털이 박혔으니 속으로 얼마나 비참하겠어요?"

그녀의 말에 그제야 우번은 가슴속에 맺힌 울분이 풀리는 것 같았다.

"그래. 비참하겠지. 비참하고말고. 평생을 그렇게 살아왔으니 다른 사람의 말을 듣기 좋아하는 거겠지."

기녀 을이 말했다.

"제가 듣기로 조조는 이미 백만 군사를 끌고 강남에 왔대요. 틀림없이 한바탕 큰 일이 날거예요. 물론 우리랑은 아무 상관없는 일이지만요. 조조가 노리는 건 유비 아니겠어요? 그런데 왜 우리까지 한데 뒤섞여서 흙탕물을 만들어야 하죠? 조조가 투항을 요구한다면 투항하면 그뿐이잖아요. 본심이 아니면 좀 어때요. 나중에 조조가 북방으로 돌아가고 나면 강남은 여전히 우번님에게 고스란히 돌아오지 않겠어요. 유비랑 제갈량을 쫓아버리고 난 후 우리는 잇속만 챙기면 그만이죠."

우번은 무릎을 탁 치며 말했다.

"맞다! 내 생각도 바로 그거야. 내가 왜 낮에 제갈량을 만났을 때 그 말을 깜빡했을까?"

우번은 제갈량에게 다가가 다짜고짜 말을 꺼냈다.

"와룡선생, 내일 당장 2차 논의를 엽시다."

제갈량은 갑작스런 그의 태도에 당황하여 그저 웃고만 있었다. 그러자 기녀 병(丙)과 귓속말로 한참을 속닥이고 있던 보즐이 큰 소리로 외쳤다.

"제갈량은 이제 큰일이군!"

"깜짝이야! 왜 갑자기 소리를 지르고 그러세요? 미쳤어요?"

보즐은 그녀의 불평에도 아랑곳없이 목을 숙여 낮은 목소리로 말했다.

"제갈량, 저 녀석은 이제 큰일 났다고."

"제갈량이 뭘 어쨌는데요?"

"내 말을 잘 들어봐. 제갈량의 운명은 이제 사면초가에 풍전등화라 이 말씀이야. 전국시대의 사기꾼이었던 장의(張儀)나 소진(蘇秦)과 비슷한 운명이지. 그런데도 부끄러운 줄도 모르고 득의양양하다니. 게다가 엄격히 말하면 소진은 육국(六國)의 재상을 지냈고 장의는 진나라의 재상이었으니 제갈량과는 비교도 되지 않는단 말이야."

기녀 병은 앵두 같은 입술을 삐죽거리며 말했다.

"육국의 재상이라면 혹시 지금의 연합국 비서를 말하는 것 아닌가요? 그게 뭐가 그리 대단해서요. 솔직히 직함은 그럴듯한데 실권은 전혀 없는 자리잖아요. 시골 한직을 하는 게 차라리 낫겠어요. 그런 직함에 목매는 사람들보고 뭐라고 욕하는 줄 아세요? 출세 못해 환장했다고 해요. 정말 품위 없어 보여요."

보즐은 그녀가 술집의 아가씨 치고 세상을 꿰뚫어 보는 시각이 보통은 넘는다고 생각했다.

"게다가 제가 듣기로 진나라의 재상은 여불위(呂不韋)라고 하던데요. 혹시 진시황의 어머니와 깊은 관계에 있지 않나요? 아무튼 진나라의 재상은 한마디로 밥맛이에요."

"네 말에도 일리가 있구나."

가라앉았던 기분이 한결 가벼워지기 시작한 보즐은 다시 고래고래

노래를 불렀다. 그러나 육적(陸績)은 도저히 그의 형편없는 노래를 들어줄 수가 없었다. 두 손으로 귀를 막은 육적이 고함을 쳤다.

"좀 조용히 하지 못해!"

그러자 기녀 정(丁)이 그의 얼굴에 부채질을 해가며 아양을 떨었다.

"나리님은 또 무슨 일로 이렇게 저기압일까?"

육적은 괴로운 표정을 지으며 말했다.

"나는 지금까지 유비가 짚신 장수인 줄로만 알고 있었는데, 제갈량 말이 그가 황제의 숙부가 된다고 하지 않겠어? 그 증거로 족보까지 보여주더군."

그녀는 배꼽을 쥐고 데굴데굴 구르며 웃었다.

"겨우 그까짓 일로 그렇게 풀이 죽었어요? 남이야 황제의 숙부든 짚신 장수든 무슨 상관이에요? 여기 있는 나리님들이야 굿이나 보고 떡이나 먹으면 그만이잖아요. 안 그래요?"

"내게는 매우 중요한 일이야. 국가의 흥망성쇠가 걸려 있기도 하지."

"나라일은 걱정 마시고 나리나 잘 하세요. 제갈량은 나리님을 속이려고 거짓말을 한 거예요. 생각해보세요. 황제의 숙부였다면서 왜 짚신장수를 했겠어요? 참 순진하기는!"

"증거가 확실한 걸? 족보를 본 사람도 있고."

"나리가 직접 봤어요?"

"그런 건 아니지만…."

"요즘은 무엇이든 위조, 변조, 날조가 가능한 세상이라고요. 돈만 주면 작위도 만들어 주는데 족보 정도면 얼마든지 가짜로 만들 수 있잖아요."

"하긴 그렇군!"

"백번 양보해서 진짜 족보가 있다고 칩시다. 목구멍이 포도청인 유비가 갖다가 팔아도 벌써 팔았지 아직까지 가지고 있을 리가 없어요. 그러니 쓸데없는 걱정 하지 말아요. 제가 볼 때는 제갈량이 확실한 증거도 없으면서 사람들을 속이는 거라고요. 생각해보세요. 제가 진단서를 가지고 와서 처녀라고 우기면 누가 믿어주기나 하겠어요?"

그녀의 말에 이성을 잃은 육적이 제갈량을 향해 고함을 질렀다.

"이 얼간이 같은 놈!"

난데없는 욕설에 제갈량은 등 뒤로 식은땀이 흘러 내렸다. 도대체 육적이 왜 갑자기 저러는 지 알 수가 없었다. 그래서 제갈량은 굳은 얼굴로 앉아 있는 엄준에게 아는 체를 하며 장난을 쳤다.

"엄 선생, 왜 그런 얼굴을 하고 있소? 너무 엄숙한 것 아니요?"

"그럼 한바탕 울기라도 할까요?"

엄숙은 금방 울상을 지으며 우는 소리를 흉내 내기 시작했다. 아가씨들은 재미있어 죽겠다는 듯 큰 소리로 웃으며 말했다.

"엄준님의 재치는 알아 줘야 해요."

엄준이 말했다.

"오늘은 내 재치가 별로 살질 않는군."

기녀 술(戌)이 간드러진 목소리로 말했다.

"어머머. 왜요? 우리 나리님의 재치를 훔쳐간 사람이 대체 누구죠?"

"제갈량!"

갑자기 엄준이 그의 이름을 외치는 통에 노래에 열중하고 있던 제갈량이 고개를 돌려 쳐다보았다.

"바로 저 사람이군요."

"그래. 저 사람이 제갈량이야."

엄준이 계속해서 말했다.

"나는 제갈량이 평소에 어떤 책을 즐겨 보는지, 또 무슨 책으로 공부를 했는지 궁금해서 그저 단순한 호기심으로 물어봤었지. 맹세코 다른 저의는 하나도 없었어. 그런데 한다는 말이 자기는 책을 읽어본 적이 없다고 딱 잡아떼는 거야. 게다가 책을 보는 일은 시골 서당 선생이나 하는 놀이라고 하질 않겠어!"

"정말 가증스럽군요. 혹시 제갈량이 그 시골 서당선생이 아닐까요?"

그녀는 제갈량을 향해 고개를 돌렸다. 그는 부채질을 하며 노래를 부르고 있었는데 한 마디로 가관이었다. 엄준은 이맛살을 찌푸리며 말했다.

"제갈량은 오히려 내게 이윤(伊尹)이랑 강자(姜子)가 무슨 책을 읽었냐고 묻더라고. 아니, 천 년 전 사람이 무슨 책을 읽었는지 내가 어떻게 알아? 내 할아버지의 할아버지가 무슨 책을 읽었는지 알게 뭐냐고?"

"이윤? 이름 한 번 되게 어색하네요. 강자라면 《강태공 병법(姜太公兵法)》을 쓴 강태공을 말하는 건가요?"

그녀는 갑자기 제갈량을 향해 소리쳤다.

"헤이, 이봐요. 와룡 선생님인지 호랑이 선생님인지 하는 양반!"

제갈량이 고개를 돌려 그녀를 바라보았다.

"강태공이 쓴 《강태공 병법》이란 책을 읽어봤어요?

제갈량은 아무렇지도 않게 대답했다.

"당연히 읽어봤지요. 우리 집이 와룡강이잖아요? 그 책이라면 줄줄 외지요."

듣고 있던 엄준은 순간적으로 화가 치밀어 올라 벌떡 일어섰다. 기녀 술은 재빨리 엄준을 붙잡았다.

"나리, 왜 이러세요. 설마 한 대 치려는 것은 아니지요? 여긴 건달들이 쫙 깔려 있어요. 소란 피우지 말고 참으세요."

그러고 나서 그녀는 제갈량을 향해 말했다.

"강태공이 쓴 책까지 읽어놓고서는 왜 책을 안 본다고 거짓말을 했어요?"

제갈량은 난감한 표정을 지으며 말했다.

"이봐요. 아가씨. 왜 그렇게 곤란한 질문을 하죠? 하루 종일 내가 하는 일의 대부분은 머리를 짜내서 사람들을 속이는 일입니다. 그것을 누구보다도 잘 아는 강남의 인재들이 내게 속아 넘어가는 것이 더 이상하지 않소? 아가씨 또한 거짓말로 남자들을 유혹하는 데는 고수가 아니요? 나란 사람 역시 속이는 일에 이골이 났는데 아가씨 하나를 못 속이겠어요?"

제갈량은 다시 그녀를 향해 말했다. 기녀 술은 그제야 제갈량이 애초 자신들이 생각했던 것과는 여실히 다르다는 것을 느꼈다.

적당한 거짓을 꾸밀 수 있는 리더가 되어라.

제갈량은 당대 최고의 인재라는 평가를 받았으나 그의 생각
이 전부 옳았던 것은 아니다. 때로는 상식을 벗어날 때가 더 많았다.
하물며 웃음을 파는 아가씨들조차 제갈량의 허풍에 관해서는 두 손 두
발을 다 들고 말았다고 한다. 하지만 그의 허풍은 어쩌면 속내를 드러
내지 않기 위한 위장이었을지도 모른다. 진심으로 대해야 할 사람과
그렇지 않을 사람을 구분한 것이다. 또한 자신의 진심을 함부로 들키
지 않도록 조심한 것일 수도 있다.

상대를 진심으로 대하는 것은 좋지만 내 진심을 모두 드러내지는 말
아라. 인간의 본성은 그다지 아름답지 않다. 적당한 거짓과 들키지 않
는 거짓은 인간관계에 도움을 주기도 한다.

혼자 조용히 자신을 되돌아보는 시간을 가져라.

가끔 자신이 형편없다고 느껴질 때에도 돌이켜 생각해보면
근본적으로 패배를 시인하지 않아도 되는 경우가 있다. 이미 풀죽어
있는 마당에 타인의 비판을 수용하는 것은 쉽지 않다. 그럴 때 가장 좋
은 방법은 술 한 잔을 마주하고 혼자서 곰곰이 생각해보는 것이다.

다섯,
관우의 투구를 스친 화살

뛰는 놈 위에 나는 놈이 있다.
나보다 나은 인재는 수도 없이 많다는 것을
인정하라.

"어서 술을 가져오너라! 오늘 밤 노장은 밤새 술로 위안을 삼을 것이
니라!"

관우는 낮에 있었던 전투에서 놀란 가슴을 아직도 진정시키지 못했
는지 다짜고짜 술부터 대령하라고 다그쳤다. 하인은 재빨리 관우의 고
향에서 만든 분주(汾酒)를 가지고 나왔다. 그는 관우에게 술을 따라주며
물었다.

"관우 장군님, 어째서 노장이라고 하십니까? 황충(黃忠)이야말로 노
장이 아닌가요?"

관우가 대답했다.

"자고로 술과 친구는 오래 묵을수록 좋다고 했다. 황충의 노련한 활
솜씨는 절로 감탄이 나오더구나. 하지만 검술만큼은 나도 그에게 뒤지

지 않지. 게다가 타고난 신체조건 역시 감히 나를 따라오지 못할 걸."

관우는 주전자에 담긴 술을 보며 물었다.

"이건 무슨 술이냐?"

"장군님의 고향 특산품인 분주이옵니다."

"그래? 분주를 보고도 술을 마시지 않으면 사나이가 아니라고 했다. 기왕 술을 마시려면 분주를 마시는 것이 백 번 옳은 일이지. 그건 그렇고 장사(長沙)의 점령을 눈앞에 둔 상황에서 황충을 만나게 되다니, 이 것은 솔직히 전혀 생각지 못한 일이다. 어디 네가 한 번 말해 보겠느 냐? 도대체 그 늙은이의 화살촉은 녹슬지도 않는다더냐?"

하인은 한참을 생각하더니 이렇게 대답했다.

"관우 장군님은 세상 돌아가는 소문도 듣지 못하셨나 봐요. 황충의 활솜씨는 이미 천하에 그 명성이 자자한 걸요. 그래서 그를 가리켜 사 조영웅(射雕英雄)이라고 하지 않습니까?"

"엥? 사조영웅?"

관우는 눈썹을 치켜 올리며 곤혹스런 표정을 감추지 못했다.

'설마 저 녀석이 지금 나를 독수리로 만들고 싶은 생각은 아니겠지?'

사실 자신을 독수리에 비유하고 말했다고 해도 크게 자존심 상할 일 은 아니지만 관우는 변명을 늘어놓았다.

"하긴 황충이 쏜 화살이 내 투구를 스쳐갈 뻔했던 것은 사실이지. 하 지만 내가 누구냐? 그렇게 만만히 당할 천하의 관우가 아니지 않은가? 게다가 민첩하기로 말하면 나를 따라올 자가 없다. 다른 사람 같으면 벌써 박제가 되고도 남았을 걸. 아무튼 그 정도 실력으로 사조영웅이 니 뭐니 떠들다니 가소롭군, 황충은 아직 신의 경지에 도달하려면 멀 었다고."

하지만 관우는 속으로 가슴을 쓸어내리며 이런 생각에 잠겼다.

'휴우, 솔직히 투구가 없었다면 내 체면이 말이 아닐 뻔했지 뭐야.'

그러나 하인은 술 주전자를 탁자위에 내려놓으며 다시 말했다.

"장군님은 황충이 장군님의 이마를 명중시킬 작정이었다고 생각하세요?"

어리둥절해진 관우가 물었다.

"그럼 이마가 아니면 어디란 말이냐? 심장이냐? 만약 황충이 노린 곳이 내 심장이었다면 그야말로 형편없는 솜씨로구나. 이젠 늙어서 수전증이라도 생겼나보군."

관우의 말이 끝나자 하인은 큰 소리로 웃었다. 그리고는 갑자기 관우 앞에 놓인 술을 들어 단숨에 마셔버렸다. 그의 말투는 술기운 때문인지 더욱 대담해졌다.

"황충은 처음부터 장군님의 투구만을 노렸던 거라고요."

관우는 가슴이 철렁 내려앉았다.

"그럴 리가 있느냐? 황충은 나를 죽이지 못해 혈안이 된 사람이야."

"관우 장군님, 제발 정신 좀 차리세요. 그의 목표는 단지 장군님 투구에 달린 술이었다고요."

"내 투구에 달린 술이 그렇게 값진 것이더냐?"

관우는 갑자기 생각난 듯 손을 올려 투구를 쓰다듬어 보았다. 순간 관우는 낮에 황충이 쏜 화살을 맞고 자신의 투구에 매달려 있던 술이 떨어져 나가고 없다는 사실을 뒤늦게 발견했다. 그는 수치심에 얼굴이 벌겋게 달아올라 하인의 멱살을 잡고 주먹을 날렸다. 자신을 능멸한 하인을 때려눕힌 후 분을 못이긴 관우가 씩씩거리며 말했다.

"네 이놈! 감히 어느 안전이라고 입을 함부로 놀리느냐!"

하인은 전혀 아랑곳하지 않고 또 다시 말했다.

"관우 장군님, 투구의 술이 얼마나 값이 나가겠어요. 하지만 황충에게는 장군의 머리를 명중한 것보다 더 큰 의미가 있지 않을까요?"

"뭐라고?"

관우는 또 다시 고함을 치며 탁자를 내리쳤다. 그러나 하인은 여전히 두려워하는 기색이 없이 담담히 말했다.

"처음부터 황충은 장군님을 죽일 의도가 없었어요. 단지 위협만 하려고 했던 거지요. 그래서 투구의 술을 겨냥한 겁니다. 충분히 이마를 쏠 수도 있는 상황이었어요. 생각해보세요. 투구의 술을 명중시켰는데 머리를 못 맞추겠어요? 그런데도 장군님을 죽이지 않은 것은 인정상 봐준 것뿐이에요."

"인정이라니? 그게 대체 무슨 소리냐?"

하인은 관우의 이해력이 별로 좋지 않다는 사실을 뒤늦게나마 눈치채고 이렇게 말했다.

"전투가 시작된 첫날, 관우 장군님께서는 황충이 실수로 말에서 굴러 떨어졌는데도 그를 살려주시지 않았습니까? 그래서 황충도 장군님을 죽이지 않았던 거예요."

관우는 그제야 알아차린 듯이 한숨을 내쉬며 말했다.

"네 말이 맞다. 솔직히 황충의 화살은 정확히 내 투구에 명중되었다. 적토마가 바람처럼 빨리 도망치지 않았다면 목숨을 잃을 수도 있는 위기 상황이었지. 황충이 타고 있는 말은 엄청난 속력으로 나를 추월할 수도 있었지. 아마도 황충이 쏜 화살에 투구의 술을 잃어버린 사실은 내 평생에 가장 수치스러운 일로 기억될 것이다."

자신감이
자만으로 변질되지 않도록 늘 주의를 기울여라.

관우처럼 뛰어난 능력을 갖춘 남자들은 세상에 자신보다 잘난 사람이 있다는 사실을 쉽게 인정하지 않는다. 하지만 실제로 황충의 화살은 관우의 투구 술을 떨어뜨리지 않았는가. 만약 관우가 먼저 황충에게 호의를 베풀지 않았더라면 황충이 쏜 화살은 관우의 목을 날려버렸을지도 모르는 일이다. 그렇게 되었다면 리더를 잃은 관우의 군은 전투에서 패하였을 것이다.

자신감과 자만이 다르다는 것은 앞에서도 이미 이야기한 바 있다. 리더가 자만에 빠져 있으면 팀 전체가 잘못된 방향으로 전진하게 된다. 리더는 팀과 운명을 같이하는 자리라는 것을 늘 명심하라.

팀원의 말에 귀를 기울이는 리더가 되어라.

하나의 동일한 사물, 사건을 보더라도 각자의 해석이 다 다른 법이다. 다른 이의 말에 귀를 기울이고, 그 의견을 모아 장점만을 뽑았을 때 좋은 결과가 나오기 쉽다. 독불장군형 리더는 팀원에게서 신뢰를 잃기 쉽고, 팀원이 없는 리더는 존재할 수 없다.

여섯,
새 장가가는 유비

정면 돌파보다 우회가 나을 때가 있다.
그럴 때는 진심보다 약삭빠른 수단이 더 낫다.

　　청명이 막 지났을 무렵, 유비는 손권이 보내온 초청장을 받았다. 손권은 유비의 아내인 감(甘)부인이 세상을 떠났다는 소식을 듣고 자신의 여동생을 유비에게 시집보내기로 했다. 그의 최종 목적은 유비를 강남으로 초청하는 것이었다.

　　유비는 손권의 편지를 훑어본 후에 가소롭다는 듯이 웃었다.

　　"흥! 등치고 간 내어먹을 놈. 속셈이 따로 있겠지."

　　유비는 그 자리에서 초청장을 찢어 버리고자 했지만 제갈량은 유비를 만류하며 이렇게 말했다.

　　"이것은 분명 주유가 짜낸 계략입니다. 만약 손권의 동생을 후처로 맞이하게 되면 손권과는 매형과 매부사이가 되지 않습니까? 아무래도 장인어른과 상의하시는 것이 좋을 성 싶군요."

"옳습니다."

관우 역시 제갈량의 말에 동조하며 말했다.

"우리 유비 형님은 이제 백발이 될 날이 멀지 않았어요. 그런데 손권의 여우같은 누이동생은 지금 한창 꽃다운 나이가 아닙니까? 뭔가 시커먼 속셈이 있지 않고서 이런 혼사가 어디 될 법이나 한 일입니까?"

유비가 가만히 듣고 있으려니 속으로 은근히 화가 치밀어 올라 견딜 수가 없었다. 흥분한 유비는 편지를 가지고 온 사람의 목을 당장 베어버리도록 명령했다. 그러나 제갈량은 유비를 설득했다.

"지나친 감정적 대응을 하실 필요가 없습니다. 손권이 모처럼 호의를 보이고 있으니 우리 역시 모른 척 받아들이는 것도 좋을 것 같군요."

그런 다음 제갈량은 유비에게 몇 가지 제안을 했다. 일단은 아무런 의심도 하지 않은 척 손권의 초대에 응한 후에 두 사람의 나이 차가 너무 많이 나는 것을 구실로 삼아 혼사를 거절하게 되면 후한을 살 이유가 없다고 말했다.

유비는 제갈량의 제의를 듣고 보니 받아들이지 않을 이유가 없었다. 유비가 떠나는 날, 제갈량은 유비에게 녹색 보자기를 건네며 은밀하게 속삭였다.

"무슨 일이 생기면 펴보세요. 제가 금낭침(錦囊針)을 넣어 두었어요."

✲✲✲

화창한 봄날, 강남땅에는 온갖 꽃들이 만개해 있었다. 조운을 데리고 남경에 도착한 유비는 감로사(甘露寺)에 머물기로 했다.

유비가 강남에 발을 디딘 것은 사실 이번이 처음은 아니었다. 첫 번째 방문은 적벽대전이 있기 전이었다. 당시 곤경에 빠져 있던 유비는 손권에게 도움을 요청하기 위해 강남땅을 찾았다. 그러나 자신을 제거하려는 주유가 이미 함정을 파놓았다는 사실을 뒤늦게 깨닫고 하마터면 목숨을 잃을 뻔했었다.

하지만 지금 유비의 입지는 그때와는 완전히 달라져 있었다. 유비는 어쩌면 손권의 매부가 될지도 모르는 일이다. 그는 득의양양하여 속으로 이렇게 되뇌었다.

'너희들이 아무리 농간을 부리고 싶어도 지금 나는 영토도 있고 병력도 갖추었으니 누구든 나를 함부로 대하지 못할 것이다!'

유비를 마중 나온 손권은 유비를 보자마자 자신의 누이동생은 유비처럼 연륜이 지긋하고 기반이 든든한 남자를 좋아한다면서 침이 마르도록 유비를 치켜세웠다. 유비는 연회가 무르익어 갈수록 술기운에 몽롱해지면서도 조금도 긴장의 끈을 늦추지 않으면서 겸손 또한 잃지 않았다.

잠시 후 손권은 유비와 조운을 누이동생이 있는 곳에 안내했다.

손권의 누이는 구중궁궐에 머물고 있었다. 유비는 그녀의 얼굴을 처음 본 순간 첫눈에 반하고 말았다. 지금껏 살아오면서 이렇게 아름다운 여인을 본 적이 없었다. 게다가 그녀는 행동이 민첩할 뿐 아니라 영민하기까지 했다. 자태는 봄바람에 휘날리는 수양버들처럼 부드러우면서도 날렵한 멋이 있었으며 다소곳이 앉아 있는 모습조차 연못 깊숙한 곳에서 노니는 물고기처럼 차분하고 조신해 보였다. 유비는 자신도 모르는 사이에 손권의 누이에게 빠져 들었다.

한편 자신이 결혼할 남자가 이런 중늙은이일 것이라고는 전혀 예상하지 못했던 손권의 누이는 손권을 찾아가 다그쳤다.

"오라버니, 이게 어찌된 일이어요?"

"남자에게 가장 중요한 것은 풍격이란다. 유비의 나이가 많은 것은 사실이지만 유비의 얼굴을 좀 들여다보렴. 삶의 연륜이 묻어 나오지 않느냐?"

손권의 누이는 손권의 권유에 못 이겨 유비의 일거수일투족을 세심하게 관찰해 보았다. 하지만 아무리 이모저모 뜯어봐도 마음에 드는 구석이 없었다. 그녀는 이맛살을 찌푸리며 불만을 터뜨리기 시작했다.

"그건 그렇고 유비의 귓불은 왜 저렇게 커요? 마치 늘어진 귀 같지 않아요? 팔은 또 왜 저렇게 긴 거죠?"

"예의 없이 어떻게 손님에게 그런 심한 말을 하느냐? 유비 같은 외모는 천 년에 한 번 나올까 말까 한 개성 있는 얼굴이란다. 나는 오히려 유비의 특이한 외모가 부럽기만 하구나."

"그렇게 좋으면 오빠가 유비랑 결혼하면 되겠군요!"

손권의 누이는 농담으로 얼버무리려는 손권의 태도에 버럭 화를 내고 돌아섰다. 냉랭하기만 한 동생의 마음을 돌이키는 데 실패한 손권은 혹시라도 이 사실을 유비 쪽에서 눈치 챈다면 일을 그르치게 될까 봐 노심초사하기 시작했다.

하지만 지금 손권보다 더 초조한 사람은 바로 유비였다. 손권의 누이를 보자마자 사랑에 빠진 유비로서는 그런 자신의 마음이 당혹스럽지 않을 수 없었다. 게다가 손권의 누이는 그런 애타는 심정을 받아주기는커녕 오히려 냉담한 반응을 보일 뿐이었다. 유비는 밤새도록 가슴앓이를 한 끝에 우회작전을 펴기로 했다.

다음날 아침. 유비는 손권과 그의 어머니 오국태(吳國太), 그리고 손권의 누이에게 미리 준비해온 값진 패물들을 선물했다. 거기에는 금실을 이용하여 자신이 직접 만든 신발까지 포함되어 있었다. 오국태는 유비를 보고 한눈에 호감을 표시했다. 유비와 오국태는 서로 비슷한 연배이다 보니 공통된 화제가 끊이지 않았다. 두 사람은 오랜만에 만난 죽마고우처럼 죽이 척척 맞았다. 오국태는 유비에게 술이 천 잔이라도 부족할 것이라며 더없는 친근감을 과시했다.

오국태는 유비와 함께 대화하는 시간이 늘어날수록 소탈한 유비의 성품에 감탄을 금하지 못했다. 결국 오국태는 유비를 졸라 자신의 말동무가 되어줄 것을 간곡히 부탁했고 유비는 기다렸다는 듯 제안을 수락했다.

유비는 내궁의 서원에서 머물며 오국태가 한 치의 서운함도 느끼지 못할 정도로 성심 성의껏 모셨다. 아침에 해가 뜨면 마작부터 시작해서 낮에는 그림자처럼 따라다니며 부채질까지 마다하지 않았다. 저녁이면 그녀와 담소를 나누며 말동무를 자처했다.

오국태는 유비의 달콤한 언변에 넘어가 전적으로 그를 신뢰하게 되었다. 특히 세심한 부분까지 챙기는 유비의 다정다감한 태도는 이미 죽은 지 오래 된 남편 손견(孫堅)과는 정반대였다. 오국태는 한숨이 절로 나왔다.

'손견은 생전에 그저 호통만 칠 줄 알았지 내게 한 번도 잘해준 적이 없었지. 세상에 유비 같은 남자가 있을 줄 어찌 알았겠나? 휴, 유비에게 시집가는 여자는 얼마나 좋을까.'

사실 오국태는 손권이 누이의 혼사 문제로 유비를 초대했다는 사실을 알지 못했다. 혼자서 이런 저런 궁리를 거듭하던 그녀는 조심스럽게 유비의 재혼을 거론했다. 하지만 유비의 반응은 의외였다. 그는 긴 한숨을 내쉬며 현재 자신의 처지를 하소연하기 시작했다. 자신은 얼마 전 아내를 잃고 현재 홀로 독수공방하는 신세인데다가 나이도 많으니 재혼은 꿈도 꾸지 못한다고 했다. 끝으로 자신은 앞으로도 계속 홀아비로 늙어갈 것이라며 한탄했다.

오국태는 깜짝 놀라며 말했었다.

"천하의 여인들이 모두 눈이 멀었군요. 당신을 마다하다니!"

유비는 담담하게 말했다.

"중요한 것은 그게 아닙니다. 황제에게 시집오려는 여자는 줄을 섰습니다. 제가 마음만 먹으면 언제라도 새 아내를 얻을 수 있어요. 하지만 장모를 모시는 일은 그리 간단한 일이 아닙니다. 만약 세상의 모든 장모가 오국태 당신처럼 화통한 성격이라면 제가 왜 굳이 홀아비로 늙어죽을 결심을 했겠어요?"

유비의 말에 감격한 오국태는 이렇게 말했다.

"유비, 너무 실망하지 마세요. 내게 아직 출가하지 않은 여식이 하나 있으니 내일 당장 소개시켜 드리리다."

유비가 이처럼 오국태와 시간을 보내고 있는 동안 조운은 도대체 유비의 본심을 알 수가 없었다. 궁금해서 견딜 수 없던 조운은 유비를 다그쳤다.

"유비 폐하, 어째서 오국태와 노닥거리고 계십니까? 결혼 상대는 손권의 누이지 오국태가 아니라고요."

조운은 이곳에서 더 이상 지체하는 것은 시간낭비일 뿐이라는 생각이 들었다. 게다가 지금쯤 제갈량의 걱정이 이만저만이 아닐 것이 분명했으므로 유비의 소매를 잡아끌며 돌아가자고 재촉했다. 그러나 유비는 조운의 손을 뿌리치며 말했다.

"잠자코 있어라. 봉황의 마음을 어찌 뱁새가 헤아리겠느냐?"

한편, 손권은 손권대로 유비와 오국태의 사이를 의심하게 되었다.

'누이동생은 안중에도 없고 오히려 어머니에게 관심을 보이다니? 설마 유비를 아버지라고 부르게 되는 것은 아니겠지?'

손권의 생각이 여기에 미치자 갑자기 등에서 식은땀이 흘러 내렸다.

그때 마침 오국태의 거처에서 전갈이 당도했다. 내용인즉 유비를 누이동생과 혼인시키면 어떻겠느냐는 것이었다. 손권은 그제야 가슴을 쓸어내리며 회심의 미소를 지었다. 손권의 누이는 어려서부터 효성이 지극했기에 어머니의 말이라면 한 번도 거스르는 법이 없었다. 따라서 손권으로서는 이제 굿이나 보고 떡이나 먹으면 되는 상황이었다.

어머니의 권유와 손권의 강요에 못이긴 누이는 마지못해 승낙하기는 했지만 유비의 외모가 영 마음에 걸렸다. 그래서 고민 끝에 유비에게 다음과 같은 제안을 했다.

요즘 궁궐 밖의 세상에서는 고시열풍이 한창이었으므로 유비에게도 두 차례의 고시를 실시하여 두 번의 관문 중에서 하나만 통과하면 두말 않고 유비와 결혼하겠다는 것이다. 유비에게는 선택의 여지가 없었으므로 순순히 응했다.

궁궐 후원의 커다란 느릅나무 아래가 시험을 치르는 장소로 선정되었다. 손권은 시험 감독을 맡고 오국태는 총감독관 역할을 자청했다.

손권이 의사봉을 두드려 첫 번째 고시가 시작되었음을 알리자 손권의 누이가 말했다.

"첫 번째 관문은 나와 무예를 겨루는 것입니다. 유비! 우선 무기부터 고르세요."

시종들은 각각 활, 검, 창 등의 병기를 들고 나왔다. 유비는 대경실색하지 않을 수 없었다.

'이게 도대체 어떤 의미일까? 설마 시합을 구실로 나를 죽이려는 의도는 아니겠지?'

유비는 우물쭈물하면서 말했다.

"내가 여기에 온 것은 친교를 위한 것이지 무예를 겨루기 위해서가 아니요."

"이봐요, 유비 아저씨. 나는 무예로 친교를 맺고 싶은 데 안 될까요? 듣자하니 당신네 형제들은 평생 변방을 넘나들며 전쟁과 살상을 서슴지 않았다고 하던데, 이거야 말로 당신에게 가장 유리한 관문이 아닌가요? 설마 나 같이 연약한 여자 하나를 당해낼 자신이 없는 것은 아니겠지요?"

그녀의 당돌함에 유비는 순간 말문이 막혀 버렸고 보다 못한 오국태가 유비의 편을 들고 나섰다.

"애야, 그게 무슨 버릇없는 소리냐? 유비는 이제 황제이시다. 세상에 어떤 황제가 자기 아내와 칼싸움을 하고 싶겠느냐?"

"어머니. 너무 유비에게만 편파적이신 것 같군요. 만약 저 같은 여자 하나도 당해내지 못한다면 앞으로 어떻게 자기 아내를 보호해 주겠어요?"

계속되는 그녀의 반박에 유비는 진땀을 흘리며 쩔쩔매기 시작했다. 그리고 급기야 이마의 땀을 닦으며 말했다.

"이 문제는 내게 너무 어렵군요. 이번에는 기권하는 것이 좋겠어요."

유비는 난처함을 표명하며 포기를 선언하고 말았다.

그러나 이 같은 유비의 솔직하고 겸손한 태도가 오히려 손권의 누이 마음을 사로잡기 시작했다. 사실 여자들은 강한 남자보다는 부드러운 남자를 더 좋아하지 않던가? 어쩔 줄 몰라 울음을 터트릴 것만 같은 유비의 모습이 그녀의 모성본능을 자극했던 것이다.

"좋아요. 그렇다면 두 번째 관문으로 넘어가겠어요. 이번엔 당신의 지혜를 시험해보겠어요. 바보한테 시집가고 싶지는 않으니까요."

그녀는 곧바로 문제를 냈다.

"일생 동안 사람들이 가장 많이 쓰는 단어를 맞춰보세요. 힌트를 드리자면 세 글자입니다. 단 정답을 말할 수 있는 기회는 한 번뿐이에요."

유비는 또 다시 아연실색하지 않을 수 없었다.

"사람이 살면서 평생 동안 하는 말이 얼마나 많은데, 그 중에서 단 하나만 고르라니요? 그걸 어느 누가 알겠소?"

이제 남은 기회는 한 번뿐이었다. 하지만 아무리 머리를 굴려 보아도 정답이 떠오르지 않았다. 멍한 표정의 유비를 바라보는 오국태와 손권의 심정 또한 초조하기 이를 데 없었다. 그들은 유비에게 힌트를 주기 위해 옆에서 한꺼번에 떠들어대기 시작했다. 하지만 주위의 소란스러움에 유비는 더욱 혼란스러울 뿐이었다. 이제 남은 시간은 얼마 되지 않았다.

조운은 상황이 급박해짐을 깨닫고 재빨리 녹색 보자기를 들고 왔다.

"유비 폐하! 당황하지 마시고 제갈량이 준 보자기를 열어 보세요."

유비는 황급히 보자기를 펼치고 그 안에 들어있는 편지를 읽어 보았다.

「만약 대답하기 곤란한 질문을 받게 되면 '나는 모르오. 제갈량한테 물어보시오'라고 하면 해결될 것입니다.」

제갈량의 충고를 본 유비는 씁쓸한 웃음이 절로 나왔다.

'어이가 없군! 아무리 내가 과거에 그 말을 자주 내뱉었다고는 하지만 황제가 된 마당에 또 다시 그런 우유부단한 말투를 입에 담으라니… 이거 황제 체면이 말이 아니구먼.'

조운은 여전히 머뭇거리고 있는 유비를 지켜보자니 애가 타서 미칠 지경이었다.

"유비 폐하, 그냥 제갈량이 시키는 대로 하세요. 시간이 없어요. 하늘에 운명을 한 번 맡겨보시라고요!"

더 이상 지체할 시간이 없었다. 손권의 누이는 벌써 아홉까지 세고 있었다. 유비는 하는 수 없이 예전에 자신이 늘 입에 달고 다니던 그 말을 내뱉었다.

"모르오…."

순간 손권 누이의 눈빛이 반짝이더니 환호성을 질렀다.

"정답이에요! 드디어 맞혔어요."

손권의 누이는 벌떡 일어나 손뼉까지 치며 말했다.

"사실 좀 까다로운 문제였는데 이렇게 척척 맞추다니요? 유비, 이제 보니 당신은 정말 대단한 남자에요."

그녀에게는 다음과 같은 야심이 따로 있었다.

'나중에 내가 아들을 낳게 된다면 분명 아두(阿斗)보다 똑똑할 거야. 그럼 촉국은 앞으로 내 아들의 차지가 되겠지.'

그러나 유비는 여전히 어리둥절할 뿐이었다. 다만 정답을 맞혔다는 사실이 꿈만 같아서 자신의 볼을 살짝 꼬집어 보았다.

유비가 성공적인 리더가 된 요인을 파헤쳐보자.

우선 그는 언제나 실낱같은 희망조차 없는 일들에 과감히 도전장을 던졌다. 시골에 파묻혀 세월이나 낚고 있던 제갈량을 발탁하여 자신의 인재로 만들었고 그의 능력을 십분 활용했다. 다음으로 상대의 가장 가까운 측근을 매수하는 방법을 통해 우회작전을 펼쳤다. 정면 공격이 불가능하다고 판단되면 측면에서 돌진하는 방법을 사용했던 것이다. 그리고 마지막으로 하늘의 운이 항상 그를 따라다녔다.

리더를 꿈꾸는 당신의 운은 어떠한가? 또한 운은 그 자신이 스스로 만드는 것이기도 하다. 운이 없다고 하늘을 탓하기만 할 것인가, 아니면 유비처럼 기회를 꾸며서라도 자신의 운을 만들어낼 것인가. 운을 만들어내는 것도 리더의 역할임을 명심하라.

리더는 팀을 위해 있는 존재이다.

정면 돌파, 정직한 수단은 의(義)라 칭해지곤 한다. 하지만 리더의 자리에 있다 보면 이러한 정도(正道)만을 고집해서는 안 될 때가 있다. 이럴 때는 개인이 아닌 팀을 생각하라. 팀의 안정이나 이익을 위해서라면 리더는 얼마든지 모사꾼이 될 수 있어야 한다.

일곱,
마초의 패왕창

시작하기 전부터 포기할 것을 생각하는 사람은 없겠지만
시작을 작게, 조용하게 하면
중도포기도 작고 조용하게 무마할 수 있다.

마초(馬超)는 오로지 복수의 일념에 불타 있었다. 살기등등한 그는 패
왕(覇王)창을 들고 장안성까지 한걸음에 달려갔다. 산천초목은 상전벽
해를 이루어 지난날의 모습을 거의 찾아 볼 수 없었다. 황혼이 내리는
지평선 위로 거대한 성곽이 그 위용을 드러내고 있었다.

"드디어 장안에 도착했구나."

험한 길을 달려오는 동안 내내 침묵을 지키고 있던 한수(韓遂)가 말했
다. 그는 마초의 측근으로 지금껏 한 번도 그의 신변을 떠나본 적이 없
으며 마초의 아버지와도 막역한 사이였다.

"저 안에 조조가 있을까요?"

마초가 물었다.

"그렇겠지."

한수는 고개를 끄덕이며 말했다.

"조조의 주변에는 심복들이 많으니 결코 한시도 방심해서는 안 되네."

한수는 여전히 마음이 놓이지 않는다는 듯이 숨죽이며 말했다. 그때였다. 아직 성문을 뚫고 들어가지도 못했는데 그들을 막고 선 세 남자가 있었다.

"마초, 여기서 그만 돌아가는 것이 어때?"

그들은 간금(干禁)과 장합(張郃)과 이통(李通)이었다. 마초는 조금도 겁먹은 기색 없이 말했다.

"내가 왜 그래야 하지? 나는 기필코 조조를 찾아내서 아버지의 원수를 갚을 것이다. 또한 나의 형제들을 죽인 복수도 해야겠다. 그의 목을 쳐내지 못한다면 절대로 돌아갈 수 없다!"

간금이 콧방귀를 뀌며 말했다.

"마초야. 어서 돌아가거라. 너 같은 애송이에게 당할 조조가 아니다. 지금 이 순간 우리 말고도 조조가 보낸 자객들이 곳곳에서 너를 노리고 있다는 것도 모르느냐?"

마초는 여전히 큰소리로 말했다.

"상관없다. 너희들이 바로 조조가 보낸 그 자객들이더냐?"

"그렇다."

간금은 말보다는 주먹이 먼저라고 생각해서 선제공격에 나섰다. 마초의 패왕창이 공중을 휘돌며 날카로운 쇳소리를 몇 번 냈을 뿐인데 어느새 간금의 입에서 붉은 피가 흐르기 시작했다. 그야말로 눈 깜짝할 순간에 벌어진 일이었다.

간금은 검까지 바닥에 떨어뜨리며 체념한 듯 말했다.

"마초! 보아하니 나보다 열 살은 어려보이는 데도 이처럼 뛰어난 무예를 익혔다니 놀랍군. 이제껏 강호의 고수를 자부해왔지만 솔직히 너처럼 대단한 녀석은 처음 보았다. 좋다! 이제 너와 조조의 일에 더 이상 관여하지 않으마."

장합은 아까부터 가소롭다는 표정이었다.

"마초, 애송이 주제에 기량이 대단하다니 축하할 일이로군. 엄지손가락이라도 치켜들어 줄까? 도대체 네 사부가 누구냐? 공동(崆峒)파냐, 아니면 곤륜(崑崙)파냐?"

마초는 고개를 가로 저으며 말했다.

"둘 다 아니다."

장합은 순간 당황하기 시작했다.

"뭐라고? 그렇다면 설마 천산동모(天山童姥)파는 아니겠지?"

마초가 말했다.

"네가 말한 패거리들은 나와 아무런 상관이 없다. 까짓 계파와 족보를 따지는 일이 뭐가 그리 중요한가? 하긴 우리 마 씨 일가의 무공은 아직 강호에는 알려진 바 없으니 모르는 것도 당연하군. 하지만 서부에서는 우리 일가를 모르면 간첩이라고 할 수 있다. 지금까지 이 중원 땅에 한조의 깃발을 휘날릴 수 있는 것도 다 우리 선조들이 목숨을 걸고 싸웠기 때문이다. 그렇지 않았다면 벌써 오랑캐의 땅이 되고 말았을 것이다."

장합은 묵묵히 듣고 있는 듯했다. 그러나 마초는 장합의 검에서 범상치 않은 기운이 뿜어져 나오는 것을 직감하고 솔직히 등골이 서늘해졌다.

'보아하니 저 녀석은 고수가 틀림없구나.'

마초는 필사적으로 패왕창을 휘두르며 장합과 20회가 넘는 회합을 벌였다. 결국 장합마저 두 손을 들고 자신의 패배를 시인했다.

"이제 기권이다."

검푸른 빛이 감도는 패왕창의 살기등등함에 위축된 장합은 일찌감치 나가떨어지며 말했다.

"과연 대단한 병기다. 하지만 너는 결코 조조를 찾아내지 못할 것이다. 조조는 이미 네놈이 올 거라는 사실을 알고 아무도 모르는 곳에 몸을 숨겼거든."

✽ ✾ ✽

"조조! 네 이놈! 어서 내려오너라! 나무 위에 숨어 있으면서 어찌 대장부라 할 수 있느냐?"

마초는 나무 위에 올라앉은 조조를 바라보며 호통을 쳤다.

태양은 나뭇잎들을 투명하게 물들이고 있었고 금실처럼 가는 햇살이 조조의 얼굴을 환히 비추고 있었다.

"여기에 숨어있으면 아무도 찾지 못할 줄 알았는데…. 마초, 네가 날 기어코 찾아내리라고는 꿈에도 생각하지 않았다…."

나무의 가장 높은 나뭇가지를 붙잡고 앉은 조조의 탄식이 이어졌다. 바람이 불어와 나뭇가지를 흔들어 대자 조조 역시 중심을 잃고 흔들리고 있었다.

"네놈이 어디에 숨든 나는 기필코 천하를 다 뒤져서라도 찾아내서 복수할 것이다. 나는 네놈의 피 냄새를 맡을 수 있단 말이다!"

마초의 살기는 하늘을 찌를 듯했다. 조조는 가슴이 철렁 내려앉아 하마터면 나무 아래로 굴러 떨어질 뻔했다.

"마초, 이거 너무 한 것 아니냐? 나는 너의 눈을 피하려고 머리도 자르고 수염도 깎았다. 어디 그뿐인 줄 아느냐? 예전에 입던 옷들은 다 갖다 버리고 전부 새로 장만했으니 너 하나 때문에 당대의 오웅(烏雄)인 나의 체면이 이만저만이 아니란 말이다. 앞으로 어쩔 셈이냐? 이제 만족스럽냐?"

"만족이라고?"

마초는 냉소를 머금고 말했다.

"내가 너처럼 만족도 모르는 탐욕스러운 인간인 줄 아느냐? 서북(西北)에서 우리 마 씨 일가는 대대손손 아무런 근심걱정 없이 자족하며 살아왔었다. 바로 네놈이 나의 아버지와 형제들을 죽이기 전까지 말이다!"

마초가 통렬히 조조를 질책하자 조조가 변명을 늘어놓기 시작했다.

"그것은 오해다! 이게 다 너의 아버지가 먼저 나를 죽이려고 했기 때문에 벌어진 일이다. 십 년 전 너의 아버지는 황제의 외숙들과 결탁하여 혈서를 보내어 나를 유인했었다. 황제를 대신하여 나를 죽이고자 했던 것이지. 당시 나는 너의 아버지를 죽일 수도 있었지만 순순히 보내주었다. 하지만 또 다시 나를 찾아왔을 때는 더 이상 참을 수 없었단 말이다!"

마초는 속으로 흠칫 놀랐다.

'아버지는 항상 조조를 죽여 버리겠다고 입버릇처럼 말씀하셨지. 막상 자초지종을 듣고 보니 조조의 편에서는 명백한 정당방위가 아닌가.'

그러나 아버지의 비참한 죽음을 떠올리니 이내 또다시 복수심이 불타올랐다.

"조조!"

마초가 다시 조조를 향해 외쳤다.

"어찌 되었든 너는 나의 아버지와 형제를 살해한 원수이다. 너라면 너의 부모 형제를 죽인 원수를 살려두겠느냐?"

조조는 웃으며 대답했다.

"이것 참 미안해서 어쩌지! 나는 아버지가 이미 20년 전에 돌아가시고 안 계시거든. 서주의 태수 도겸(陶謙)이 배후에서 토비를 사주하여 내 아버지를 살해했다. 그리고 형제라면… 오! 바로 저기 오고 있구나!"

과연 요란한 발자국 소리를 내며 건장한 체격의 남자가 다가오고 있었다. 조홍(曹洪)은 마초를 향해 소리쳤다.

"마초! 네가 조조의 형제를 찾았느냐? 어디 한 번 덤벼 보시지."

마초는 조홍과 맞서 무려 40회가 넘는 회합을 벌였다. 조홍도 마초의 패왕창 위력 앞에서는 가쁜 숨을 몰아쉴 뿐이었다. 나무 위에서 이들의 대결을 지켜보고 있던 조조는 뜨거운 지붕 위의 고양이처럼 안절부절 못했다.

또 다른 사내가 이들의 곁으로 다가왔다.

"조홍, 내가 왔으니 걱정하지 말거라."

그는 조인(曹仁)으로 혼자가 아니었다.

"나도 있다."

이 목소리의 주인공은 조조의 사촌 형제인 하후연이었다. 그러나 그도 마지막은 아니었다.

"마초, 우리가 아직도 너를 두려워할 거라고 생각하나?"

하후돈(夏侯惇)까지 합세했으니 모두 네 명을 상대해야 하는 상황이었다. 마초는 이들의 공격을 막아내느라 정신이 없어서 조조가 몰래 나무 아래로 내려오는 것에 신경 쓸 틈이 없었다. 우선은 마초 자신의 목숨부터 부지하고 봐야 했다.

'호랑이 한 마리가 여러 무리의 늑대를 당해낼 수 없는 법! 이들 조조의 형제들은 만만한 상대가 아닌 것 같구나. 이런 상황에서 복수는 더 이상 아무런 의미가 없지.'

그래서 마초는 그들의 포위를 뚫고 삼십육계 줄행랑을 쳤다.

✳ ❋ ✳

"나는 조조의 호위무사 허저(許褚)다!"

살을 에는 강바람이 불어오는 위수(渭水)강변에 선 허저가 말했다.

"허저?"

마초는 한 눈에 그가 근육질의 다부진 체격의 소유자라는 것을 알아차렸다.

"네가 바로 그 유명한 '호치(虎痴)'냐?"

마초는 애써 두려움을 감추며 물었다. 허저가 말했다.

"그렇다. 나는 원래 별명이 두 개다. 어릴 적부터 호랑이 고기를 좋아해서 붙여진 별명이지. 진(秦)나라 산골짜기의 호랑이란 호랑이는 내가 다 잡아먹어서 지금은 아마 호랑이의 씨가 말랐을 걸."

마초는 실소가 터져 나오려는 것을 참고 다시 물었다.

"또 다른 별명은 도대체 무엇이냐?"

"그것은 '도치(刀痴)'다. 이것 역시 칼만 보면 좋아서 사족을 못 쓴다고 해서 붙여진 별명이지. 그래서 내가 쓰는 검은 치도(痴刀)라고 하고 나의 필살기는 바보 검법이라고 한다."

"바보 검법이라⋯."

마초는 점차 어리둥절해지기 시작했다.

'그건 《사대명포료경사(四大名捕鬧京師)》에 나오는 검술 아니었던가?'

마초가 다시 질문을 던졌다.

"'치도(癡刀)'라는 말은 한 번도 들어본 적이 없다. 도대체 무슨 병기냐?'

허저는 호랑이처럼 날카로운 이빨을 내보이며 말했다.

"그걸 내가 가르쳐줄 이유가 없지. 하지만 우리 형님이 쓰는 창은 병기 서열 3위 안에 들 걸!"

"형이 있다고?"

마초는 또 다시 놀라지 않을 수 없었다.

'저 자는 이미 늙은 종이 호랑이다. 하지만 형이 있을 줄은 몰랐는걸. 휴! 이번 대결도 쉽지는 않겠구나.'

허저가 계속해서 말했다.

"형의 이름은 전위(典韋)라고 한다. 그가 쓰는 병기는 다정쌍극(多情双戟)이라고 하지."

"다정쌍극이라고? 나도 들어본 이름이군. 최고의 병기를 뽑는다면 첫째가 남화극(男畵戟), 둘째가 산쾌창(山快槍), 다정쌍극은 바로 세 번째에 해당하지 않는가?"

허저는 덩달아 신이 나서 말했다.

"네 번째는 청룡도, 다섯 번째가 바로 너의 패왕창. 여섯 번째는 연산사모(燕山蛇矛)지."

"그렇게 따지자면 네 형의 병기가 나보다 한 수 위라고 볼 수밖에 없구나."

"당연하지. 영웅으로 치자면 여포, 조조, 전위, 관우 순이라고 볼 수 있다. 가만 있자. 마초 네가 몇 번째더라? 여섯 번째인가? 장비는 그 밑이고…."

"됐다. 두말하면 잔소리지. 네가 형의 이름을 들먹이는 것을 보니 나를 위협하고 싶은가 본데 그 정도로 겁먹을 내가 아니다. 열일곱 살 무렵부터 나는 두 손에 피를 묻히며 살아왔다. 네 형 정도라면 한 손에 저세상으로 보내주마!"

두 사람의 대결은 이제 패왕창과 치도. 암흑과 혼란의 대결이었으나 허저가 휘두른 칼이 마초의 '흑호도심(黑虎掏心)'을 이기지 못하고 허공을 날아올랐다. 마초는 허저의 명치를 겨냥하고 있었다. 그러나 어이없게도 귀신처럼 빠른 허저의 손이 마초 수중에 있던 창을 낚아 채가고 말았다. 더욱 믿을 수 없는 것은 마초의 패왕창이 날카로운 쇳소리를 내며 두 동강이 나고 말았다는 사실이었다.

마초는 놀랄 틈도 없이 조각난 패왕창을 움켜쥐고는 허저의 가슴을 난자했다. 맨살을 그대로 드러낸 허저의 가슴에서 피가 솟구쳤다. 허저는 심각한 부상을 입은 후에야 줄행랑을 치며 말했다.

"천하의 패왕창도 내 손에 두 동강이 나고 말았으니 패자는 마초 너라는 사실을 명심해라."

"허튼 소리 마라. 네놈의 치도가 먼저 땅에 떨어졌으니 패배를 인정할 사람은 바로 너다."

"마초, 어찌 되었든지 너의 패왕창은 이제 절단 나고 없다는 사실을 잊지 말아라!"

그의 고함치는 소리가 쩌렁 쩌렁 귓전을 울렸다.

"염치도 없구나."

마초도 지지 않고 호통을 쳤다.

"너는 어깨에 부상을 입지 않았느냐, 이 얼간이 같은 녀석!"

마초의 고함소리는 결코 허저의 목청 못지않았다. 두 사람은 이제 검이 아닌 목청대결에 나섰다. 그들의 고함소리는 어찌나 요란하던지 멀리 장안성까지 울려 퍼졌다. 물론 장안 성과 조조의 궁궐에도 골고루 퍼져 나갔다.

그 시각 조조는 내전에 몸을 숨긴 채 두려움에 떨고 있었다.

'마초와 허저의 대결은 아마 그 어느 강호 영웅의 대결보다 치열할 것이다'

하지만 잠시 후 기쁜 소식이 조조의 궁궐 안에 울려 퍼졌다.

"천하의 패왕창도 허저에게 쇳덩이가 되고 말았다."

"마초의 패왕창이 두 동강 났다!"

목청 큰 허저의 고함소리가 어느새 온 장안 성을 뒤덮고 있었던 것이다. 마초는 그 시각 백리 밖의 위하 강가에 망연자실하게 서 있었다. 마초는 혼자서 계속해서 중얼거렸다.

"허저, 이 파렴치한 자식, 나쁜 놈, 멍청한 놈!"

조조에게 복수하려던 애초의 결심은 어디론가 사라지고 지금 마초는 단지 패왕창을 잃었다는 사실만으로 분개할 뿐이었다.

결과를 생각하고 목표를 세워라.

일을 하다 보면 불가항력이나 능력부족 때문에 중도에 포기해버려야 하는 때가 종종 있다. 이렇게 중도에 포기하는 것이 나쁘다고는 할 수 없지만, 그 시작을 요란하게 했다면 포기가 더욱 돋보여 비웃음을 사거나 비웃음의 대상이 되기 일쑤다. 일부러 자신감을 불어넣고자 호기 있게 허풍을 쳐보는 것도 좋지만 세상 모든 일은 인과관계(因果關係)에 따른다는 것을 명심하자.

어떤 일을 하기에 앞서
목표와 목적부터 분명하게 하라.

애초에 목표가 확실하게 잡혀 있다면 리더가 다소 중심을 잃더라도 중간에 실패할 확률이 적어진다. 팀원들이 중심을 잃었을 때는 리더가 잡아줄 수 있지만, 리더가 흔들리게 되면 팀원들로서는 리더를 따라 함께 추락하는 수밖에 없어진다.

여덟,
기러기를 명중시킨 어린 장수

크게 될 사람은 작은 성취에 만족하지 않고 더 큰 것을 노린다.
작은 성공에 만족하는 모습을 남 앞에서 드러내 보이지 말라.

아버지 관우의 복수를 벼르던 관흥(關興)은 마침내 손권에게 대항하
기로 결심했다. 그런 관흥을 지켜보던 제갈량은 노파심에서 질문을 던
졌다.

"관흥, 대관절 어떤 심산으로 손권에게 도전할 셈이냐? 실전은 애들
장난과 다르단다."

더불어 제갈량은 겁을 주려는 듯이 한 손으로 자신의 목을 자르는
시늉을 해보였다.

"자칫 잘못했다가는 이렇게 목이 뎅강 잘리고 말 걸."

하지만 관흥은 전혀 아랑곳하지 않았다.

"그까짓 것 겁나지 않아요. 제 활솜씨도 제법이라고요."

관흥의 나이 이제 겨우 열다섯 살이었다. 제갈량은 아직도 솜털이

보송보송한 관흥을 볼 때마다 마음이 놓이지 않았다.

제갈량은 관흥을 진정시키기 위해 장비의 아들 장포(張苞)를 불러 관흥과 활솜씨를 겨루게 했다.

장포는 아버지를 닮아서 과격하고 성급한 구석이 있었다. 아니나 다를까 장포는 제갈량의 신호가 떨어지기도 전에 화살을 쏘아 과녁을 명중시켰다. 제갈량은 박수를 치며 찬사를 아끼지 않았다.

"10점! 역시 장비의 아들답구나. 될성부른 나무는 떡잎부터 알아본다더니."

그리고 관흥의 표정을 살피며 그의 차례를 알렸다.

"자, 관흥! 다음은 네 차례다."

관흥은 내심 걱정이 앞섰다.

'장포가 이미 과녁을 명중시켜 10점을 얻었으니, 그를 능가한다는 것은 사실상 불가능한 일이다. 어쩌면 좋을까?'

그 때 마침 관흥의 머리 위로 한 무리의 기러기 떼가 지나가고 있었다. 관흥은 어린 시절 아버지를 따라 사천에 온 이후로 한 번도 기러기를 본 적이 없었다. 기러기떼들이 무리를 이루고 날아가는 모습을 보자 관흥의 가슴이 설레기 시작했다.

"거의 십 년 만에 너희들을 보게 되었구나."

제갈량은 활을 쏠 생각은 뒷전인 채 하늘만 올려다보고 있는 관흥에게 물었다.

"관흥, 무엇을 그리 유심히 보고 있느냐?"

"어느 기러기가 제일 살이 쪘는지 보고 있었어요."

그 말을 듣자 제갈량은 속으로 이런 생각이 들었다.

'정신 나간 놈 같으니라고. 기러기가 살찐 것이 지금 저하고 무슨 상관이란 말이냐.'

그러나 겉으로는 아무런 내색도 하지 않고 이렇게 말했다.

"내가 보기엔 첫 번째 기러기가 제일 살이 찐 것 같구나. 그런데 설마 저렇게 높이 나는 기러기를 쏘아 통구이를 하려는 것은 아니겠지?"

"불가능할 이유가 없지요."

관흥에게 마침 재미있는 생각이 떠올랐다. 그는 활시위를 당겨 첫 번째 기러기를 조준한 후 이렇게 말했다.

"기러기야, 너의 왼쪽 눈을 쏠 테니 조심하렴."

"관흥, 너무 허무맹랑한 것 아니야?"

장포는 말도 안 된다는 표정으로 그저 지켜볼 따름이었다. 그러나 관흥은 천천히 심호흡을 한 후에 화살을 쏘았다. 화살은 하늘을 향해 곧장 날아가더니 기러기의 왼쪽 눈에 정확히 명중되었다. 화살을 맞은 기러기는 땅 위로 추락하고 말았다. 제갈량은 관흥의 화살이 기러기의 왼쪽 눈에 정확히 박혀 있는 것을 확인하고 감탄을 금치 못했다.

"신궁의 솜씨로다. 장강에서 활을 쏘던 조운을 본 이후로 이렇게 활을 잘 쏘는 사람은 네가 처음이구나."

관흥은 중얼거렸다.

"만약 이게 조조의 눈알이었다면 얼마나 좋을까."

장포 역시 경의를 표하며 말했다.

"관흥, 이렇게 활 솜씨가 좋은지 정말 몰랐는걸."

"그렇지 않아. 단지 시력이 좋았을 뿐이야. 그런데 설마 질투하는 것은 아니겠지?"

"아무렴 어떠니? 그나저나 지금 이 광경을 너의 아버지께서 보셨다면 굉장히 기뻐하셨을 텐데. 사람들 말이 너의 아버지는 황충이 쏜 화살에 투구의 술을 잃어버리신 뒤로는 상심하셔서 여생을 우울하게 보내셨대."

장포의 말을 듣고 관흥은 화를 내지는 않았지만 곧 침울한 표정을 지었다. 제갈량은 걱정스런 표정으로 물었다.

"관흥, 너의 뛰어난 활솜씨는 이미 입증된 셈인데 어째서 기뻐하는 기색이 없느냐?"

"제가 맞춘 것은 불쌍한 기러기이지 독수리가 아니잖아요."

관흥은 한없이 아쉬운 표정으로 말했다.

"만약 제가 맞춘 것이 독수리였다면 사조영웅이 되었을 텐데, 기러기를 맞췄으니 이제 꼼짝없이 사안영웅이 되었잖아요."

관흥의 대답에 제갈량은 내심 적잖이 놀랐다.

'평범한 열다섯 나이의 아이라면 겨우 참새를 맞추고도 기뻐서 잠도 자지 못했을 텐데. 관흥은 날아가는 기러기를 맞추고도 저렇게 의기소침하다니… 저 녀석 야심 하나는 아버지보다 낫구나.'

그래서 제갈량은 그를 위로하며 말했다.

"괜찮다. 사조영웅이 바로 사안영웅이란다. 네가 앞으로 곽정(郭靖)보다 큰 인물이 되리라는 것을 내가 보장하마."

그 말을 들은 뒤에야 관흥은 기쁜 표정으로 밝게 웃었다.

큰 성공을 바란다면 작은 성공에 안주하지 마라.

작은 성공들에 만족해버리면 더 큰 성공을 위한 도전에 게을러지기 마련이다. 늘 부족하다고 생각하고 노력하라.

또한 작은 성공에 안주하는 모습을 당신의 상사에게 보이지 말라. 그는 당신의 그릇이 그 정도라고 생각해버릴지도 모른다. 하지만 당신이 조금 더 높은 곳, 조금 더 먼 곳을 바라보고 있다는 것을 안다면 그만큼 당신에게 거는 기대치도 높아질 것이다. 상사의 기대는 곧 기회이다. 반대로 당신이 리더의 자리에 있다면 작은 성공에 만족해 안주하는 이가 아닌, 발전 가능성이 있고 의욕이 있는 젊은이를 선택해야 하는 것은 당연하다.

칭찬에 인색한 리더가 되지 마라.

칭찬은 팀원의 분발을 가져온다. 적시에 하는 칭찬은 개인의 능력을 120% 끌어올릴 수 있는 가장 좋은 방법이기 때문이다. 팀은 개인이라는 나무가 모여 만들어진 숲이라는 것을 기억하라.

아홉,
선봉장이 된 요화

여러 각도에서 그 사람의 진실을 보도록 노력하라.
사람을 선택하는 데 있어서 편견은 가장 주의해야 할 요소다.

제갈량은 제6차 기산(祁山) 출정을 앞두고 선봉장을 선발하는 일이 급선무였다. 선봉장에 거는 제갈량의 기대가 막중했으므로 매우 엄격한 선발 과정을 거쳐야만 했다. 대신들은 선봉장 선발 과정을 3차로 나뉘어 정확한 심사를 기하기로 했다.

고심 끝에 제갈량 진영의 문관들이 공동으로 후보자를 추천한 후 자격을 심사하여 한 명의 후보자를 가리기로 했고, 이 같은 1차 심사를 통과한 후보자는 다시 제갈량의 낙점을 받아야 했다. 이것이 바로 2차 심사였다. 마지막 3차 심사의 관문은 비밀이었다.

1차 심사를 맡은 문관들은 후보자를 고르는 데만 반나절이나 걸렸고, 또 다시 십여 차례의 논의를 거쳐 요화(廖化)를 선출했다. 그를 추천한 이유는 세 가지였다.

첫째, 그의 한 점 티끌이 없는 과거 경력을 높이 평가했다. 그는 제갈량이 등장하기 훨씬 이전부터 관우를 따라 봉기를 일으켰다. 이것은 죽고 없는 관우의 아들인 관흥이 충분히 증명해줄 수 있으니 문제가 될 것이 없었다.

둘째, 정치적 견해와 사상이 확고하다는 점이다. 한조 황실 부흥과 재건의 의지가 누구보다도 굳건했기 때문이다. 지난 수년간 천하의 판도는 급격한 혼란을 거듭했지만 그는 일편단심으로 제갈량을 섬겼다. 이러한 그의 충정이 많은 점수를 얻게 했다.

셋째, 전투경험이 풍부하다는 것이다. 그의 경력은 맹획을 일곱 번이나 잡았다가 여섯 번 놓아주었을 만큼 파란만장한 역사를 가지고 있었다. 과거에 그가 토비들과 벌인 전투는 이 기준에서 제외시켰음에도 불구하고 충분한 자격요건을 이루고 있었다.

이와 같은 보고서를 받아 든 제갈량은 그래도 만족할 수 없다는 표정이었다.

"훌륭하군. 요화의 장점이 잘 부각되어 있으니 일단은 합격선에 가깝다고 보네만 아무래도 선봉장의 자질로 가장 중요한 것은 무예 실력이 아닐까? 내 생각에는 선봉장의 체면을 세우기에는 조금 부족한 것 같소."

제갈량은 혼잣말처럼 중얼거렸다.

"아무래도 안 되겠어. 다른 사람을 추천하는 수밖에 없겠군."

제갈량의 머릿속에 가장 먼저 떠오른 사람은 바로 위연(魏延)이었다. 자질과 경력 면에서 촉국에서 둘째가라면 서러울 장수인데다가 죽음마저 불사하는 용맹함과 뚝심까지 갖추었으니 선봉을 맡긴다면 제격일 것 같았다.

하지만 제갈량은 곧 머리를 흔들었다.

"안 되겠어. 주관이 너무 강하다는 것도 선봉으로서는 흠이야. 위연은 때로 상부의 지시에 복종하지 않고 혼자서 중뿔나게 행동할 때가 있으니 만약 선봉을 맡겼다가 제멋대로 행동하면 큰일이지. 이처럼 위험한 인물은 불안해서 안 되겠군."

그는 또 다시 관흥과 장포를 떠올렸다. 관흥과 장포는 각각 관우와 장비의 아들이었다. 그들은 모두 아버지의 피를 이어받아 무예가 남달랐다. 선봉장으로 제격인 셈이다. 특히 관흥은 날아가는 기러기의 눈알을 쏘아 맞출 만큼 뛰어난 활솜씨를 자랑했다. 사조영웅이란 말 대신에 사람들은 그를 사안영웅(射眼英雄)이라고 불렀다. 그는 사조영웅인 곽정(郭靖)과 비교한다 해도 전혀 뒤쳐질 것이 없었다. 선봉장으로서도 매우 기대되는 유망주였다.

하지만 제갈량은 곧 고개를 가로저으며 중얼거렸다.

"턱수염도 나지 않은 애송이들이 아닌가? 이 두 신인은 나이도 어린 탓에 경험이 부족하니 아무래도 선봉을 맡기기에는 마음이 놓이지 않는군."

제갈량은 한참동안 고심하다가 다시 강유를 떠올렸다

"강유, 그는 문무를 겸비했으니 덕장이며 맹장인 셈이지. 선봉은 물론 총사령관직을 맡겨도 능히 해낼 인물이다. 특출한 인재가 나타나지 않는 현재의 상황에서 좀 비겁하지만 그에게 잠시 선봉장을 맡기는 것도 좋을 것 같군."

하지만 다시 생각해보니 역시 불안했다.

"강유는 이제 막 촉국에 투항한 인물인데 그런 자를 믿어도 될까? 군대의 통수권을 맡기는 일인데 모험을 자처할 필요가 있을까? 좀 더

두고 봐야겠어."

그는 고심에 고심을 거듭한 끝에 왕평을 생각해냈다.

"왕평은 군사 이론에 해박한 인물이지. 그의 이론과 실전을 병행하면 그야말로 완벽하지 않을까? 그런데 패기가 좀 모자란 것이 흠이군."

제갈량은 온갖 궁리를 하느라고 꼬박 밤을 새우고 말았다. 동이 터올 무렵이 되자 결국 요화가 가장 적합한 인물이라는 결론에 도달했다. 그는 요화의 이름에 낙점을 찍었다.

'많은 대신들과 함께 고민한 끝에 내린 결론이니 틀림없겠지.'

제갈량은 이 보고서를 들고 아두에게 갔다. 3차 심사인 황제의 최종 결정만 남겨두고 있었다.

하지만 아두는 요화의 이름이 적힌 보고서를 바닥에 내던져 버렸다. 그리고 이렇게 말했다.

"이 사람은 아니 되오. 다시 뽑으시오."

도대체 무슨 이유로 요화를 반대하는지 아무도 이유를 알 수 없었다. 아두의 태도는 너무나 단호해서 감히 재론의 여지조차 없었다.

제갈량은 하는 수 없이 아두의 눈치를 살피며 조심스럽게 말을 꺼냈다.

"폐하, 저희들도 수없이 번복한 끝에 결정한 일이옵니다. 차라리 황제께서 기준을 정해주시면 다시 후보를 뽑도록 하겠습니다."

아두는 수염을 어루만지며 말했다.

"우리 유 씨 일가가 지금까지 명맥을 유지할 수 있었던 것은 모두 오호장군(五虎將軍)이 있었기 때문이다. 그러니 이 다섯 명의 장수를 참고로 선봉장을 선출하면 어떻겠느냐?"

제갈량은 고개를 끄덕이며 말했다.

"알겠습니다."

그러나 속으로는 불만이 가득했다.

'지금 때가 어느 때인데 아직도 그 기준에 맞추라는 말인가?'

아두가 다시 말했다.

"선봉장이라 함은 나라를 대표하는 군대의 얼굴이니 외모도 중요하오. 관우처럼 풍채가 좋은 장수라면 더욱 좋지 않겠소."

구척장신에 달하는 관우는 오호장군 중에서도 가장 키가 컸다. 위나라는 물론 촉, 오의 장수를 통 털어 가장 큰 키를 자랑했다. 제갈량은 다시 난처해졌다.

"황제 폐하, 관우처럼 키가 큰 사람을 찾는 일은 현재 불가능합니다. 게다가 전투 중에는 키가 큰 것이 쉽게 적의 표적이 될 수 있기에 좋지 않습니다."

아두는 실망한 기색이 역력했다.

"그럼 장비처럼 화통한 장수를 찾으면 어떻겠소? 우레 같은 호통 한 번이면 적군의 간담이 서늘해지지 않겠소?"

제갈량은 또 다시 걱정이 앞섰다.

'장비처럼 산도적 같은 외모에 목청이 큰 장수는 위, 촉, 오 어디에도 없을 걸.'

그래서 이렇게 말했다.

"장비와 같은 목청은 선천적으로 타고나는 것입니다. 하물며 촉국은 현재 전 백성을 대상으로 예절을 강조하고 있사옵니다. 다섯 살 이상의 아이들부터는 누구나 공공장소에서 목소리를 낮추는 것이 예절바른 행동이라고 가르치고 있습니다. 따라서 촉국에서 장비처럼 목청 큰 장수를 찾는 일은 거의 절망적인 일이옵니다."

아두는 한숨을 내쉬며 속으로 이런 생각에 잠겼다.

'그렇기도 하군. 둘째 숙부와 셋째 숙부는 모두 절세의 풍모를 갖췄으니 그런 사람을 다시 찾는다는 것은 불가능한 일이겠지.'

아두가 다시 말했다.

"그렇다면 조운처럼 동작이 민첩하고 날렵한 인물을 찾아야겠구나."

그가 말하는 동작이란 창검술을 말하는 것이다. 제갈량은 여전히 난감하기만 했다. 조운이 세상을 떠난 뒤로 사실상 현재 그의 창술을 능가할 만한 사람을 찾는다는 것은 현실적으로 불가능한 일이었다. 그러나 이미 아두에게 수차례 실망만을 안겨주었으므로 또 다시 황제를 실망시킬 수는 없는 노릇이었다. 마땅한 대안이 나오지 않자 제갈량은 골똘히 생각에 잠겼다.

"제갈량, 우리 촉국에 마초보다 용맹한 장수는 없소?"

아두는 화제를 돌리는 것으로 제갈량의 터무니없는 제안을 일축했다.

제갈량은 고개를 가로 저으며 대답했다.

"마초의 용맹함은 타고난 기질 때문인 줄로 아뢰옵니다. 그의 일가는 마원(馬援)장군을 기점으로 집안 대대로 황제의 호위무사를 맡아왔으나 후에 서량(西涼)으로 유배되었습니다. 우리 촉국의 백성들은 무관보다는 문관 기질이 우세하오니 마초를 능가할 자는 없는 줄로 아뢰옵니다."

아두는 한참 동안 침묵에 잠겨 있었다. 촉국의 남자들은 어째서 하나같이 책상머리에서 입만 놀리는지 새삼 한탄스러웠다.

"그렇다면 황충은 어떠한가? 황충처럼 연륜이 깊은 장수를 찾아보는 것이 좋을 것 같구나."

"그 또한 불가능한 일입니다. 황충은 올해 여든이 넘었으니 그의 연륜을 능가하는 명장은 모두 죽고 없는 줄로 아옵니다."

아두는 매우 상심하며 말했다.

"새로운 인재를 발굴하겠다는 내 욕심이 너무 과했나보오."

요화의 이름이 적힌 후보 명단을 펼쳐 든 아두의 이마에 깊은 주름이 잡혔다.

제갈량은 한 발 앞으로 나아가 간곡히 요청했다.

"황제 폐하, 이제는 마지막 결정을 내려주십시오."

아두는 여전히 개운치가 않았다. 붓을 잡고 있던 그의 손이 떨려왔다.

"우리의 군대는 한조의 황실을 재건한다는 위대한 사명을 띠고 있소. 그런데 내가 듣기로 요화는 과거에 토비였다고 하더군. 그런 자에게 선봉장을 맡긴 것을 적군들이 알면 뭐라고 하지 않겠소?"

제갈량이 말했다.

"그것은 큰 문제가 될 수 없습니다. 조운도 과거에는 토비였고 장비, 관우 역시 토비 출신입니다. 솔직히 말하면 돌아가신 유비 또한 조조가 보기에는 토비인 셈이지 않습니까?"

아두 황제의 급소를 건드린 제갈량은 노여움을 사지 않을까 적이 두려워졌다. 제갈량은 아두의 눈치를 살폈으나 아두는 아무 말 없이 잠자코 있었다.

"적군들이 뭐라고 떠들든 우리가 상관할 바 아니지요. 양측이 대립하고 있으면서 어찌 상대에게 좋은 말을 듣기를 기대하겠소?"

아두가 말했다.

"나는 그가 토비였던 사실을 탓하고자 하는 것이 아니잖소. 내 말의 의미는 요화가 과거 천한 계급 출신이라는 것이요. 그것이 관우, 장비, 조운과는 확실히 다른 점이요."

제갈량이 대답했다.

"요화가 과거에 하찮은 자리부터 시작한 것은 사실이지만 각고의 노력 끝에 지금의 자리에 오른 자입니다. 말하자면 맨손으로 무에서 유를 창조한 자수성가형의 인물이지요. 그를 믿고 맡겨주십시오."

아두는 한동안 생각에 잠겼다.

'하긴, 모두들 나를 멍청한 아두라고 부르며 미운 오리 새끼로 취급했지만 오늘날은 이렇게 황제의 자리에 당당히 오르지 않았던가?'

아두는 더 이상 망설이지 않고 요화에게 선봉장을 맡기기로 결정했다.

인재를 알아보고 내 사람으로 만드는 눈을 가져라.

하나부터 열까지 모두 갖춘 완벽한 조건의 신인은 존재하지 않는다. 첫발부터 착실히 내딛는 사람만이 정상의 자리에 오를 수 있다. 또한 이러한 신인을 알아보는 것이 리더의 역할이기도 하다. 리더는 사람들을 선별하고 통솔하는 중요한 자리에 있다. 그 리더가 편견에 사로잡혀 있다면 인재는 점점 더 멀어질 뿐이다. 열린 마음과 넓은 시야를 가진 리더만이 인재들을 사로잡아 성공하는 리더다.

리더의 결정은 신중해야 한다.

아두는 자칫 요화라는 명장을 잃을 뻔했다. 리더가 중요한 이유가 바로 이것이다. 리더는 결정을 내리는 위치에 있고, 성공이냐 실패냐의 갈림길에서는 리더의 아주 작은 실수, 혹은 잘못된 결정 때문에 결과가 한순간 실패로 흘러가버리고 말기 때문이다. 리더가 무엇을 결정할 때에 반드시 신중해야 하는 이유가 이것이다. 한순간도 긴장을 늦추지 마라. 그리고 그 결과에 대해서는 본인이 책임을 져야 한다.

열,
영리한 아두

리더는 때로 대(大)를 위하여
소(小)를 버릴 줄도 알아야 한다.

'아두가 과연 해낼 수 있을까?'

유비가 세상을 떠나자 촉국의 모든 백성들은 이 문제를 놓고 의견이 분분했다. 아두의 자질과 능력을 둘러싼 대신들의 논쟁과 대립은 말할 것도 없었다. 단지 유비의 아들이라는 이유만으로 무조건 아두를 지지하는 이들도 있었으나 반대의견이 거셌다.

"유비의 아들이라고 해서 반드시 황제의 자질이 있다고 볼 수는 없다. 만일 아두가 유비의 짚신 삼는 기질만 이어받았다면 이야말로 낭패가 아닌가?"

그러나 한편으로는 아두에게 한조를 재건할 저력이 잠재하고 있음을 확신하는 무리도 적지 않았다. 그들의 주장에 따르면 아두는 지옥 같은 장판파의 전쟁터에서 기적처럼 살아 돌아왔으므로 이것만으로 이미 그에게 범상치 않은 기운이 뒤따르고 있음이 입증된다고 했다.

하지만 다른 한편에서는 아두가 전에 뇌진탕을 일으킨 적이 있었으므로 그가 제정신이 아닐 가능성도 무시할 수 없다고 주장했다. 이처럼 모두가 아두의 능력을 의심하는 가운데 제갈량 역시 그에 대해 확신을 갖지 못하고 있었다.

✳ ✜ ✳

조진(曹眞)은 양평관(陽平關), 맹달(孟達)은 한중(韓中), 손권은 협구(峽口), 만왕(蠻王)은 성도(成都), 강왕(羌王)은 서평관(西平關)을 각기 맡아 총 공격에 나섰는데 이 다섯 명의 장수가 이끄는 오로(五路) 대군을 모두 합치니 10만 군사였다. 이들은 촉국을 향해 일제히 선전포고를 울렸다.

이 소식을 전해들은 아두의 황궁은 삽시간에 초상집으로 변했다. 대신들은 하나같이 울상이 되어 말했다.

"오로 대군이 공격을 감행했다고 합니다. 유비 폐하께서도 돌아가시고 안 계신데 우리는 이제 어쩌면 좋습니까?"

누군가 이렇게 말했다.

"우리에게는 아두가 있지 않습니까?"

대신들이 술렁이기 시작했다.

"아두요? 왕위를 계승받은 지 얼마 되지도 않아 문건을 보는 일조차 제대로 파악하지 못하고 있습니다. 아두를 믿느니 나는 차라리 절로 들어가서 머리 깎고 중이 되는 게 낫겠어요."

그중 현명한 대신 하나가 나서서 말했다.

"이 문제는 제갈량에게 가서 도움을 청합시다."

대신들은 아두는 뒤로 제쳐놓고 제갈량을 찾아갔지만 뜻밖에도 그는 문을 열어주지 않았다. 문에 걸어 놓은 등을 보니 마침 제갈량은 병중이었다. 잔뜩 기대하고 왔던 대신들은 실망하여 돌아갔고 이 사실을 아두에게 보고 했다.

대신들은 해결책을 찾으려면 제갈량을 찾아가는 수밖에 없다면서 아두를 재촉했다. 잠자코 듣고 있던 아두가 한참을 고민하더니 이렇게 말했다.

"그가 병중이라는데 의사부터 보내는 것이 도리가 아니겠소?"

그러나 제갈량이 독단적으로 일을 처리하는 것에 대해 은근히 불만을 품고 있던 이들은 이번에 제갈량에게 문전박대를 당하고 나자 지금이야말로 그를 헐뜯을 좋은 기회라고 생각했다.

"적의 대군이 코앞에 닥쳐왔는데도 제갈량은 꾀병을 부리고 있습니다. 국가의 운명이 걸린 시각에 강 건너 불구경이라니요! 이는 죽여 마땅합니다. 폐하. 제갈량의 일은 제게 맡겨주십시오."

아두는 바보처럼 우두커니 앉아 있다가 이렇게 말했다.

"그럴 리가? 나라가 위태롭다고 해서 아프지 말라는 법은 없지 않느냐? 제갈량이 거짓 꾀병을 부리고 있다는 그대들의 말은 너무 지나친 것 같소."

이 소식은 제갈량의 귀에 그대로 전해졌다. 아두가 자신을 옹호하리라고는 생각지도 못했던 제갈량은 깊은 감동을 받았고 그 즉시 자리를 털고 일어났다.

제갈량은 곧바로 머리를 짜내어 다섯 가지의 계략을 세웠고 그대로 따른 결과 오로 대군은 제대로 싸워보지도 못하고 퇴각하고 말았다. 이로써 촉국은 일촉즉발의 상황에서 위기를 벗어나게 되었다.

제갈량이 병석에서 발휘한 기지로 적군을 물리쳤다는 소문은 황궁에까지 도달했다. 그러나 대신들은 또 다시 흠을 잡아 언쟁을 벌이기 시작했고 백성들까지 덩달아 이렇게 수군거렸다.

　"세상에! 제갈량은 아두 황제의 동의도 없이 멋대로 권력을 휘두르고 있대요. 군대마저 제 손에 쥐고 좌지우지한답니다. 정말 간도 크군요. 그의 눈에는 황제도 보이지 않는단 말입니까?"

　그들은 제갈량을 모함하기 위해 없는 말까지 보태어 소문을 퍼트렸다.

　"군대의 통치권은 이제 완전히 그의 손에 넘어갔어요. 이러다 그가 황제자리를 탐내게 된다면 언제 황제를 잡아들일지 아무도 몰라요. 우리는 그저 두 손 놓고 바라볼 수밖에 없다고요."

　대신들도 크게 동요하며 이렇게 말했다.

　"아두 폐하! 하루라도 빨리 명을 내려 제갈량을 파직하심이 옳은 줄로 아뢰옵니다."

　그러나 아두는 아무런 반응도 보이지 않았다. 일말의 불안도 느끼지 않는 듯이 그저 침착하고 담담한 태도였다. 이렇게 무능한 황제를 바라보는 대신들의 마음은 그저 답답할 뿐이었다.

　한편 황실의 대신들이 아두를 부추겨 자신의 파직을 재촉하고 있다는 소식을 전해들은 제갈량은 펄쩍 뛰며 화를 냈다.

　"저런 기생오라비 같은 놈들, 유비가 죽고 나니 다들 승상자리를 차지하려고 환장을 했구나. 권력에 눈이 멀어서 자기가 개똥인지 소똥인지도 모르나보군. 승상은 아무나 하는 줄 아느냐? 예지 능력도 있어야 하고 팔진도(제갈공명이 만든 군진의 여덟 가지 진형-역자 주)도 만들 줄 알아야 한다 이 말이다! 기생오라비 같은 놈들!"

화가 머리끝까지 오른 제갈량은 삼일 밤낮 식음을 전폐하며 단식투쟁에 들어갔다.

제갈량의 아내는 그가 가장 좋아하는 요리를 만들어 그에게 가져갔다. 남편의 마음을 돌려볼 심산이었다.

"여보, 승상자리가 뭐가 좋아요? 매일 밤새워 일만 하잖아요. 그저 잘 먹고 잘 자고 몸 건강하면 되지, 무엇하러 그 자리에 연연해야 하지요?"

제갈량은 스스로 사퇴하기를 바라는 아내의 말에 화를 벌컥 내며 말했다.

"내가 사퇴하면 이런 요리를 먹을 수나 있을 것 같소? 건강이 최고라고? 승상에서 쫓겨나면 온갖 멸시와 냉대를 받다가 생활고에 시달려 화병으로 죽고 말거요. 아이고! 아두야, 아두야, 제발 그 기생오라비 같은 놈들이 하는 말을 곧이곧대로 믿지 말아 다오."

제갈량은 속의 말을 거침없이 쏟아내었다. 그런데 갑자기 등 뒤에서 아두의 목소리가 들려왔다.

"그리 할 테니 걱정 마세요."

아두 황제가 틀림없었다. 제갈량은 너무나 놀라서 자신의 눈과 귀를 의심했다. 그는 너무나 당황스러워서 말을 잇지 못했다.

"아두 황제… 방금… 제가 한 말을… 전부 들으셨습니까? 제가… 열이 올라가는 바람에 저도 모르게 허튼 소리를 하고 말았습니다."

제갈량은 무릎을 꿇고 머리를 조아리며 용서를 구했다. 아두는 인자한 미소를 지으며 너그럽게 말했다.

"자기 집 안방에서 겨우 몇 마디 한 것까지 모두 황제의 윤허를 받아야 하겠는가?"

그러면서 아두는 종이 한 장을 내밀었다.

"승상, 이것 좀 보시오. 이것이 뭐라고 생각하오?"

제갈량의 눈에 뜨거운 눈물이 맺히기 시작했다. 그는 다시 무릎을 털썩 꿇으며 말했다.

"아두 황제, 유비도 내게 이처럼 잘해주지는 못했습니다. 이 시간 이후로 저는 오로지 폐하에게 충성을 다 바치겠습니다. 만약 아두 황제를 섬기지 않는 자가 있다면 제가 가만히 있지 않을 것입니다."

그것은 평생토록 제갈량을 촉국의 승상자리에 임명하겠다는 황제의 비준서였다.

대신들은 아두가 제갈량을 쫓아내기는커녕 오히려 더욱 큰 신임을 하게 되었다는 소식을 전해 들었다. 그러나 이의를 제기하는 사람은 아무도 없었다. 제갈량 역시 이 기회를 통해 아두에 대한 충성을 맹세했다. 유비의 죽음 이후 불안했던 촉국의 민심도 제자리를 잡아 가기 시작했다. 촉국은 언제 그랬냐는 듯 예전의 평화와 안정을 되찾았다.

이 사실은 곧 오의 손권에게 전해졌다.

"유비가 죽고 나면 분명 촉국의 황실에도 권력을 둘러싼 암투가 벌어질 것이라던 모두의 예상이 빗나가고 말았구나. 이처럼 침착하고 태연하게 대신과 민심을 바로잡고 나라를 안정시킨 것으로 보아 아두는 소문처럼 그렇게 멍청하지는 않은가보군."

위나라의 조비 역시 이 소문을 접한 후 이렇게 말했다.

"제갈량이 가장 똑똑한 줄 알았는데 알고 보니 아두가 한 수 위였군."

✱ ❋ ✱

아두는 황제의 자리를 20년 동안 지켰다.

하루는 위나라의 군대가 두 갈래 길로 나뉘어 사천을 공격하고, 그 중 등애(鄧艾)가 이끈 군대가 기습공격을 통해 성도를 장악했다. 적군의 병력이 성에 임박해오자 아두는 군신들을 불러 회의를 열어 밤새도록 정세를 논의했다.

"이 고비를 어떻게 넘기면 좋은지 모두들 적절한 대책을 마련해 보시오."

무관들은 말로는 목숨을 내놓고서라도 촉국을 지키자고 하면서도 내심 속으로는 이런 생각들을 품고 있었다.

'다시 태어나면 절대로 군인은 되지 말아야지. 이거야 원, 언제 머리가 달아날지 모르니 어디 마음을 놓고 살 수가 있어야지.'

문관들은 더욱 거창한 말투로 각오를 다졌다.

"죽으려는 자는 살 것이고 살려는 자는 죽게 될 것입니다. 우리 모두 백골이 진토 될 때까지 싸워 촉국의 역사를 빛냅시다."

그러나 이들 역시 한편으로는 걱정이 태산 같았다.

'지금 이 자리에 오르기까지 내가 얼마나 갖은 고생을 다했는데, 이제 모든 것이 끝났구나.'

백성들 또한 낫, 호미, 곡괭이 같은 농기구까지 모두 들고 나와서 외쳤다.

"아두 황제께서 베풀어 주신 하늘같은 은혜에 보답하기 위해 우리도 나라와 운명을 함께하겠어요!"

하지만 집에 들어가면 아내를 다그쳤다.

"피난가야 하니 어서 짐을 꾸려요. 아이들을 데리고 이 나라를 떠납시다."

촉국의 모든 문무백관들과 백성들은 말로는 피 끓는 애국심을 강조하면서도 속으로는 두려움에 떨고 있었다.

그러던 중 아두가 돌연 대신들을 불러모아 말했다.

"황제 노릇하기도 정말 피곤하다. 이젠 더 이상 황제의 임무를 이행하고 싶지 않으니 내일 당장 위나라에 투항하겠다."

이 말을 들은 대신들은 대경실색하여 만류하기 시작했다.

"이게 가당키나 한 일입니까? 얼마나 많은 사람의 목숨을 바쳐 되찾은 강산입니까? 황제께서는 어찌 이렇게 순순히 위나라에 주권을 넘기시려고 합니까?"

아두가 말했다.

"안 될 이유가 무엇이냐? 얼마나 더 많은 사람들이 피를 흘려야 이 강산을 지킬 수 있다는 말이냐? 기왕에 위나라에 대항할 능력이 없다면 무모한 희생이라도 줄여야 하는 것 아니겠느냐? 발등에 불이 떨어져야만 뜨거운 맛을 아는 것은 아니지 않겠느냐? 다른 좋은 방법이 있으면 말해 보거라."

대신들은 참담한 표정으로 이렇게 말할 뿐이었다.

"하지만 위나라는 우리의 원수이며 적입니다."

아두가 말했다.

"누가 그러더냐? 우리 모두는 황제의 자손이며 용의 전령이다. 말로 해서 풀리지 않을 응어리는 없다. 어째서 칼을 들이대고 싸워야만 하느냐? 우리는 좀 더 현명한 방법을 찾아보도록 하자."

대신들이 말했다.

"하지만 투항을 하면 황제께서 위험에 처할 수도 있습니다. 유표(劉表)의 아들 유종(劉琮)이 조조에게 투항하자 그는 유종의 일가족을 몰살하지 않았습니까? 그렇게 쉽게 생각할 일이 아닌 줄로 아뢰옵니다."

"나도 그것을 생각해보지 않은 것은 아니라네. 하지만 설령 목숨이 위험하다고 해도 나는 더 이상 백성들에게 고통을 안겨주고 싶지 않다오. 유종은 유종이고 나는 나일세. 사마소가 반드시 날 죽일 거라는 법은 없네."

대신들은 여전히 내키지 않는 표정으로 말했다.

"길이 아니면 가지 말라고 했습니다. 돌아가신 선친께서도 절대로 허락하지 않으셨을 것입니다"

아두의 얼굴에도 근심이 어렸다.

"자네는 지금 유비를 섬기고 있는가? 나를 섬기고 있는가? 지금의 상황은 선왕 시대와는 전혀 다르지 않은가? 설령 아버지가 살아있다고 해도 지금의 나처럼 하지 않았다고 누가 장담할 수 있단 말인가?"

아두를 고개를 돌려 옥좌를 바라보며 말했다.

"황제도 순번제로 하면 좋을 텐데. 그동안 유 씨 일가는 이 자리에 너무 오래 앉아 있었네. 이제는 좀 쉬어야 할 때가 온 것 같네."

아두는 이 말을 마치자마자 즉시 다음과 같은 명령을 내렸다.

"성문을 개방하라. 성도에 당도한 등애와 종회 장군을 열렬히 환영하라."

그리고는 아두는 사람을 시켜 자신을 포박하게 한 후 성문에 나가 투항했다.

"아싸, 만세다!"

무관들은 황제의 명이 떨어지자마자 앞을 다투어 투항했다. 이 시간 이후부터는 더 이상 가슴 졸이며 전쟁을 하지 않아도 된다는 사실에 감정이 복받쳐 올랐다. 그들은 기쁨의 눈물을 흘렸다.

"슬기로운 황제시여!"

투항 소식을 전해들은 문관들은 너무나 기쁜 나머지 바닥에 넙죽 엎드려 절을 했다. 이제 더 이상 당파 싸움을 벌이지 않아도 되고 투항을 결정한 것은 전적으로 황제 혼자서 고집한 일이므로 후손에 고개를 들지 못할 이유가 없었다. 자신은 끝까지 '항전파'를 고수했다는 명분을 내세울 수 있으니 마음까지 더없이 가벼웠다.

"전쟁이 끝났다. 만세! 만세!"

백성들은 호미를 메고 밭으로 뛰쳐나갔다. 오랫동안 만나지 못했던 친지들을 찾아서 재회의 기쁨도 나누고 손바닥만 한 땅이라도 내일부터는 씨도 뿌리고 농사도 지을 생각을 하니 가슴이 뿌듯했다. 하늘의 태양도 어제보다 더욱 따사롭게 느껴졌다. 이제야 세상 사는 맛이 나는구나 하는 생각이 들었다. 촉국의 모든 백성들은 지금 이 순간만큼은 자신들이 가장 행복한 백성이라고 여겼다. 이 행복한 순간을 만들어준 사람은 당연히 아두 황제였다.

위나라를 대표하여 등애는 아두의 투항을 받아들였다. 그러나 그는 밧줄에 포박당한 아두를 바라보며 난감할 따름이었다. 알 수 없는 위압감마저 느껴졌다. 등애는 말했다.

"아두, 당신은 비록 억울하게 희생되었으나 만백성들의 목숨을 구했으니 그대야말로 위대한 황제가 아니겠소."

＊✣＊

위나라의 황제 사마소는 아두가 투항했다는 소식을 전해 듣고 매우 기뻐했다. 그는 낙양에서 연회를 열고 아두를 불러 함께 연극을 관람했다. 제목은 《촉국멸망실록(蜀國滅亡實錄)》이었다. 이 연극은 이틀에 걸쳐 1부와 2부로 나뉘어 있었다.

연극은 촉국이 멸망에 이르기까지의 전 과정을 다뤘는데 그 내용이 실제와 매우 흡사했으며 배우들의 연기 또한 사실감이 넘쳤다. 울며 겨자 먹기로 이 연극을 관람해야 하는 촉국 원로대신들의 심정은 착잡하기 이루 말할 수가 없었다. 하지만 아무렇지도 않다는 듯이 술까지 마셔가며 태연히 극을 관람하고 있는 사람이 있었으니, 그는 바로 촉국의 황제였던 아두였다. 그는 배우들의 연기에 감탄을 금치 못하며 큰 소리로 웃기까지 했다.

"맞아! 맞아! 정말 똑같군. 저 대신은 전에 나한테 바로 저렇게 절을 했었어!"

그것도 모자라 아두는 박장대소하기 시작했다. 위나라의 대신들은 은근히 아두를 경멸하기 시작했다.

"아두란 위인은 자존심도 없군. 황제의 체면도 다 버리고 나라마저 내팽개치더니 말일세."

누군가는 "저런 바보 같은 놈!"이라며 수군대기도 했다. 하지만 사마소의 생각은 이들과 달랐다.

"그렇지 않소. 내가 보기에 아두는 정말 대단한 사람이요."

자리에 있던 사람들은 모두 놀라 그 이유를 물었다. 사마소는 대답했다.

"이미 투항을 결정한 이상 철저히 체념하는 태도가 뭐가 잘못이요? 내가 보기에는 오히려 진실한 사람인 것 같소. 저 촉국의 대신들을 좀 보시오. 속으로 투항을 가장 반겼던 자들이 바로 저들이 아니겠소? 그래놓고 이제 와서 비통한 척하는 것이야말로 위선이 아니면 뭐란 말이오?"

"그렇군요. 일리가 있는 말입니다."

위나라의 대신들은 재빨리 태도를 바꾸며 말했다.

"만약 저들이 투항을 후회한다면 나중에 기회를 틈 타 저들부터 없애는 것이 어떻습니까?"

그날 밤 아두의 누이동생은 아무것도 눈치 채지 못한 채 아두를 찾아갔다.

"오라버니, 어쩌면 이렇게 간도 쓸개도 없습니까? 사마소가 《촉국멸망실록》을 보게 한 것은 우리를 모욕하려는 의도가 아닙니까? 그런데도 오라버니는 바보처럼 웃고만 있으니 돌아가신 아버지 앞에 얼굴을 들 수가 없습니다. 사마소가 내일 오라버니를 초대해서 2부를 보게 하면 반드시 비통한 눈물을 흘려주세요. 더 이상 저를 부끄럽게 만들지 말고요."

다음날 연극을 보던 아두는 누이동생의 말을 떠올리고 목을 놓아 울었다. 놀란 사마소가 물었다.

"아두, 그대가 우는 모습이 전혀 슬퍼 보이질 않으니 어찌된 일인가? 나는 그대가 우리 위나라에 투항한 것이 진심이란 사실을 잘 알고 있다네. 분명 누군가 자네에게 충고를 한 모양이구려. 누구인가? 자네 동생인가?"

아두의 얼굴이 순간적으로 달아올랐다. 그는 재빨리 눈물을 훔치며 말했다.

"아니, 그걸 어떻게 알았죠? 정말 대단하십니다. 정말 존경해요."

위나라의 모든 대신들이 이 광경을 지켜본 뒤 고개를 절레절레 저었다. 아두는 누가 보아도 정말로 한심하기 짝이 없는 행동을 서슴지 않았다. 하지만 사마소는 말했다.

"아두는 정말 대단한 인물이다. 20년 간 황제의 자리에 앉아 있으면서도 아직도 남을 속이지 못하다니. 그가 얼마나 훌륭한 황제였는지 이제야 알겠다."

대신들은 사마소가 또 다시 아두를 감싸자 이렇게 말했다.

"맞아요. 사람들은 감투만 썼다하면 남을 속이는 것부터 배우지 않습니까? 그러고도 자기가 잘난 양 거드름을 피우는데 아두황제는 뭔가 다르군요. 촉국처럼 작은 나라를 그동안 함부로 건드릴 수 없었던 것도 다 이유가 있었어요."

사마소가 말했다.

"나는 원래 아두를 살려두지 않을 작정이었다. 그러나 지금은 생각을 바꿨다. 아두는 물론이고 그의 일가 어느 누구도 죽이지 않을 것이다. 촉국의 백성 또한 단 한 명도 함부로 죽이지 않을 것이다. 그리하여 만천하에 나 사마소 역시 위대한 황제임을 알릴 것이다."

일시적인 원망을
두려워하지 말고 옳은 길로 나아가라.

아두야말로 문제의 핵심을 가장 잘 파악하고 있는 사람이다. 그는 한 번 결정한 일에는 의심을 품지 않았으며 확신이 서지 않는 일에는 미련을 품지 않았다. 또한 권력에 연연하지 않으며 백성들의 목숨을 내 몸처럼 아낀 자애로운 황제였다. 세상사란 하나를 잡으면 반드시 하나를 내려놓아야 한다는 가장 간단한 진리를 몸소 실천한 인물이다.

아두의 현명한 결단이 있었기에 촉국의 백성들은 태평세대를 구가할 수 있게 되었고 자신 또한 목숨을 보존할 수 있게 되었다. 아두는 비록 무릎을 꿇고 위나라에 투항했으나 정작 굴복당한 사람은 사마소가 아니었을까.

낡은 생각에서 허우적거리는 리더가 되지 마라.

고정관념에서 탈피하여 시선을 달리하면 바보에게서도 배울 점이 있다. 바보에게는 바보만의 눈으로 보는 세상과 지혜가 있기 때문이다. 또한 남다른 눈으로 현명함을 피력하는 자는 결코 바보가 아니다. 그가 바로 시대를 넘어선 천재이며, 영웅인 것이다. 자, 당신은 바보 같은 리더가 될 것인가, 아니면 영웅 같은 리더가 될 것인가.

열하나,
세상에서 가장 강한 화살

단 한 번의 기회를 노려라.
그리고 그 기회를 잡아 반드시 성공하라.

장강의 큰 물살은 도도히 굽이치며 동쪽으로 흐르고 있었다.

강의 상류에는 마치 일엽편주처럼 강물에 배를 맡기고 유유자적하게 떠있는 배 한 척이 있었다. 두 명의 남자를 태운 배는 강물을 거슬러 서쪽을 향하고 있었다. 뱃머리에 있는 남자는 피리를 불고 있었는데 그 소리는 강바람에 흩어져 들릴 듯 말 듯 아련하기만 했다. 또 다른 남자는 노를 젓고 있었다.

옅게 끼었던 안개가 걷히자 갑자기 또 다른 범선 한 척이 모습을 드러냈다. 갑판 위에 펄럭이고 있는 깃발에는 '정(丁)' 자가 적혀 있었다. 깃발을 든 남자의 옆으로는 허리춤에 손을 짚고 당당하게 서있는 남자가 있었다. 그는 장강의 당주 정봉(丁奉)이었다.

범선은 돛을 올리며 전 속력을 내기 시작했다. 아마도 앞서 있는 배를 추격하고 있는 것 같았다. 범선은 강바람의 방향을 타자 금세 가속도가 붙어 앞의 배를 따라잡았다. 당주 정봉은 손을 모아 입가에 댄 후 큰 소리로 말했다.

"공명, 잠시만 기다리시오. 그대가 강남땅에 우모선을 두고 가는 바람에 수백 리의 물길을 뚫고 내 손수 가져왔소이다."

피리소리가 그쳤다. 그가 바로 제갈공명이었던 것이다. 그는 마지못해 대답했다.

"정 당주, 그 우모선은 가짜니 주유에게 기념으로 전해주시오. 진짜는 내가 잘 보관하고 있으니 당신은 어서 돌아가는 게 좋겠소. 이제 곧 적벽대전이 시작될 것이요."

제갈공명은 품 안의 우모선을 꺼내어 흔들며 노 젓는 이에게 말했다.

"조운, 이제 전투 준비가 모두 끝난 것 같구나. 정 당주는 지금 나를 죽이러 온 것이 틀림없다. 오랫동안 적진에 머무는 바람에 비밀을 너무 많이 알아버렸나 보구나. 그러니 주유가 내 입을 막으려고 이렇게 자객까지 보내오지 않았느냐?"

노를 젓는 이 남자는 조운으로 강호의 다섯 손가락 안에 들었다.

"걱정 마십시오. 내 손에 죽은 사람이 어디 한둘인 줄 아십니까? 세어 보질 않아서 모르지만 60여 명도 넘을 겁니다. 그런 내가 겨우 당주 한 명을 겁낼 것 같습니까?"

그 말을 들은 공명은 가소롭다는 듯 웃었다. 그 역시 유비를 떠받드는 유랑교주 파의 9대 장로가 아니던가?

"왜 아니겠느냐? 안 그랬다면 관우와 장비를 다 제쳐놓고 너를 불렀겠느냐?"

제갈공명은 서서히 멀어져 가는 범선을 돌아보며 재차 당부했다.

"방심하지 마라. 유비무환! 정 당주는 수전에 매우 강한 자이다."

공명의 노파심에 조운은 불편한 심기를 드러내며 말했다.

"그게 무슨 말입니까? 지금 나의 실력을 믿지 못해서 그러십니까?"

조운은 노까지 내던지며 흥분했다.

"수전은 말할 것도 없고 공중전이라고 해도 자신 있다고요!"

그는 허리춤에 있던 활을 꺼내며 범선을 향해 큰 소리로 외쳤다.

"정 당주! 잘 들어라. 이제 내 화살을 받으란 말이다."

깃발을 들고 있던 남자가 말했다.

"저 녀석의 솜씨가 아무리 귀신같다 한들 여기까지 화살이 날아올 리가 없습니다."

정 당주 역시 피식 웃으며 말했다.

"허풍을 떨어도 유분수지. 나보고 그 말을 믿으라고?"

정봉은 조운을 향해 가슴까지 내보이며 외쳤다.

"자! 어디 자신 있으면 맞혀 보거라."

정봉이 눈썹 하나 깜짝하지는 않자 조운은 말없이 활시위를 당겼다. 조운의 손을 떠난 화살은 커다란 포물선을 그리며 장강의 물위를 우아하게 날았다. 조운의 화살은 한참을 더 날아서 정봉의 범선에 닿았고 공교롭게도 돛대에 명중되었다. 범선의 거대한 돛대가 마치 상처를 입고 추락하는 독수리처럼 아래로 떨어져 내리기 시작했다. 돛대는 깃발을 들고 있는 남자 쪽으로 쓰러졌고, 그 바람에 그가 들고 있던 깃발은 여지없이 강물에 처박히고 말았다.

정봉은 순식간에 벌어진 상황을 보고 자신의 두 눈을 의심하지 않을 수 없었다.

어떻게 이런 일이 가능하단 말인가? 거리상으로 따질 수 없을 만큼

두 배는 서로 멀리 떨어져 있었다. 아무리 전속력을 내어 달려온다고 해도 자신의 배를 따라올 수 없었다. 게다가 돛대를 끊어뜨릴 만큼의 힘을 지닌 화살이 있다는 것이 믿어지지 않았다. 그야말로 귀신의 솜씨가 아니면 불가능했다.

잠시 후 정신을 차린 남자가 말했다.

"활시위를 당기는 모습이 어쩐지 끝내주던 걸요. 힘차게 날아오던 화살의 곡선은 또 얼마나 멋지던지…."

그의 말이 끝나기도 전에 또 다시 조운의 목소리가 강바람을 타고 들려 왔다.

"두 번째 화살이 여기 간다!"

겁에 질린 정봉이 손사래를 치며 말했다

"이제 그만 됐소!"

"그렇다면 숫자를 백까지 센 후 우리를 다시 쫓아라. 백을 세기 전에 우리를 쫓으면 두번째 화살이 네놈의 심장을 향할 것이다."

정봉은 조운의 화살이 자신의 심장을 관통할까 공포에 떨고 있었다. 하나. 둘. 셋. 넷…. 정봉은 고개를 가슴에 묻은 채 백까지 수를 세기 시작했다. 장강은 짙은 안개로 뒤덮이고 있었다. 고개를 들어보니 조운의 배는 이미 종적을 안개 속으로 사라지고 없었다. 다만 희미한 피리소리만이 안개를 헤치고 들려올 뿐이었다.

초반에 능력을 인정받는 리더가 되어라.

유능한 조련사는 맹수를 길들이기 전에 우선 사자 한 마리를 골라 제압한다. 그리고 나면 나머지 맹수들은 자연스레 복종하기 때문이다. 또한 진정한 고수는 상대를 해치는 대신에 그보다 더한 공포를 안겨줌으로서 자기 앞에 무릎을 꿇게 만든다. 그렇게 함으로 최소한의 피해로 최대한의 효과를 얻는 것이고, 그렇기 때문에 영웅으로 불리는 것이다. 이 얼마나 현명한 처사들인가.

단 한 번의 기회, 단 하나의 효과적인 방법으로 성공을 불러오는 능력이야말로 현명한 리더의 필수조건이다. 수십 개의 돌로 표적을 겨냥하는 것은 누구나 할 수 있지만, 단 하나의 돌로 표적을 명중시키는 것은 리더만이 할 수 있는 일이다.

경쟁심리를 잘 이용해라.

경쟁이 없이는 발전도 있을 수 없다. 최고라는 것은 더 이상 올라갈 곳이 없다는 말도 되기 때문이다. 그러니 최고에 이르기 전까지는 팀원 간의 경쟁을 통해 각자 능력을 계발하도록 유도해야 한다. 다른 이보다 우월하고픈 인간의 심리를 이용해 적당히 경쟁을 부추겨라.

제2장

삼국지에서 배우는
생활의 처세학

하나,
조조의 변심

영원한 아군도 없듯 영원한 적도 없다.
카멜레온처럼 상황에 따라 자신의 색깔을 바꾸어라.

황실의 대전에는 며칠째 흐느끼는 곡소리가 끊이지 않았다. 조조는 더 이상 화를 참지 못하고 벌떡 일어나 대신들을 향해 말했다.

"조정의 고관과 각부의 대신 여러분, 이렇게 종일토록 징징거린다고 해서 동탁이 눈 하나 깜짝할 것 같습니까?"

대신 갑(甲)이 나서 말했다.

"무슨 뾰족한 수가 있어야 말이지요. 어린 황제를 인질로 잡고 있으니 동탁을 죽이고 싶어도 달리 손쓸 방법이 없질 않소?"

대신 을(乙)이 말했다.

"천하제일의 고수인 여포가 동탁을 그림자처럼 따르고 있으니 우리로서는 별다른 방법이 없잖소."

대신 병(丙)이 말했다.

"관사에는 동탁의 심복들이 쫙 깔려 있다고 하오. 심지어는 동탁이 화장실을 갈 때도 함께 따라간다고 합니다."

대신 정(丁)이 말했다.

"동탁의 기세가 이처럼 하늘을 찌르고 있는 마당에 감히 그와 대적할 사람이 어디 있단 말이요. 어제는 동탁의 암살을 시도하려고 잠입했던 오교위(伍校尉)마저 붙잡히고 말았다더군요. 어지간한 사람 같으면 그의 주먹에 벌써 손목이 으스러졌을 텐데도 동탁만큼은 이겨내지 못했다고 하오."

그 말을 들은 조조는 눈썹을 치켜 올리며 생각에 잠겼다.

'동탁 녀석, 예상했던 것보다 더 대단하군. 하지만 우리가 모인 이유는 지금 그를 죽일 건지 말 건지를 논하기 위해서가 아니지 않은가? 문제는 그를 반드시 죽여야 한다는 거지!'

조조는 한참을 골똘히 생각한 후 왕윤에게 말했다.

"도대체 동탁이 무슨 잘못을 저질렀습니까? 합당한 죄목이 있어야 그를 잡아들일 것이 아니겠소?"

하진(何進)이 죽자 원소(袁紹)는 떠나버렸다. 솔직히 말해서 조조는 지금까지 크게 득세하고 있었던 터라 비교적 객관적인 시각으로 이 사태를 바라보고 있었다. 그러나 왕윤은 미간을 잔뜩 찌푸리며 속으로 투덜거렸다.

'조조 이놈, 설마 이렇게 멍청할 리가 있단 말인가. 오랫동안 황제를 보필해 온 몸으로 어찌 동탁이 저지른 죄를 모른다고 할 수 있단 말이냐!'

왕윤은 불쾌한 심기를 드러내면서 이렇게 말했다.

"동탁은 정통파 황제인 유변(劉辯)을 독살했소. 지금의 황제 유협(劉

協)이 그의 아우뻘이라는 사실로 본다면 항렬을 따졌을 때 감히 이름을
부를 수도 없단 말이오.”

조조가 버럭 성을 냈다.

“지금 하신 말씀은 혹시 유협 황제의 자격이 부족하다는 의미이신가
요? 그런 말을 함부로 내뱉다니 왕윤 대감은 목숨이 아깝지도 않으신
모양이지요?”

왕윤은 자신이 크게 실수했음을 깨닫고 온몸에 진땀이 흐르기 시작
해 갑자기 말까지 더듬거리며 대답했다.

“아니… 저…절대로 그런 뜻은 아니었소.”

조조는 시치미를 떼고 빙그레 웃으며 말했다.

“대감, 너무 긴장할 것 없소. 우리는 한솥밥을 먹는 사이 아니오.”

말은 그렇게 했지만 조조는 속으로 이렇게 생각하고 있었다.

'솔직히 전 황제가 훨씬 영특했던 것은 사실이지. 듣자하니 동탁에
게 독살당하기 직전까지도 황제께서는 시를 읊고 계셨다고 하더군.'

누군가 험악해지려는 분위기를 깨기 위해 화제를 다시 동탁에게로
돌렸다.

“매일 밤 동탁은 관사에서 여자들과 노닥거리며 주색에 빠져있다고
하더군요.”

“그뿐인가요? 동탁을 임명권을 남용하여 일가붙이들에게 관직을 나
눠주고 있답니다. 이유(李儒), 이소(李肅)같은 인물들이 동탁의 고향인
서북(西北)사람인 것을 보면 뻔한 일이죠. 게다가 여포를 수양아들로 삼
았다고 하더군요.”

조조는 여전히 냉소를 띠며 말했다.

“임명권 남용이라고요? 동탁은 여포의 재주를 미리 눈여겨 본 후 나

중에 아들로 삼았습니다. 동탁은 자신이 능력을 중시하는 인물이라고 주장할 것입니다."

대신 을이 다시 목소리를 높였다.

"동탁은 제멋대로 백성들을 약탈하고 있습니다. 이번 기회에 그를 토비로 몰아서 없애버리는 것이 어떻겠소?"

조조는 이번에는 대꾸하는 대신 곰곰이 생각에 잠겼다.

'세상에, 이런 못된 짓을 모두 동탁이 저질렀다니? 사람의 목숨만큼 소중한 것이 또 어디 있다고…. 맹자께서도 "백성은 귀하게 받들고 천자는 자신을 낮추어야 한다"고 말씀하시지 않았던가? 동탁이 이런 만행을 계속 일삼는다면 응당 목숨을 내놓아야 할 것이 마땅하다. 민심을 얻는 자가 천하를 얻는다. 아! 그렇다면… 내가 동탁을 제거한 후에 민심을 수습할 수만 있다면 역사는 나 조조에 의해 새로이 기록되지 않을까?'

그런 생각을 하자 금세 조조의 입가에 회심의 미소가 흘렀다.

"동탁을 죽일 명분은 이미 충분하다고 생각하오. 내 손으로 반드시 동탁을 없애고 돌아오겠소!"

그 말에 문무백관들은 모두 아연실색했다. 조조가 혹시 정신이 나간 것은 아닐까 의심하는 눈치였다. 그 와중에 오로지 왕윤만이 냉철한 결정을 내렸다. 그는 허리춤에 차고 있던 보검을 꺼내어 양손으로 공손히 받친 후 조조에게 건넸다.

"조조, 이 칠성보검은 이제 그대의 것이오. 부디 성공을 비오."

대전 안에 우렁찬 함성과 박수소리가 요란해졌다. 조조를 바라보는 모든 문무백관들의 눈에서는 뜨거운 감격의 눈물이 하염없이 흘러내렸다.

"승상, 밖에 조조가 왔습니다."

마침 동탁은 침실에 들어 휴식을 취하려 했었지만 조조가 왔다는 전 갈에 감격해서 버선발로 대청까지 달려 나갔다. 그리고 좋아서 입을 다물지 못해 금니를 훤히 드러내며 말했다.

"조조, 자네가 나를 찾아올 거라는 생각은 미처 하지 못했네. 그동안 자네의 명성을 익히 들어왔기에 꼭 만나보고 싶었다네."

"황공하옵니다. 승상."

조조는 이렇게 말하면서 주위를 유심히 살펴보았다. 방 안 곳곳에 약 항아리가 있었고 동쪽 벽장에도 약상자가 놓여 있었다. 조조는 다 시 생각에 잠겼다.

'동탁은 아예 약탕에 빠져 사는구나. 만날 계집에게 기를 빼앗기니 건강이 좋을 리가 있나. 혹시 모르지? 내일 아침이면 이미 이 세상 사 람이 아닐 수도. 그렇다면 굳이 내 목숨을 내걸고 동탁을 없앨 이유가 없지 않을까? 괜한 헛고생만 하고 말이야.'

그런 조조의 마음도 모른채 동탁은 다짜고짜 조조에게 속내를 털어 놓았다.

"조조, 왠지 자네에게 호감이 가는군. 30년 전엔 나도 자네와 똑같 은 처지였지. 그래서 그런지 자네를 보고 있으면 마치 지난날 내 자신 의 모습을 보고 있는 것 같으이."

조조는 내심 당황스러웠다. 동탁의 눈에서는 악의나 경계심 같은 것 은 전혀 찾아볼 수가 없었다. 당황의 기색을 애써 감추며 조조는 아무 렇지도 않게 손을 내저으며 말했다.

"승상, 어찌 저보고 승상을 닮았다고 하십니까? 저는 승상의 발끝도 따라갈 수가 없사옵니다."

"아니다. 겸손이 너무 지나치구나. 내가 한 말은 모두 진심이란다. 생각해보면 우리 두 사람은 공통점이 참으로 많단다."

동탁은 일일이 손가락으로 꼽아가며 설명해주었다.

"보거라, 우리처럼 머리가 큰 사람은 그 안에 많은 지혜가 담겨 있다. 이리 배가 나온 이유는 세상의 모든 것을 감당할 배포가 있기 때문이며, 눈동자를 쉬지 않고 굴리는 이유 또한 누구도 나를 속일 수 없게 하기 위해서이지 않느냐? 하물며 웃음소리까지도 이렇게 호탕하니 사람들은 누구나 속으로 두려움을 갖는 법이다."

조조는 웃음이 나려는 것을 꾹 참고 말했다.

"승상은 말씀도 재미있게 하시는군요. 그렇다면 저와 다른 점은 무엇이옵니까?"

그러자 갑자기 동탁이 미소를 거두며 생각에 잠겼다.

"다른 점이라… 그렇지! 너는 나보다 얼굴이 검다. 나는 비록 궁 안에 있지만 밖에서 떠드는 말들을 하나도 놓치지 않고 모두 듣고 있지. 조조는 얼굴이 검고 관우는 붉다고 하더구나. 참! 관우는 어떤 인물인가?"

"관우 말씀이십니까? 항상 다른 사람에게 아첨하기를 좋아하는 인물입지요. 자기 자신이 굉장히 대단한 줄로 착각하고 삽니다. 게다가 입만 열었다 하면 '나 관우는 의리를 최고로 여기지' 하면서 잘난 척을 하지요. 솔직히 말해서 저는 관우 같은 사람은 좋아하지 않습니다."

동탁은 큰소리로 웃으며 말했다.

"자네 말을 들으니 관우도 성격이 퍽 괴팍한 셈이군. 그에 비하면 머리는 단순한 것 같아. 이런 인물일수록 반드시 내 편으로 만들어야 한다네. 이건 자네에게 주는 내 충고일세."

고개를 갸우뚱거리는 조조는 내심 불안해졌다.

'동탁은 왜 내게 이런 말들을 들려주는 것일까? 나는 그를 위해 일한 적도 없고 돈을 갖다 바친 적도 없지 않은가. 평소에도 잘 보이려고 알랑거린 적도 한 번 없는 내게 말이다.'

조조는 눈을 씻고 다시 동탁을 바라보았다. 그는 여전히 인자한 미소로 자신을 바라보고 있을 따름이었다.

'동탁은 혹시 내게 진심으로 호의를 갖고 있는 것은 아닐까?'

좀 더 일찍 동탁을 만나게 되었더라면 얼마나 좋았을까 하는 생각에 조조의 가슴에 안타까움이 물밀듯 밀려왔다. 그때 동탁이 갑자기 손뼉을 치며 여포를 불러들였다.

"여포, 거기 있느냐."

그러자 즉시 여포가 보무도 당당하게 문을 박차고 들어왔다. 백옥같이 하얀 얼굴을 한 여포는 조조의 검은 얼굴을 보고 놀라기보다는 의심스런 마음이 들었다.

"아버님, 무슨 일로 부르셨습니까?"

동탁은 손짓을 하며 말했다.

"지금 당장 나가서 한혈보마(汗血寶馬)를 끌고 오너라. 조조가 나를 만나러 여기까지 왔으니 선물을 하사해야지 않은가?"

동탁의 말에 여포는 깜짝 놀랐다.

"한혈보마라고요? 제 적토마보다도 더 귀한 그 말을 가져오란 말씀이십니까? 조조란 위인은 말도 다룰 줄 모르면서 입방아만 찧는 문인 나부랭이에 지나지 않습니다. 오늘 처음 본 저자에게 이처럼 분에 넘치는 선물을 하사하시니 소자는 비통할 뿐입니다."

질투심에 불탄 여포는 저도 모르게 성을 냈다. 동탁에 대한 원망과 조조를 향한 미움이 절로 솟구쳐 올랐다. 하지만 동탁의 얼굴이 굳어지는 것을 눈치 채고 금세 태도를 바꾼 후 속으로만 결심을 다졌다.

'사람이 처마 밑에 있을 때는 고개를 숙일 수밖에…. 언젠가는 조조로부터 저 말을 빼앗아 오리라.'

여포는 동탁의 명을 거스를 수가 없어 말을 끌고 온 후 조용히 물러갔다. 그 사이 침상 위에 올라가 있던 동탁은 피곤했는지 어느새 깜빡 잠이 들어 있었다. 눈을 지그시 감고 잠든 동탁은 깊은 숨까지 몰아쉬고 있었다.

조조는 동탁이 하사한 한혈보마의 털을 어루만졌다. 선홍색으로 윤기가 반질반질 흐르는 말 등을 쓰다듬으니 감탄이 절로 나왔다. 과연 한눈에도 명마라는 사실을 알아볼 수가 있었다. 하지만 조조는 동탁이 이처럼 귀한 말을 왜 자신에게 주었는지 도무지 이해할 수가 없었다. 전혀 예상치 못한 동탁의 호의에 크게 감동한 조조는 자신도 모르는 사이에 결심이 흔들리고 말았다. 그래서 불현듯 동탁 앞에 무릎을 꿇고 말했다.

"승상, 제가 여기에 온 까닭은 사실 승상을 모해하려는 왕윤의 음모 때문입니다."

"뭐라고?"

잠든 듯했던 동탁이 벌떡 일어나 앉으며 물었다.

"그가 나를 모해하려는 이유가 무엇인가?"

"저들은 승상께서 황제를 독살했다고 믿고 있사옵니다."

동탁이 흠칫 놀라며 다시 물었다.

"그건 말도 안 되는 모함이다. 황제를 독살할 이유가 없지 않은가? 황제께서 보위에 올랐을 당시만 해도 오줌싸개 어린 아이였다. 그렇게 나이 어린 황제를 내가 무엇 때문에 죽이겠는가?"

조조 역시 고개를 끄덕이며 동탁의 말에 동조했다.

'그렇지. 하긴 오줌싸개 어린애였으니 황제라 칭할 수도 없었겠군.'

조조는 계속해서 고했다.

"왕윤이 또 승상을 모함하길…."

"또 뭐라고 하더냐?"

조조를 다그치며 동탁이 목소리를 높이자 그는 다시 머뭇거리며 말했다.

"승상께서… 궁궐의 여인들을 강제로 희롱했다고 하더군요."

동탁은 큰 소리로 웃었다.

"하하하! 궁녀와 노닥거리는 것이 죄가 되더냐? 솔직히 말하면 나보다 궁녀들이 더 밝히더군. 왕윤이란 자는 정말 가소롭기 짝이 없구나. 황실 궁궐의 후원에서 초선(貂蟬)과 껴안고 입을 맞추던 자가 누구더냐? 왕윤의 행위야말로 황제를 기만한 것이 아니고 무엇이냐? 이래도 뭐 더 할 말이 있느냐?"

조조는 동탁의 분노가 가라앉기를 기다렸다가 조심스럽게 다시 말을 꺼냈다.

"왕윤의 무리들이 모함하길 승상께서는 친인척을 함부로 관직에 앉히고 인사 청탁까지 받았다고 합니다."

그 말을 들은 동탁은 큰소리로 웃음을 터트렸고 그 바람에 하마터면 침상에서 굴러 떨어질 뻔했다.

"인사 청탁이라… 옳은 말이군. 하지만 내가 등용한 사람 중에는 동씨 성을 가진 사람이 하나도 없는 걸. 설마 나보고 원수를 데려다가 발탁하라는 말은 아니겠지?"

자세를 고쳐 앉은 동탁은 허공을 올려다보면서 이렇게 말했다.

"옛날부터 왕윤은 사사건건 내 일거수일투족을 따지고 들었지. 어디 승상의 자리에 오른 인물 치고 인사 청탁을 받지 않는 사람도 있다더냐? 저 공명정대한 공자님도 자신의 제자를 등용시키기 위해서라면 기회를 보아 적극적으로 추천하지 않겠느냐? 네게 제자 70명이 있다고 치자. 그 가운데 몇 명만을 간부로 선출해야 한다면 조조, 너는 어떻게 하겠느냐?"

구구절절 옳은 말이나 조조는 어쩐지 공감할 수가 없었다.

'조정의 인사에 관한 사항을 내가 나서서 감 놔라 배 놔라 할 수는 없다. 하지만 능력을 갖춘 인재를 등용해야 한다는 원칙은 지켜져야 한다. 조상 대대로 내려온 것이라도 잘못된 점이 있다면 이제라도 고쳐야 할 것 아닌가? 동탁, 너는 이러한 원칙에서 나를 따라올 수 없다.'

조조는 여전히 생각에 잠긴 채 말이 없었다.

'게다가 공자의 수하에서 공부한 제자라면 이미 백 리 안에서 내로라하는 수재들이지 않은가!'

조조는 이러한 속내를 결코 내색하지 않았으나 동탁은 조조의 눈동자가 흔들리는 것을 놓치지 않았다. 동탁은 서서히 조조를 의심하기 시작했다.

'저 자는 혹시 왕윤과 내 사이를 이간질하러 온 것은 아닐까? 조심해야겠군.'

동탁이 입을 열었다.

"조조. 자네가 내게 한 말은 모두 사실이겠지?"

"승상! 감히 누구의 안전이라고 거짓을 말하겠습니까?"

조조는 품속에 감춰 두었던 칠성보검을 꺼내 보이며 말했다.

"이 칠성보검이 바로 그 증거이옵니다. 왕윤이 제게 직접 준 검입니다. 그가 이 검을 준 까닭은 이 검으로 승상을…."

"뭐라고?"

갑자기 동탁의 목소리가 사납게 변했다. 조조는 놀라서 뒷걸음질을 치다가 그만 바닥에 칠성보검을 떨어뜨렸다. 쨍그랑하는 소리와 함께 잔뜩 겁을 먹고 서 있는 조조를 본 동탁은 그제야 자신이 지나치게 흥분했다는 사실을 깨달았다. 동탁은 바닥에 떨어진 보검을 주워 찬찬히 뜯어보며 말했다.

"이처럼 낡은 검을 주다니 왕윤도 참으로 뻔뻔스럽군."

동탁은 바닥에 검을 내던진 후 탁자 아래에 두었던 검 하나를 꺼냈다. 칠성보검보다 두 배는 더 길어 보였다. 칼집에서 나온 검에서는 무시무시한 광채가 흘렀다.

겁을 먹은 조조의 온몸이 부들부들 떨렸다.

"승상, 저…저는 이미 승상에게 충성을 맹세한 몸이옵니다."

동탁은 말했다.

"나는 너를 해칠 생각이 없다. 이 검은 조조, 너에게 주마. 대신에 네가 가져온 칠성보검은 당장 갖다 버리거라."

놀란 가슴을 쓸어내리며 조조는 허리를 굽혀 동탁의 검을 받았다.

"황송하옵니다, 승상."

동탁은 지금까지와 다른 말투로 말했다.

"조조, 너는 강호에서 가장 위대한 병기가 무엇이라고 생각하느냐? 만약 그중의 하나를 수중에 넣은 자가 있다면 황제가 될 야망을 품어도 되지 않겠느냐?"

조조는 금방 귀가 솔깃해져서 되물었다.

"병기라면 무엇을 말씀하시는 것입니까?"

"도룡보도(屠龍寶刀)는 강호의 지존이며 천하의 보검이다. 감히 어느 누가 다투겠느냐? 그리고 이 검은 바로 의천검(倚天劍)이다."

조조는 놀라 눈썹을 치켜 올리다 눈동자를 반짝이며 다시 물었다.

"그럼 도룡보도는 지금 어디에 있나요?"

동탁은 탐심으로 가득해져서 침까지 흘리는 조조를 보고 심기가 불편해졌다.

"도룡보도도 당연히 내가 보관하고 있다. 어느 누가 감히 탐하겠느냐."

물러가겠다는 인사를 한 후 한혈보마에 올라 탄 조조는 장안성을 향해 말을 몰았다. 한혈보마는 과연 바람보다 빠르게 달렸다. 귓가에 스치는 바람소리가 어찌나 빠른지 마치 거문고를 연주하는 듯했다. 휙휙거리는 바람소리를 들으며 산과 강을 휘돌아가는 동안 조조는 끊임없이 중얼거렸다.

"오늘은 동탁의 무서움을 깨달은 것만으로도 큰 수확을 얻은 셈이다."

다른 사람의 생각을 존중하라.

동탁과 같은 천하의 악인에게도 자신의 행동에는 그 나름대로 이유와 논리가 존재한다. 그렇기 때문에 어떤 사람의 모든 면을 비난하고 부정하기만 해서는 안 된다. 상대의 생각이나 가치관이 나와 생각이 다르거나 마음에 들지 않는다면 맞서 부정하는 대신 무시하라. 침묵도 때로는 가장 좋은 대화방법이 될 수 있다.

어제의 적이 오늘의 친구가 될 수 있다.

어제의 적도 때에 따라서는 오늘의 친구가 될 수 있다. 하지만 반드시 여기에는 그가 당신에게 진심을 털어놓았을 경우라는 전제조건이 따른다. 상대의 진심을 넘겨짚지 마라. 내가 마음을 숨기고 거짓을 말할 수 있다면 상대도 그럴 수 있다. 여포는 동탁이 조조를 마음에 들어 한다는 것을 알자 못마땅한 본심을 숨기고 고개를 숙였다. 어제의 적이 오늘의 친구가 되어 나타날 때를 대비하여 가슴속의 단도는 숨기고 미소를 지어라.

세 번이나 서주를 거절한 유비

둘,

기회의 여신은 언제까지나 문을 두드리고 있지 않는다.
신중하게 판단하되 너무 오래 생각하지 말라.

도겸(陶謙)은 유비에게 서주(徐州)를 맡기며 주장(州長)이 되어 줄 것을 요청했다. 이것은 유비로서는 전혀 예상치 못했던 일이다. 하지만 그의 청을 선뜻 수락할 수도 없는 처지였다. 어떤 음모가 도사리고 있을지 어찌 알겠는가. 이미 조조가 그의 군대로 물 샐 틈도 없이 서주를 에워싸고 호령하고 있지 않은가.

"서주에 사는 것이면 닭이든 개든 단 하나라도 놓치지 말고 모두 없애버려라!"

이런 상황에서 가장 불쌍한 사람은 다른 아닌 서주 주장 도겸이었고, 서주의 주장이란 자리는 개도 물어가지 않을 자리였다. 혹 정신이 나간 미치광이라면 또 모를까. 바로 이와 같은 상황에서 도겸은 유비에게 그 말을 꺼낸 것이다.

"서주의 주장은 아무래도 유비 그대가 맡아주시면 좋을 듯하오."

당연히 유비의 귀에는 그가 하는 모든 말들이 위선으로 들려왔다.

이 자는 나를 조조를 잡기 위한 미끼로 사용하려는 것이구나. 듣기 좋은 말로 백 년에 한 번 나올까 말까 한 위대한 지도자라는 둥, 하늘이 내린 천하의 영웅이라는 둥, 백성을 자식처럼 아끼는 자애로운 어버이라는 둥, 청렴결백하여 고기조차 입에 대지 않는다는 둥 나를 추켜세우기는 한다만….

내 비록 지금은 비록 강호를 유랑하는 떠돌이 신세에 지나지 않지만 어찌 되었든 여러 동생들을 거느린 형이 아니던가? 내가 서주에 온 이유는 조조를 벌하기 위한 것이지 결코 고기를 탐해서가 아니란 말이다. 도겸, 너는 온갖 달콤한 말로 나를 현혹시키려하나 분명 나를 제물로 삼고자 하는 술수가 분명하다. 바보가 아닌 다음에 어느 누가 이 같은 제의를 수락하겠는가? 저 자는 지금 겁쟁이처럼 스스로 도망칠 명분을 찾고자 혈안이 되어 있다.

학식이 모자라고 능력이 없고 노안에다 심근경색, 신경쇠약이란 말은 전부 같잖은 핑계거리에 지나지 않는다. 이미 높은 벼슬에 올랐으니 학식이야 그만하면 충분할 것 아니겠는가? 왜 이전에 좋은 시절을 누릴 때는 건강이 좋지 않다는 말을 하지 않았는가? 그렇게 그만두고 싶으면 당당히 사직서를 써서 황제에게 올리면 될 것을….

저 자가 하는 말은 모두 거짓이 틀림없어. 과거에 내가 짚신이나 삼았다고 해서 나를 얕보고 이게 웬 떡이냐 하며 달려들 줄 알았다면 큰 오산이지. 소학도 졸업하지 못했다고 해서 내가 호락호락하게 넘어갈 것 같은가! 도겸, 네 머릿속을 내가 훤히 다 꿰뚫고 있다. 그 정도 음모론 정도로는 나를 속일 수 없다.

✽✽✽

　요 며칠간 유비는 도저히 심난해서 견딜 수가 없었다.

　조조의 군대는 이미 서주에서 물러났지만 여전히 도겸은 부처님 같은 얼굴로 마치 내기 도박을 걸듯 유비에게 서주를 맡아달라고 성화였다. 제후들은 모두 유비에게 물었다.

　"유비, 도겸이 저토록 권하는데 굳이 사양할 이유가 없지 않소?"

　유비는 그저 겸손한 미소를 띠며 사양을 반복했으나 내심 다 차려놓은 밥상에 있는 고기도 먹지 못하는 것이 답답해서 미칠 지경이었다.

　서주를 위협하던 조조가 사라지고 난 후 이제 서주는 더 이상 뜨거운 감자가 아니었다. 그런데도 유비는 도겸의 제의를 거절하고 있었다. 그러나 유비 자신은 사람들이 말하는 것처럼 그가 바보여서가 아니라 다른 사람들보다 더 깊이 생각하기 때문이라 여겼다.

　생각해 보자. 조조의 세력이 하늘을 찌를 듯 막강했을 때 나는 아무것도 가진 것이 없었다. 그럼에도 나는 도겸을 도와 조조를 물리치지 않았는가. 당시 나는 돈을 원한 것도 아니고 권력을 탐해서도 아니었다. 다만 친구를 위해 칼을 뽑았을 뿐이다. 그것은 오로지 명예를 얻기 위한 행동이었다.

　이 명예라는 것이 실로 매력적인 것이 아니겠는가. 이전에 수많은 전쟁에서 패할 수밖에 없었던 주된 원인을 분석해보면 바로 지명도가 없었기 때문이다. 나는 사람들의 관심과 열기를 내 쪽으로 끌어 모을 구심점을 얻지 못했던 것이다. 이제 도겸을 도와서 조조의 군사를 몰아냈으니 나의 명성도 곧 천하를 뒤덮게 될 것이다. 사람들은 이제 나를 어버이처럼 따르고 있다. 또 다른 사람들은 이렇게 말했다.

"유비 형님, 당신이 깃발을 들고 일어선다면 어디든지 따르겠습니다"

어떤 사람들은 내가 황제의 삼촌뻘이 된다면서 부러워했다. 솔직히 내 자신이 황제의 후손인지 아닌지 확인할 방법은 전혀 없다. 그런데도 사람들은 그것을 사실로 믿고 싶어 한다. 아마 내가 조조를 물리치지 않았다고 해도 과연 그랬을까?

현실은 이미 서주의 방방곡곡에는 황제의 후손 유비에 대한 신뢰가 들끓었고, "늑대가 나타났어요. 늑대가 나타났어요. 그래도 난 무섭지 않아요. 유비를 불러요. 유비가 쫓아줄 테니까요"하는 노래가 아이들 사이에서 불릴 정도였다.

유비는 온 천하가 자신의 이름에 이처럼 환호와 갈채를 보내고 있을 때 서주 주장을 제의받은 셈이니 신중할 수밖에 없었다. 아무 생각 없이 넙죽 받아들였다가 모처럼 힘들게 쌓아올린 명예가 하루아침에 물거품이 될지도 몰랐다. 이제껏 자신을 따르던 동지들에게 실망을 안겨 줄 수도 있다. 자칫하면 도겸을 도운 것은 내게 다른 속셈이 있었기 때문이라는 오해를 받을 수도 있고, 최악의 경우 꿩 먹고 알 먹은 셈이라는 비난을 면치 못할 수도 있다. 어쩌면 벌써 이런 소문을 퍼뜨리고 다니는 사람들이 있을 지도 모르는 일이다.

"아, 글쎄. 처음부터 유비는 서주를 통째로 삼킬 속셈으로 도겸을 도운 척한 것뿐이래요."

어린 아이들도 이렇게 수군대고 다닐 수도 있다.

"유비는 황제의 후손이 아니라 황실에서 일하는 하인이었대요."

그뿐이면 다행이다. 유비에게 군사를 빌려주었던 공손찬은 노발대발하게 될 수도 있다.

"내 병사들의 목숨만 축내고 정작 유비 그 자는 서주의 주장을 차지하게 되었다고? 그렇다면 괜스레 남 좋은 일을 시킨 셈이군."

이미 병력을 모두 철수한 조조가 '서주를 보호'한다는 명분을 앞세워 나를 제거하려고 군사를 돌리는 중일 수도 있고 천하의 제후들까지 "조조를 따르자!"는 구호를 외치며 일어설 수도 있다. 이러니 서주는 역시 못 먹는 떡이나 다를 바 없지 않은가!

게다가 도겸은 아무래도 진심으로 유비에게 서주를 맡길 생각이 아닌 것 같았다. 그의 눈초리가 예전 같지 않은 것도 같았다. 그의 아들과 심복들조차 호시탐탐 자신을 관찰하는 듯했다. 천하의 유비조차도 도리를 따르는 일은 쉽지 않았다.

✻ ✣ ✻

도리를 설명하는 일은 역시 관우와 장비에게는 어려운 일이었다.

도겸이 보낸 자사를 돌려보낸 후로 두 사람은 유비에게 화가 났는지 하루 종일 아는 체도 하지 않았다. 게다가 밤이 어둑해지자 술을 마시러 나가서 아직 돌아오지 않고 있다. 아마 술에 취해 어디선가 곯아 떨어져 있는 듯했다. 물론 유비도 관우와 장비의 마음을 헤아리지 못하는 것은 아니었다.

자신을 위해서 저들은 수없이 험난한 역경도 마다하지 않았다. 저 두 사람의 머리가 아직까지 제자리에 온전히 붙어 있는 것이 신기할 정도가 아닌가? 유비로 인해 수없이 많은 죽음을 불사한 저들로 말하자면 그 고마움과 미안한 마음이야 말로 표현할 수 없을 정도다. 하지만 이렇게 오랜 세월을 함께 했음에도 불구하고 그들은 여전히 서로를 이해하지 못하는 부분이 있었다.

그들은 모두들 자신의 고향에서 각자 나름대로의 방식으로 살아왔다. 당초 세 사람이 모여 도원결의를 맹세하며 품은 기상은 이미 온 천하가 알고도 남음이 있다. 그런데 아직까지도 자기 이름으로 된 땅 하나가 없으니 아우들의 심사가 어찌 편안할 리가 있겠는가?

도겸이 유비에게 서주를 맡아달라고 했을 때 저 두 아우의 감격스런 표정이라니. 호박이 넝쿨째 굴러들어오는데 어느 누가 마다하리?

이전에 도겸이 보내온 선물들고 체면 차린답시고 모두 거절하고 돌려보내자 두 아우는 "유비 형님, 어째서 차려놓은 밥상도 마다하시오? 설마 우리 두 아우가 또 목숨 걸고 나가서 양식을 구해 와야 뱃속이 편한 것은 아니겠지요? 형님 눈에는 우리 두 사람의 머리가 장식인 줄 아시오?"라며 불만을 토로하기 시작했다.

사실 그들의 말이 영 터무니없는 것은 아니었다.

'이런! 아우들이 드디어 돌아왔구나. 오늘 밤엔 호롱불 밝혀놓고 오랜만에 이런 저런 얘기나 나눠야겠군.'

✳ ❋ ✳

유비는 도겸이 정말 제게 서주를 넘겨줄 거라고는 전혀 생각지 못했다.

사람이 죽을 때가 되면 좋은 말만 한다더니, 도겸은 임종이 가까워

오자 서주의 주장이 되어 달라고 재차 부탁해왔다. 그러자 유비는 그동안 쓸데없이 도겸을 의심해 온 것은 아닐까? 하는 생각이 들었다. 아무래도 다시 한 번 심사숙고해야 할 것 같았다.

도대체 그는 왜 소학도 졸업하지 못하고 짚신이나 삼아 팔던 나 같은 사람에게 서주를 맡기려고 하는 것일까? 무릇 세상만사는 필히 한 번쯤 뒤집어 생각해보아야만 사기를 당하지 않는 법이다. 뱃사공이 도둑을 태우기는 쉬워도 내리게 하는 것은 어려운 것과 같은 이치다. 나 유비는 절대로 배신당할 일은 만들고 싶지 않다. 그러려면 우선 창문부터 걸어 잠근 후 곰곰이 생각해봐야겠다. 가장 이해가 가지 않는 것은 도겸은 어째서 혈육인 아들을 두고 내게 서주를 넘기려 하는 것인가 하는 것이다.

음…. 이제야 알겠군 그래. 아마도 주장에 관해서는 세습 제도를 시행하지 않는 한조(漢朝)의 법률 때문일 가능성이 크다고 봐야겠지. 아무리 자기 아들에게 주장을 세습하고 싶어도 황제의 윤허를 받아내는 일이 어디 그리 쉬운 일인가. 게다가 도겸의 아들은 책상물림이나 하는 선비체질이라 문장이나 지을 줄 알지 다른 방면으로는 젬병이라고 하더군. 다음으로 의심스러운 것은 도겸은 제후들과 비밀 연락망을 통해 서주 주장을 겸임해줄 사람을 물색해두었을 가능성도 무시할 수 없다는 거야. 말하자면 북해의 주장인 공융이 바로 그런 인물이지.

아! 이제야 모든 것이 명백해졌어. 사회에서 만난 친구란 모두가 술친구에 불과할 뿐, 영원한 이익을 위해 영원한 친구란 존재하지 않는 거겠지. 이 점은 꼭 기억해두어야겠군. 도겸이 의심스러운 점은 한두 가지가 아니야. 서주의 현직 관료 중에서 마땅한 사람을 우선 선출하는 방법도 있지 않은가? 예를 들면 진관(陳官)이란 자도 있고 하다못해 그의 아들 진등(陳登)도 있잖아.

아참! 그러고 보니 도겸은 이들 부자를 신임하지 않고 있더군. 그들 두 사람은 분명 은혜를 모르는 배은망덕한 인간들이 틀림없어. 만약 내가 서주 주장이 되면 그들은 내 앞에서 알랑거리며 곧 나를 얼간이로 만들어 버릴 거야. 그런 다음 나의 영토를 수박 쪼개듯 잘라서 나눠 먹으려고 할 테고? 이따위 위인들에게 어떻게 주장 자리를 물려주겠나? 아무리 현직 관료들 중에서 이들 진관 부자를 따를 자가 없다고 하더라도 그건 있을 수 없는 일이지.

아무튼 여러모로 분석해본 결과 의외로 상황이 매우 간단하게 해결될 수 있다는 희망이 생기는군. 나는 이미 서주 주장의 자리를 마다했으니 사실상 서주의 모든 권력을 사양한 셈이 아닌가. 이로써 나 유비는 서주의 주장을 거절한 전무후무한 사람으로 기록될 거야. 그리고 또 한 사람 도겸은 정치적 야심이 없는 청렴한 사람에게 서주를 맡기고 싶었던 것이고. 그러니 그는 내게 서주를 맡기지 못해 안달이 났던 것이야.

그런데 나의 이런 상상처럼 도겸의 생각이 단순했던 것일까?

조조와 지혜겨루기 **둘**

생각은 깊되 짧게 하라.

매사에 모든 것을 신중하게 생각할 필요까지는 없지만 중요한 일은 되도록 깊이 생각하고 고민하는 자세도 필요하다. 고민하고 생각하는 가운데 최선의 결론을 도출할 수 있기 때문이다.

하지만 신중함을 넘어 정신적인 매너리즘(mannerism : 일정한 기법이나 형식 따위가 습관적으로 되풀이되어 독창성과 신선한 맛을 잃어버리는 것)에 빠지지 않도록 주의하라. 생각은 깊으면 깊을수록 좋은 것이지 길수록 좋은 것은 아니다. 현대를 사는 우리에게 시간 또한 간과해서는 안 될 중요한 요소라는 것을 명심하라.

정당한 내 몫을 탐하라.

현명한 사람이라면 공짜 떡을 먹었을 때 반드시 먹고 난 후의 결과를 예측할 줄 알아야 한다. 하지만 모두가 즐겁게 먹는 떡이라면 일단은 맛있게 먹어도 좋다. 다른 사람의 호의를 순순히 받아들이지 못하는 것도 일종의 의심하는 병이다. 망설이는 사이 나 혼자서만 맛있는 떡을 못 먹게 되는 수도 있다.

셋,
악인(惡人)이 악(惡)을 논하다

똥 묻은 개가 겨 묻은 개를 나무란다 했다.
내 흠을 먼저 손본 후 남의 흠을 탓하라.

헌제(獻帝) 초평(初平), 모년 모월 모일, 보초병 하나가 문덕전(文德殿)으로 다급하게 뛰어들었다.

"급한 전갈이오!"

숨이 턱에 차게 헐떡거리던 그는 다시 비통한 얼굴로 말했다.

"황제께서 이각(李傕)에게 끌려가 인질이 되셨다 하옵니다."

그 소식을 전해들은 황후는 너무나 놀라서 거의 실신할 뻔했다. 대전에 모여 있던 문무 대신들 또한 일시에 웅성거리기 시작했다.

"황제를 납치하다니 어떻게 이런 일이 있을 수 있단 말이오? 이제 우리는 누구의 명을 받들어야 한답니까?"

"우리는 결코 이 일을 좌시해서는 아니 되오. 하지만 어느 누가 감히 황제를 능멸할 수 있겠소?"

"이각이란 자는 간도 크군요. 그는 목숨이 아깝지도 않은가 봅니다."

"벌써 잊으셨습니까? 지금 목숨이 위태로운 사람은 이각이 아니라 황제폐하란 말이오."

"설마 한조의 역사를 다시 바꿔 써야 한다는 말을 아니겠지요?"

망연자실해진 태위(太尉) 양표(楊彪)가 탄식하며 외쳤다.

"모두들 침착하시오! 사태가 위급하니 황제를 구출할 방법을 짜내는 것이 우선일 것 같소."

"이각이란 놈은 도대체 무슨 속셈으로 이런답니까?"

그는 고개를 돌려 가후(賈詡)에게 물었다. 가후는 본래 이각과 함께 장안에 온 인물로 당초 이각의 무리와 가까이 지냈다. 하지만 황제가 이각을 경계한다는 것을 알고 서서히 그로부터 떨어져 나와 양표의 당파에 유입되었다. 가후가 대답했다.

"이각이란 자는 본래 동탁의 수하에 있던 4대 악인 중의 우두머리 격입지요. 이들은 포악한 정도에 따라 자체 서열을 나누었는데 첫째가 이각, 둘째는 곽사(郭汜), 셋째는 번조(樊稠) 넷째는 장제(張濟)라는 인물입니다. 몇 해 전에 이들 4대 악인의 계보에도 내홍이 일어 번조는 피살당하고 장제는 멀리 고향으로 떠났지요."

"그렇다면 이각이란 자야말로 온갖 죄악의 근원이자 핵심인물이라고 볼 수 있겠군. 한마디로 '악행의 온상지'다 이 말이지."

"그렇소. 곽사에게는 '악의 화신', 번조는 '흉악한 살인마', 장제는 '극악무도한 원흉'이라는 꼬리표가 따라 다니고 있어요."

가후도 신이 나서 줄줄 외워대기 시작했다. 양표는 그를 가로막으며 말을 잘랐다.

"우리가 4대 악인에 관해서 모를 리가 없지 않겠어요. 좀 더 구체적인 말씀을 해보시오."

양표는 잠시 머뭇거리며 생각에 잠겼다가 다시 물었다.

"예를 들어 도대체 이각이란 자는 사서오경이나 배웠답디까? 자고로 군자와 신하의 관계는 부모 자식과 진배없다고 했습니다. 그는 어째서 이 같은 도리도 모른 척합니까?"

가후가 즉각 답했다.

"이각은 원래 감량도의 한 지주의 호위무사 노릇을 하다가 나중에 동탁에게 의탁하게 되었지요. 그는 낫 놓고 기역자도 모르는 일자무식이면서도 문신들을 경멸한다고 해요. 그런 이각에게 사서오경을 읊어봐야 소귀에 경 읽기입니다."

양표는 미간을 찌푸리며 말했다.

"그런 사람이야말로 더욱 골칫거리가 아닐 수 없어요."

그때 보초가 또 다른 소식을 전했다.

"이각이 말하길, 만약 태위께서 곽사에게 투항하라고 하지 않으시면 황제를 살해하겠다고 합니다."

✳ ✳ ✳

이미 이각과 곽사는 장안성 외곽을 벌써 50일째 피로 물들이고 있었다. 들에는 썩어가는 시체들이 즐비했고 강에는 붉은 핏물이 흘러 넘쳤다. 황제의 행방은 묘연했고 협상하러 간 대신들조차 감감 무소식이니 황후의 심정은 타들어가는 논바닥 같았다.

황보력(皇甫酈)이 자신이 나서서 이각을 회유해보겠다며 황후를 안심시켰다. 그는 곧바로 이각의 막사를 찾아갔다. 마침 이각은 손에서 검을 놓지 않은 채 두 눈을 지그시 감고 있었다. 봉두난발한 그의 입에서는 차마 입에 담지 못할 저주의 주문이 쏟아져 나오고 있었다.

"곽사! 이, 천 길 수렁에 떨어져 비상이나 먹을 놈아! 네놈은 꿈속에서도 지옥 귀신에게 피를 빨려 사흘 안에 죽게 될 것이다."

그리고 나서 이각은 닭의 핏물이 담긴 그릇을 들어 허공에 대고 냅다 뿌렸고 그 바람에 하마터면 황보력은 온몸에 닭의 피를 뒤집어 쓸 뻔했다.

"이각 장군!"

두 눈이 휘둥그레진 황보력이 놀라서 소리쳤다.

"큰 화가 임박했는데 여기서 귀신 타령이나 하고 있다니요? 장군의 최후가 멀지 않았소이다."

"뭐라고? 최후가 어쩌고 어째?"

이각은 어리둥절한 표정으로 물었다.

"황제를 억류한 죄를 지었다면 죽어 마땅하지 않습니까?"

"죽어 마땅하다고? 흥! 웃기는 소리. 황제가 내 손바닥 안에 있는데 누가 감히 나를 건드릴 수 있겠는가? 나는 아무도 두렵지 않다."

"황제가 장군의 손바닥 안에 있다고요? 그럼 황제의 형은 어디에 있습니까? 황제의 삼촌은요? 황제의 사촌 형제들은요?"

이각은 아직도 제정신이 아닌 것 같았다.

"그들은 지금 모두 어디에 있느냐? 당장 가서 모두 잡아오겠다."

황보력은 이각이 서서히 자신의 꾀에 걸려들고 있음을 알고 속으로 쾌재를 불렀다.

"어디에 있냐고요? 산해관(山海關), 봉래각(蓬萊閣), 해남도(海南道), 등 등…. 중국의 전 지역에 흩어져 있지요. 황제의 일가친척을 모두 합치면 아마 백 명도 넘지 않을까요? 게다가 그들은 모두 각 지역을 주름 잡는 패왕이십니다."

이각은 탄식을 금치 못하며 말했다.

"그 말이 사실이냐? 황제의 부모는 가족계획도 안 했나 보군."

이각은 차츰 불안해지기 시작했는지 황보력에게 다시 물었다.

"너는 황후의 심복이니 내가 어떻게 하면 좋을지 한번 말해 보거라."

황보력은 기다렸다는 듯이 대답했다.

"어서 황제를 풀어주십시오."

"정신 나간 소리!"

이각은 악을 쓰며 말했다.

"그 따위 말을 하려거든 당장 내 앞에서 사라져라. 황제는 절대 돌려 보낼 수 없다."

"장군은 목이 달아날 것이 두렵지도 않으십니까?"

"나는 피비린내 나는 이 바닥에서 지금껏 버텨온 몸이다. 목이 달아 났다면 벌써 수십 번은 달아나고 없을 것이다."

황보력은 더 이상 말을 꺼내지 못하고 황급히 이각의 막사를 빠져 나왔다.

✽❋✽

그 즈음 이각과 곽사 사이에 생긴 오해를 풀고자 막내인 장제가 급 히 장안성으로 달려 왔다.

가운데에 탁자를 두고 왼쪽에는 이각, 오른쪽에는 곽사가 앉아 있었 다. 두 사람 모두 입을 다문 채 침묵을 지키고 있을 따름이었다. 탁자의 정면에는 황제가 앉아 있었고 포로로 잡힌 대신들은 바닥에 앉은 채 그들을 지켜보고 있었다.

장제가 화해를 주도하기 위해 입을 열었다.

"우리들은 그동안 '4대 악인'으로 불리면서 친형제 이상으로 허물없이 지내왔지 않습니까? 게다가 번조 형님이 그렇게 허무하게 죽을 줄 누가 알았겠어요? 그런데도 형님들은 어째서 같은 편끼리 서로 으르렁대며 싸우기만 하는 것입니까? 오해가 있으면 풀어야지요."

둘째인 곽사가 먼저 자신의 억울함을 하소연하기 시작했다.

"나는 한 번도 형님을 배신한 적이 없었는데 형님은 나를 독살하려고 했지 뭐냐?"

그러자 맏형인 이각이 버럭 성을 내며 말했다.

"허튼소리 하지 마라! 그 날 내가 초대한 연회에 너는 핑계를 대고 오지 않았다. 그럼에도 불구하고 나는 인편을 통해 선물로 술까지 보내주었지 않느냐? 호의를 가지고 마련한 내 성의를 저버린 너의 잘못이 크다."

이각은 다시 장제를 향해 말했다.

"이래도 내가 잘못한 것이 있느냐? 곽사는 그런 내 성의를 저버렸을 뿐만 아니라 선물로 보낸 술을 개에게 먹이기까지 했다. 막내야, 다행히도 네가 왔으니 어디 한번 말 좀 해 보거라. 저런 녀석을 내가 형제라고 해서 봐줘야 하느냐?"

잠자코 듣고 있던 곽사가 마치 변명하듯 말했다.

"정말 어이가 없네요. 우리 집사람 말이 형님이 나를 독살하려고 한다더니 결국 그 예감이 맞았어요. 그동안 이각 형님을 친형처럼 모셨는데, 은혜를 원수로 갚은 것은 바로 큰형님이라고요!"

곽사는 다시 장제에게 말했다.

"네 형수 말을 좀 들어보겠니? 네 형수가 며칠 전에 이런 말을 했다. '여보, 큰형님이 당신을 해칠지도 모르니 절대 방심하면 안돼요. 당신은 믿고 싶지 않겠지만 큰형님이 보내온 술이 의심스러워 일부러 개에게 먹여 보았어요. 그랬더니 개가 두 눈이 하얗게 뒤집혀 거품을 물더니 그만 죽어버렸지 뭐예요' 라고. 이거 보아라. 다행히 마누라가 눈치를 챘으니 망정이지 그렇지 않으면 내가 개죽음을 당할 뻔했지 않니? 이게 독살이 아니고 무엇이겠느냐?"

그 말을 들은 장제가 그제야 알았다는 듯 말했다.

"이제야 어떻게 된 사실인지 알겠군요. 이각 형님이 보낸 술에는 독이 들어있지 않았어요. 독을 넣은 것은 바로 형수님이라고요."

놀란 곽사가 소리쳤다.

"뭐라고? 내 아내가 나를 독살해? 말도 안 되는 소리다."

"틀림없어요. 모두가 다 형수님이 꾸민 연극이에요. 형수님은 이각 형님과 만나기만 하면 매일 곤드레만드레 술에 취해서 늦게 귀가하는 형님 때문에 화가 났던 거예요. 그래서 큰형님이 보내온 술 단지에 독을 넣은 다음 개에게 먹인 거예요. 이게 다 형님을 협박하기 위한 짓이지요."

곽사는 점점 더 어리둥절해질 뿐이었다. 장제는 여전히 웃으며 말했다.

"내 눈은 못 속여요. 이미 연성(宛城)에서 두 사람에 관한 소문을 다 들었어요. 곽사 형님은 술에 취하기만 하면 큰형수에게 추파를 던진다면서요. 이미 장안에 파다하게 퍼져 있는 걸요. 설마 형수님이 세상물정도 모르는 바보 천치인줄 아세요? 곽사 형님! 정말 간도 크십니다.

남의 여자를, 그것도 큰형님의 부인을 유혹하려 들다니요."

수치심을 느낀 곽사의 얼굴이 달아오르기 시작했다. 그것을 본 이각은 흥분하여 이성을 잃고 달려들었다.

"뭐? 네놈이 감히 내 마누라를 꼬드겨? 이제 너와는 끝장이다."

장제가 재빨리 나서서 두 사람을 말렸다. 처음부터 이 광경을 지켜보고 있던 황제는 혀를 차지 않을 수 없었다.

"온갖 악행의 온상이며 극악무도함의 극치로구나. 사소한 오해를 풀면 될 것을 가지고 저렇게 개처럼 물어뜯고 싸우다니…."

다른 사람의 단점은 늘 크게 보이는 법이다.

본래 사람은 다른 사람의 단점을 아무리 작은 것이라도 잘 잡아낸다. 그 이유는 내가 남보다 우월하다는 자만과 남들보다 뒤쳐질까 두려워하는 열등감 때문이다. 그래서 타인의 작은 흠에도 발끈하여 불평, 불만이 이어지는 것이다.

물론 남의 단점을 잡아내는 것은 때로는 좋은 전략이 될 수 있다. 상대의 단점으로 우리 편의 사기를 북돋거나 미처 모르고 있던 내 단점도 발견할 수 있기 때문이다. 하지만 무조건적인 트집 잡기는 결국 내 단점을 드러내주는 역효과를 내기 마련이니 주의하라.

언제 어디서나 오해를 경계하라.

내가 누군가를 오해하는 것은 물론, 남에게 오해를 사는 일도 삶에서 가장 치명적인 타격을 줄 수 있다. 어떤 소문이나 결과를 접했을 때는 적어도 두 명 이상의 말을 들어보고 판단하도록 하라. 그리고 그렇게 했음에도 불구하고 판단이 불가능하다면 차라리 침묵하고 중립에 서라. 회색분자임을 부끄러워하지 마라. 어느 한 쪽으로 기울어 그 선택에 모든 것을 걸 자신이 없다면 차라리 중간에서 눈치를 보거나 아예 중립을 유지하는 편이 낫다.

넷,
세 명의 자객

진정한 친구를 얻는 것은 세상에서 가장 힘든 일 중 하나다.

손책(孫策)은 유난히 사냥을 즐겼는데 하루는 정보(程普)를 비롯한 여러 명의 심복들을 이끌고 사냥에 나섰다.

금세 사슴을 발견한 그는 정신없이 말을 몰았고 어느 순간 일행들과 떨어져 홀로 깊은 산속에 들어와 있는 자신을 발견하게 되었다. 그러나 손책은 이에 아랑곳하지 않고 오로지 사슴을 향해 활시위를 겨누었다. 결국 사슴은 그가 쏜 화살에 맞아 '쿵' 소리를 내며 쓰러졌다. 기세등등해진 손책은 비로소 흡족한 미소를 지었다.

'녹용은 베어다가 대교(大喬)에게 줄 약술이나 담가야겠군. 아내의 아픈 허리와 무릎에 효험이 있을 거야. 남은 고기들은 정보더러 메고 가서 통째로 구우라고 시켜야지.'

그가 이 같은 궁리에 한창일 때였다. 갑자기 검은 옷을 입은 남자 세

명이 손책 앞에 홀연히 모습을 드러냈다. 그들의 외모를 자세히 뜯어 보니 날카로운 눈매에 긴 검을 차고 있는 모습이 진시황을 암살했다는 전설의 자객, 형가(荊軻)를 연상시켰다.

'피비린내 나는 강호에 몸담은 지 어언 십수 년, 이미 소패왕(小覇王)이라는 칭호까지 얻은 이 몸이 저런 애송이 같은 녀석들에게 겁먹을 이유가 없지. 아마 내가 손가락 하나만 까닥해도 저들은 금방 새파랗게 질려서 살려달라고 애걸복걸하고 말거야.'

손책은 내심 거드름을 피우며 호통부터 치기 시작했다.

"하룻강아지 범 무서운 줄 모른다더니, 너희들은 대체 누구의 하수인이냐?"

그의 목소리는 온 산을 쩌렁쩌렁 울리고도 남을 만큼 컸다. 숲 속의 새들마저 놀랐는지 푸드득 날갯짓 소리를 내며 허공으로 흩어졌다. 하지만 어쩐 일인지 세 자객은 눈썹 하나 까딱하지 않는 것이 아닌가. 그리고 한 남자가 긴 머리칼을 휘날리며 앞으로 나섰다.

"나는 루드굴리트(高力特)다. 내 검은 매섭기로 유명하다."

그 뒤로 피부가 유난히 흰 남자가 나서며 말했다.

"나는 마르코 반 바스텐(巴斯藤)이다. 내 검은 한 번도 목표를 빗나가 본 적이 없다."

마지막으로 검은 얼굴을 한 남자가 말했다.

"나는 프랑크 레이가르트(里杰)다. 노련한 나의 검술을 따라올 자는 없다."

이번엔 세 자객이 입을 모아 소리쳤다.

"우리들은 허공(許貢)의 원수를 갚기 위해서 왔다!"

손책은 잠시 생각에 잠겼다.

'아! 이제 보니 하남(河南)의 그 유명한 자객들이로구나. 강동(江東)땅에는 도대체 언제 건너 왔을까? 저들의 소문은 들은 바 있으나 이름이 꽤나 생소하군. 우리 한족의 이름과는 많이 다른 걸. 설마 외국에서 건너 온 용병들은 아니겠지?'

그는 계속해서 골똘히 생각했다.

'게다가 허공이라면 강남(江南)을 장악하던 우두머리로, 얼마 전 내 손에 죽음을 당한 자가 아니던가. 듣자하니 그를 따르던 수하인들과 일가족 모두가 외국으로 도망쳤다고 하던데, 저들은 어찌하여 가지 않았단 말인가?'

생각이 여기에 미치자 손책은 궁금증을 이기지 못하고 물었다.

"너희들은 허공과 무슨 연관이 있느냐?"

세 자객은 기다리고 있었다는 듯 대답했다.

"우리들은 허공의 식객이다."

"식객이라니?"

"우리들은 허공의 집을 지키는 문지기이다."

"아! 그런 연고가 있었군."

손책은 다시 물었다.

"너희들은 내가 허공을 죽인 이유를 알고 있는가?"

"모른다. 그것은 우리들이 알 바가 아니다."

손책은 말했다.

"허공은 온갖 악행만을 일삼던 녀석이다. 만일 내 손에 그가 죽었다는 사실을 만백성이 안다면 박수를 치며 쾌재를 부를 것이다."

세 자객이 말했다.

"그것 또한 우리가 알 바 아니다. 우리가 알고 있는 것은 다만 허공이 우리의 은인이라는 사실이다."

손책은 물었다.

"대관절 허공이 어떤 은혜를 베풀었기에 이러는 것이냐?"

"허공은 문지기 자리를 맡길 때에도 3교대로 돌아가며 문을 지키게
해주었다. 그것은 우리들이 잠을 자지 못할 것을 염려하여 배려한 것
이다. 이것만 보아도 우리를 대하는 그의 관심과 은공이 얼마나 큰 것
인지 알 수 있지 않은가."

그들의 말에 손책은 속으로 비웃기 시작했다.

'아니, 고작 문지기 자리 하나를 내준 것 가지고 저처럼 목숨 걸어
충성을 바치는데, 만약 내 발이라도 닦으라고 한다면 감격해서 눈물이
라도 쏟겠구나?'

실소가 터져 나오려는 것을 애써 감추며 손책이 말했다.

"주인을 향한 너희들의 충성심에 깊은 감명을 받았다. 서 있는 모습
을 보아하니 너희들의 검술 또한 범상치 않음을 내 알고도 남음이 있
구나."

세 자객이 말했다.

"그게 도대체 어쨌단 말인가?"

"나는 너희들 각자의 장점을 살려 행장(行長)직을 주고자 한다. 만약
너희들이 나를 주인으로 모신다면 앞날을 보장해주겠다."

그러나 세 자객은 조금도 동요하는 기색을 보이지 않았다.

"우리는 문지기로 만족할 것이며 더욱이 허공의 문지기로서 충분
하다."

심히 불쾌해진 손책은 눈썹을 찌푸리며 속으로 생각했다.

행장이라면 누구나 다 탐내는 요직임에 틀림없지 않은가? 내 제안

은 확실히 쉽사리 뿌리치기 어려운 제안임에 분명했다. 하지만 그럼에도 불구하고 저들은 회유에 넘어가기는커녕 오히려 더욱 더 복수의 결의를 다지고 있다. 그러니 내게는 이제 별다른 수가 없지 않은가.

"좋다! 너희들이 원하는 것은 오로지 나의 목숨이라 이거지? 그렇다면 나도 너희들의 목숨도 보장할 수 없다. 내가 가진 이 검은 의천도(倚天刀)로 아미산(峨眉山)을 평정하신 사부님께서 주신 천하의 명검이다. 너희들의 낡은 검과 비할 바가 아니다."

그러자 세 자객도 지지 않고 대답했다.

"검만 좋으면 무슨 소용이냐? 중요한 사실은 검의 주인이 누구냐에 달려 있다. 네 눈에는 비록 우리 검이 하찮게 보일지 몰라도 우리의 검술에 의해 천하의 명검이 될 수도 있다는 사실을 명심해라!"

손책이 코웃음을 치며 말했다.

"말은 번드르르 하구나."

세 자객은 물러섬 없이 말했다.

"세상에 둘도 없는 의천도라 할지라도 네 손에 있는 한, 한낱 쇳덩어리에 불과하다."

그 말에 발끈해진 손책이 말했다.

"건방진 소리! 나의 검이야말로 살인병기이다. 얼마나 많은 자들의 목숨이 내 이 한손에 추풍낙엽처럼 쓰러져 갔는지 너희가 아느냐? 아! 이제야 알겠군. 너희 같은 애송이들이 내 명성을 들어보았을 리가 없지. 만약 알고 있었다면 벌써 바지에 오줌을 쌌을 걸!"

세 자객의 눈에 불꽃이 튀기 시작했다.

"뭐라고? 우리가 네까짓 놈을 두려워 할 것 같은가? 너는 허공을 죽인 우리의 원수이다. 우리는 오로지 너를 죽이기 위해 여기에 왔을 뿐이다."

시간이 갈수록 세 자객은 살기가 등등해졌다. 그에 따라 손책은 가슴이 철렁 내려앉기 시작했다. 자신의 호통 한 번이면 저들이 당장이라도 무릎을 꿇을 줄 알았는데 저들의 의지가 이처럼 강할 것이라고 추호도 생각지 못했던 것이다. 그러나 손책은 마음을 다잡고 오늘이 바로 의천도의 진가를 발휘할 절호의 기회라고 생각했다.

"더 이상의 설전은 시간낭비다. 나는 세 명이 아니라 삼백, 아니 삼천이라고 해도 조금도 두렵지 않다. 험난한 강호를 주름잡던 내가 이제 와서 실전을 겁낼 이유가 없지 않은가."

손책은 검을 뽑아 들고 세 자객을 향해 돌진하기 시작했다. 그때, 갑자기 어디선가 '탕!' 하는 소리가 났다. 손책이 얼얼한 감각이 느껴지는 이마를 만져보니 선혈이 낭자했다. 그리고 바스텐의 손에는 어느새 검이 아닌 권총이 들려 있었다.

"총을 쏠 줄은 몰랐겠지? 우리를 검객으로만 생각했다면 그것은 너의 오산이다."

손책은 분노에 치를 떨었다.

"총이라니… 이것은 강호에는 없었던 일이다. 네놈이 속으로 숨겨둔 무기는 또 무엇이 있느냐?"

"네 눈으로 직접 확인시켜주마."

세 자객이 말했다. 곧이어 연달아 두 발의 총성이 이어졌다. 루드굴리트와 레이가르트의 총구에서 불이 뿜어져 나왔다. 그들은 손책을 비웃으며 말했다.

"소패왕 좋아하시네. 흥!"

탕, 탕, 탕—!

손책의 얼굴은 피로 범벅이 되기 시작했다. 손책에게는 절체절명의 위기상황이었다. 그때 어디선가 말발굽 소리가 들리더니 손책의 호위인 정보가 심복들을 이끌고 나타났다. 세 자객들은 이미 총알을 모두 쏜 이후여서 총알이 단 한 발도 남아있지 않았다. 정보는 순식간에 그들의 목을 베어 버렸다.

피를 흘리며 쓰러져 있는 손책을 일으키며 정보가 물었다.

"주인님, 어찌하여 저런 조무래기 같은 녀석들을 한 칼에 베어 버리지 않으셨습니까?"

심각한 부상을 입은 손책은 입에서 피를 토해내며 말했다.

"방심한 사이에 오늘은 허를 찔리고 말았다. 저들을 한낱 자객인 줄로만 여겼던 것 이 나의 실수였다. 다른 무기를 숨기고 있을 것이라는 사실을 어찌 상상이나 했더란 말이냐. 분명 검을 뽑는 것 같더니 갑자기 총으로 바뀌고 말더구나. 아! 도대체 저들에겐 강호의 도리고 뭐고 눈에 보이는 것이 없단 말이냐?"

손책의 한탄에 정보는 잠시 생각에 잠기더니 곧 무릎을 탁 치며 말했다.

"저들은 자객인 동시에 총잡이였던 겁니다. 게다가 외국에서 건너온 총잡이였습니다."

정보의 말을 듣고 난 손책이 중얼거리기 시작했다.

"강호의 자객이 아니라 외국의 총잡이라고…."

모든 궁금증이 풀렸고, 손책은 비로소 눈을 감았다.

소외된 이들에게도 관심을 가져라.

평소에는 누구의 이목도 끌지 못하던 평범한 사람이 신문지상을 장식하는 일을 가끔 볼 수 있다. 또, 세 명의 자객처럼 엉뚱한 사람이 종종 세상을 발칵 뒤집어 놓는 사건의 주인공이 되기도 한다. 그래서 평소에 우리는 사회의 소외된 계층에 놓여 있는 사람들일수록 더욱더 따뜻한 관심을 보내고 존중을 해주어야 한다.

진정한 친구를 만들어라.

전혀 예기치 못했던 일이 발생했을 때, 뒷일을 책임져 주거나 편을 들어줄 사람이 당신의 주위에는 얼마나 있는가? 바로 이런 이가 진정한 친구인데, 아무리 친구가 많다고 해도 그 가운데서 진정한 친구를 가려내기란 쉽지 않다. 진심이란 평소에는 잘 드러나지 않는 법이기 때문이다. 넓게 사귀어 많은 친구를 두기 보다는 깊게 사귀어 진정한 친구를 만들어라.

다섯,
이름 없는 궁수

세상엔 누구 하나 귀하지 않은 이가 없다.
타인에게서 끊임없이 배우는 태도를 기르자.

　석양이 서산으로 자취를 감추자 사방이 고요해졌다. 조금 전까지만
해도 흙먼지 바람을 일으키며 한 무리의 군마들이 내달리던 곳이라고
는 믿을 수 없을 만큼의 긴 정적이 찾아왔다.

　조성(曹性)의 무덤 앞에 무릎을 굻고 앉은 고순(高順)은 무덤을 향해 공
손히 세 번 절을 올렸다. 그리고 무덤의 주인에게 혼잣말을 하듯 긴 탄
식을 늘어놓았다.

　"저는 지금껏 당신이 그저 이름 없는 병사인 줄로만 알았습니다. 생
전에 당신이 얼마나 훌륭한 궁수였는지 감히 상상도 하지 못했지요. 게
다가 당신의 이름조차 생소하게 여긴 저의 불찰을 깊이 사죄드립니다."

　그는 다시 고개를 조아린 채 얼마 전 하후돈(夏候惇)과의 전투를 떠올
렸다.

하후돈과의 목숨을 건 싸움에서 조순은 생사의 갈림길에 놓여 있었다. 그때 어디선가 날아온 화살 하나가 하후돈의 오른쪽 눈에 꽂혔고 그 바람에 자신은 기적적으로 탈출할 수 있었다. 이 무덤 속에 누워있는 사람이 바로 그 화살의 주인이었다.

고순은 계속해서 말했다.

"그렇게 기상천외한 활솜씨를 가진 사람이 바로 당신이었을 줄은 생각도 못했습니다. 당신이 하후돈을 애꾸눈으로 만들지 않았다면 그가 무엇 때문에 당신을 죽이려고 혈안이 되었을까요? 그런데도 저는 하후돈이 당신을 공격할 때 막아내지 못했습니다."

그는 향에 불을 붙이며 이어 말했다.

"모두가 저의 잘못이오니 반드시 복수를 하겠습니다."

비통함에 어쩔 줄 모르는 고순을 지켜보던 참모 하나가 그를 위로하기 시작했다.

"장군, 너무 자책하지 마십시오. 비록 하후돈이 목숨을 부지하고 있기는 하지만 죽은 목숨이나 진배없지 않습니까? 그는 여생을 처절한 고통 속에서 보낼 것입니다. 한쪽 눈알이 없는 눈으로 영원히 자신을 쏜 궁수의 이름을 잊지 못한 채 살아갈 테니까요. 이로써 그는 영원한 조롱의 대상이 될 뿐입니다. 이미 그는 살아도 산 것이 아니므로 죽어도 씻을 수 없는 오명이 평생 그를 따라다닐 것입니다."

고순은 하늘을 보며 탄식했다.

"그렇다면 조성이야말로 비록 죽었지만 여전히 살아있는 셈이군. 사람들은 애꾸눈 하후돈을 볼 때마다 조성을 떠올리지 않을 수 없을 거야."

고순은 무덤 위의 흙을 어루만져 보며 다시 말했다.

"동서고금을 막론하고 당신처럼 많은 사람들에게 깊은 인상을 남긴 궁수는 없을 것입니다. 조성은 결코 죽은 것이 아니며 영원한 신궁으로 사람들의 가슴에 남아 있게 될 것입니다."

고순은 눈물을 닦으며 말없이 고개만 끄덕거렸다. 한줄기 서풍이 불어와 무덤가에 돋아난 풀들을 간질이고 있었다.

남을 존중하면 나도 존중받을 수 있다.

영화나 소설에서 보면 진정한 고수는 자신의 신분을 드러내지 않고 평범한 사람들 틈에 숨어 있는 경우가 많다. 이런 고수들은 초야에 묻혀 살고 있다가 주인공이 절체절명의 위기에 처했을 때 도움을 주곤 한다. 이처럼 아무리 하찮아 보이는 사람이라도 나보다 낫거나, 혹은 내게 큰 도움을 줄 사람일 수 있다는 것을 늘 명심해야 한다. 다른 사람을 귀하게 보지 않는 사람은 그 자신조차 타인에게 귀하게 대해질 수 없다.

혼자서 고민하지 말라.

타인의 의견은 말 그대로 그들의 의견일 뿐이지만 우물 안에서 하늘을 바라보던 내가 미처 보지 못한 것을 보는 이들도 있다. 그러니 타인의 생각을 듣고, 그것을 참고하여 결론을 내리라. 단, 타인의 생각에 무조건 따르는 우를 범하지는 말라. 그러한 태도는 나중에 일이 생각대로 되지 않았을 때 '못 되면 조상탓'을 하는 것처럼 비겁한 태도이기도 하다. 타인의 생각을 또 다른 의견으로 참고하여 스스로가 결론을 내려 행동하라.

여섯,
천재와 바보

천재와 바보는 종이 한 장 차이라고 한다.
천재와 바보를 가르는 종이 한 장에 쓰인 문구는
'말 한마디로 천 냥 빚도 갚는다' 가 아닐까?

허유(許攸)는 천재였지만 원소 수하에서 두각을 나타내지 못했다. 그러다 관도전(官渡戰)이 발발하자 허유는 조조에게 의탁한 후 군사기밀을 제공하였고, 그로 인해 조조 진영은 의외의 수확을 얻어 승리에 박차를 가했고 결국 조조는 큰 승리를 거두었다.

다음 날 아침, 관도의 외곽에 주둔하고 있던 허유는 왁자지껄한 병사들의 소리를 듣고 조조가 승리했다는 사실을 알게 되었다. 사람들은 기쁨에 들떠 승리를 자축하느라 난리법석을 떨었다. 허유는 내심 못마땅한 생각이 들기 시작했다.

'만약 내가 아니었다면 너희들이 이렇게 즐겁게 웃고 떠들 수 있었겠느냐?'

허유는 세수도 하지 않은 얼굴로 조조의 막사까지 달려갔다. 조조는 어젯밤 승리를 경축하기 위해 새벽녘까지 시를 쓰느라 아직까지 자고 있는 중이었다. 조조는 허유가 그런 자신을 깨우자 언짢아하면서 물었다.

"여기에 왜 왔느냐?"

허유가 대답했다.

"승상, 승리를 자축하며 밖에서 사람들이 떠들어대는 통에 저는 한잠도 못 잤습니다."

조조는 잠시 생각에 잠겼다.

'잠을 못 잔 것은 순전히 자기 탓이면서 곤히 자고 있는 나를 깨우다니? 사람들이 북을 치든 장구를 치든 내 알 바가 아니지. 설사 하늘이 무너진다고 해도 나는 코까지 골아가며 잘 수 있단 말이다. 그런 체질을 타고 났거든.'

하지만 조조는 역시 겉과 속이 달랐다.

"네가 만약 중요한 정보를 알려주지 않았다면 관도의 전쟁의 결과는 달라졌을 수도 있다. 물론 허창의 안전을 보장할 수도 없었겠지. 내 너의 공로를 높이 치하하겠다."

"아니옵니다. 이 모두가 승상의 위대한 영도력 덕분이옵니다."

허유는 말로는 겸손한 척했지만 속으로는 얼마나 기세등등했는지 모른다.

'승상이 이처럼 나의 공로를 치하하니 얼마나 기쁜지 모르겠군.'

관도성으로 돌아온 허유는 승리에 들뜬 백성들이 환호하는 광경을 지켜보며 흡족한 미소를 지었다.

마침 시장 근처를 지나던 허유는 봇짐을 진 사람 몇 명이 만두를 먹는 모습을 보고 시장기가 돌았다. 그제야 아침을 거른 것이 생각난 허유는 동전을 꺼내어 만두를 사면서 중얼거렸다.

"전쟁도 끝났으니 만두나 먹어야지."

그러자 옆 사람이 아는 체를 하며 말했다.

"그래요. 이 만두는 돼지고기로 소를 넣어 만든 것은 아니지만 맛이 끝내주네요."

허유도 만두의 맛에 감탄하는 척하며 은근히 물었다.

"정말 맛있군. 자네들은 조조가 왜 이겼는지, 원소는 왜 졌는지 그 이유를 아는가?"

"그걸 왜 모르겠어요? 들리는 소문에 의하면 허 씨 성을 가진 천재가 조조에게 중요한 비밀사안을 제공했다고 하던걸. 그게 바로 조조가 승리를 거둔 이유지요."

또 다른 사람이 말했다.

"생각해보세요. 원소 진영의 모든 상황을 조조에게 전부 알려주었으니 원소는 질 수밖에 없잖아요."

옆에 있던 사람도 맞장구를 치며 말했다.

"들자니 그 허 씨 성을 가진 천재는 원래 원소의 수하에 있었대요. 그런데 바보 같은 원소가 그의 의견을 받아들이지 않고 무시했다고 하더군요. 호박이 넝쿨째 굴러들어온 줄도 모르고 냉대했으니 원소야말로 눈 뜬 봉사가 분명해요."

그러자 모두들 이구동성으로 말했다.

"맞아요. 원소가 봉사였으니 망정이지 안 그랬다면 우리 모두는 원소의 군사에게 무릎을 꿇어야 했을 지도 몰라요. 그럼 이렇게 만두를 사먹는 일도 없었을 거예요. 우리 모두는 그 천재에게 고마워해야 해요."

허유는 가슴이 뿌듯하여 하늘을 날 것만 같았다.

그가 다시 고서를 파는 헌 책방을 지날 때 우연히 낡은 책을 뒤적이고 있는 곽가(郭嘉)를 만나게 되었다.

"곽가. 어째서 그렇게 해진 책을 보고 있소?"

조조의 측근들 중에서 허유의 존경을 받는 사람은 오로지 곽가뿐이었다. 관도전을 승리로 이끈 모든 전략과 전술은 모두 그의 머리에서 나온 것이라는 사실을 허유는 이미 알고 있었다. 곽가는 위대한 사령관이 분명했다. 하지만 그는 겸연쩍은 얼굴로 말했다.

"이 책은 72명의 신선들 사이에서 일어난 전쟁이야기를 담고 있어요. 재미도 있지만 읽다보면 배울 점이 아주 많지요."

허유가 말했다.

"신선들의 전쟁이라. 하지만 인간들에겐 재앙이지요. 신선의 전쟁에서 당신은 무엇을 배웠습니까? 이미 배울 만큼 배우신 분이면서 학문에 대한 열정이 참으로 남다르시군요."

곽희는 여전히 겸손을 잃지 않으며 말했다.

"별 말씀을 다하십니다. 군사 작전의 변화는 예측이 불가능하답니다. 늘 새롭게 배우지 않으면 뒤쳐지고 말아요. 당신은 이번 관도의 전쟁을 어떻게 생각하시오? 이번에 나는 진흙을 빚어 포탄을 만들었는데 고무줄을 이용해보니 효과가 더 좋더군요."

허유의 얼굴이 굳어졌다. 곽가는 현명한 사람인지라 허유의 기색을 금방 알아차리고 다시 공손한 태도로 말했다.

"전쟁에서 작전보다 중요한 것은 없습니다. 예를 들어 이번 전쟁의 가장 큰 관건은 당신이 제공한 적군의 상황이었죠. 보다 쉽게 적군을 붕괴시킬 수 있었거든요. 이것은 작전 중의 정보 기술에 대한 좋은 예가 될 것입니다."

허유는 곽희가 자신의 공로를 인정해주는 것에 감격했다. 그는 잠시 생각에 잠겼다.

'세상 사람들은 나를 치켜세우지만 나 역시 전쟁의 비결을 알지 못하고 있다. 그들은 아무 것도 모르면서 쓸데없이 칭찬만 늘어놓을 뿐이다. 하지만 곽희 그는 확실히 천재적인 군사이론가가 틀림없어.'

허유는 감격에 겨운 표정을 감추지 못했다. 허유가 다시 말했다.

"이제부터 선생님께 많이 배워야 할 것 같습니다."

두 사람이 이별할 때 문득 곽희가 말했다.

"그리고보니 허저가 앞에 있으니 당신은 방향을 바꾸는 것이 좋겠소."

허유는 생각에 잠겼다.

'허저가 뭐라고 내가 방향을 바꿔야 하지?'

그는 반발심에 곧장 앞으로 걸어갔다. 그리고 이내 돼지 도살장을 지나게 되었는데 건장한 남자 하나가 마침 돼지를 훔쳐 도망치려 하고 있었다. 불의를 참지 못하는 허유가 다그쳤다.

"이제 전쟁도 모두 끝났는데 어째서 아직도 도적질이냐!"

알고 보니 그 남자가 바로 허저였다. 허유는 사지가 멀쩡하면서도 머리가 텅 빈 사람들을 보면 못 견디고 반드시 충고를 했다.

"이보게. 좀 교양 있게 행동하게나. 돼지고기가 먹고 싶으면 돈을 내고 가져가야지 어째서 남의 물건을 훔치는 건가? 어제 조조에게서 상금을 받지 않았나?"

돼지를 파는 사람이 말했다.

"누가 아니래요. 돈이 없으면 먹지를 말던가. 허우대는 멀쩡해가지고!"

허저는 고함을 치며 크게 화를 냈다.

"없긴 내가 왜 돈이 없어?"

허저는 은괴를 꺼내어 탁자 위에 던진 후 돼지머리를 가지고 가버렸다.

허유가 다시 물었다.

"허저, 이제 그렇게 큰 돼지 머리를 혼자서 먹게 되었으니 좋은가?"

"흥! 나는 돼지 머리만 있으면 부러울 것이 없다. 나야 원래 야만인 아닌가?"

"언제 우리 술이나 한잔 나누세. 자네가 살아가는 방식이 명쾌한 것 같아 부럽군."

"그럽시다. 전쟁도 이겼으니 실컷 마시자고."

허유는 말했다.

"좋지. 만약 내가 없었다면 어떻게 이길 수 있었겠는가? 즐겁게 지내게나. 나는 다른 곳에 좀 들려야겠네."

"뭐라고?"

허저는 돼지머리를 바닥에 내동댕이치더니 갑자기 발끈해서 외쳤다. 성난 맹수처럼 그의 눈이 이글거리고 있었다. 그는 허유와는 상반된 생각을 하고 있었다.

'이 전쟁은 분명 나와 장요, 그리고 하후돈 등이 목숨을 내놓고 싸워서 이길 수 있었다. 머리통이 날아갈 뻔한 적도 여러 번 있었지만 다행히 걸음이 날 살렸지. 그런데도 너는⋯.'

허저는 또 다시 고함을 질렀다.

"지금 뭐라고 했냐고?"

허저의 목소리는 어찌나 큰지 십 리 밖에서도 다 들릴 정도였다. 원래 예의 없는 사람을 제일 경멸해온 허유는 다짜고짜 고함을 치는 허저를 깡그리 무시해버리고 싶었지만 꾹 참고 대답했다.

"왜 내 말이 믿기지 않는가? 아무려면 관도성을 지킨 사람이 내가 아니라 자네일 성 싶은가? 자네의 검으로 이 관도성을 지킬 수 있다고 믿는가? 조조가 내게 직접 말했네. 관도를 지킬 수 있었던 것은 하늘보다 높은 나의 공 덕분이라고 말일세."

허저는 듣고 있을수록 화가 치밀고 속으로 이런 생각이 들지 않을 수 없었다.

'뭐? 조조가 어쩌고 어째? 적군 하나 때려눕힌 적도 없으면서 공은 무슨 놈의 공이냐?'

허유는 자신의 공을 깎아 내리는 허저로 인해 더 이상 흥이 나지 않았다.

'예의라곤 찾아볼 수가 없군. 역시 조조밖에 없어. 그는 정말 내게 공손했었는데 이 녀석은 도대체 뭐냐고?'

허저 역시 전쟁터에서 막 돌아온 자신을 경멸하는 허유에게 화가 나서 견딜 수가 없었다. 흥분한 허저는 그만 참지 못하고 허유의 목을 내리치고 말았다.

말을 할 때도, 들을 때도 주의를 게을리하지 마라.

'말(言)'의 중요성은 아무리 강조해도 지나치지 않는다. 오죽 하면 말 한마디로 천 냥 빚도 갚는다는 속담도 있겠는가. 삼국지를 보아도 말 한마디로 천하를 얻은 영웅이 있는가 하면 잘못 내뱉은 한마디에 목숨을 잃은 이도 부지기수다.

옳고 그른 것에 대해 자신의 생각을 꾸밈없이 말하는 직언(直言), 실속이 없는 빈말인 허언(虛言), 남을 이간하는 말인 간언(間言) 등 말은 어떻게 사용하느냐에 따라 그 말을 하는 사람의 운명까지도 바꿀 수 있음을 명심하라.

칭찬을 구걸하지 마라.

어리석은 사람은 다른 사람의 장점을 칭찬할 줄 모른다. 그러니 어리석은 사람에게 굳이 자신의 장점을 드러내지 못해 안달할 필요가 없다. 그럴 때는 상대에게 사람을 보는 안목이 없음을 가엾게 여기면 된다. 때로는 침묵과 무시가 가장 현명한 대화라는 것을 다시 강조한다.

일곱,
관우와 조조

적당한 때를 놓치면 결국 마음먹은 것을 이룰 수 없다.
하지만 이렇게 되었을 때
또 다른 기회를 위해 반전을 꾀하는 것도 지혜다.

관우가 머물고 있던 역참에서 갑자기 사람들의 웅성거리는 소리가 들려왔다. 왁자지껄한 포졸들의 고함소리에 잔뜩 겁을 먹은 역참관의 얼굴이 희게 질렸다. 설마 또 자객을 잡아들이라는 현상 수배 전단이 내려졌나 하는 생각에 관우의 얼굴도 일순간 어두워졌다.

올해 들어 허창(許昌)의 치안이 극도로 불안정해지기 시작했다. 이 역참만 해도 양쪽으로 늘어선 각 방마다 전국의 여러 지역에서 올라온 대상인, 문인, 관리, 그리고 유랑민들로 넘쳐나고 있었는데 자객의 수는 그보다 더 많았던 것이다.

바야흐로 자객의 전성시대였으며 조조가 죽기만을 바라는 사람들이 점차 늘어갔다.

과연 누가 조조를 이처럼 탐욕스러운 간웅으로 만든 것일까? 설상

가상으로 조조는 어린 황제의 납치라는 극악무도한 짓을 자행함으로써 황제를 추종하는 유 씨 일가와 무수한 백성들까지 분노케 만들었다.

재력만 있으면 누구나 우두머리가 되는 세상인지라 조조 역시 황제보다 더한 무소불위의 권력을 휘두르고 있었다. 이는 세 살 먹은 아이도 다 아는 사실이었다.

다사(茶肆)를 찾은 관우는 우선 죽엽청 한 잔을 주문한 후 휴식을 취하는 척하면서 어젯밤 사건에 관해 물어보았다.

주인이 하는 말이 어제 저녁 인(寅)시 경 승상의 숙소에서 살인사건이 발생했는데 복면을 쓴 자객 하나가 관사에 몰래 침입했다가 마침 순찰 중이던 송헌(宋憲)과 위속(魏續)에게 들켰다고 한다. 송헌과 위속은 자객을 상대로 싸우던 중 자객의 공격을 받고 그 자리에서 기절하고 말았단다.

"그 다음에는 어떻게 되었소? 조조를 죽이긴 죽였답디까?"

"그게 어디 쉬운 일이라야 말이죠. 눈치 빠른 조조는 벌써 낌새를 차리고 여자 화장실에 몰래 숨어 있었대요. 그 사실을 알 리가 없는 자객은 밤새도록 조조를 찾다가 동트기 직전에 사라졌다는군요."

관우가 다시 물었다.

"복면을 쓴 자객이 가지고 있던 칼을 본 사람이 있습니까?"

"호랑이 그림이 새겨져 있는 칼이라고 하던 걸요."

관우는 그제야 자객의 정체를 알 것만 같았다. 그 검의 이름은 호두도(虎斗刀)이고 검의 주인은 단 한사람뿐이었다. 그는 본래 하북의 원소 수하에 있는 장수로 이름은 안량(顔良)이었다.

성하의 계절로 접어든 허창은 갈수록 무더위가 맹위를 떨치고 있었다. 이곳에 온 이후로 관우는 연일 허송세월을 보내고 있었는데 그것도 어느새 3개월이 다 되어가고 있었다. 무위도식한 탓에 체중이 불어난 관우는 날씨까지 더워지자 짜증이 나기 시작했다.

관우는 조조를 없애고 말겠다는 일념 하나로 이곳 허창에 왔다. 그처럼 관우는 조조에 대한 미움과 살의로 가득했지만 조조는 지극정성으로 관우를 대접했다. 하지만 조조에게는 유비와 같은 진실함이 없었기에 관우는 그의 모든 행동이 위선으로만 느껴졌다.

조조는 허세부리기를 좋아했다. 한 번은 황제와 사냥을 나갔는데 관우와 유비가 뒤를 따르고 있었다. 숲에 다다르자 조조는 황제와 활솜씨를 겨뤄보고 싶은 충동이 일었다.

그리고 황제가 사슴을 쏘아 맞추자 조조는 그것을 말이라 우기기 시작했다. 아직 열다섯 살도 되지 않은 황제는 평소에 조조의 머리에도 올라타고 오줌도 싸곤 할 만큼 철이 없었다. 하지만 이번에는 화를 내며 자신이 쏜 것은 틀림없는 사슴이라며 조금도 물러서지 않았다. 조조의 수하인들과 황제의 시종들 중의 일부는 간도 쓸개도 없는 간신들이었는데 그들은 이구동성으로 말했다.

"이것은 틀림없는 말이옵니다. 사슴이라면 뿔이 있어야 하지 않습니까? 이 짐승은 뿔이 없으므로 말이 분명합니다. 사슴과 말도 구분할 줄 모르고 어찌 황제라 칭할 수 있사옵니까?"

화가 난 황제는 계속해서 혼잣말로 중얼거렸다.

"내가 알기로는 봄 사슴이 뿔이 없다고 하던데…."

황제를 능멸하고 있는 신하들을 관우는 더 이상 두고 볼 수가 없었다. 게다가 아직 순진한 어린 아이가 아닌가? 가슴 속에서 그들을 향한 주체할 수 없는 살의가 치밀어 올랐다. 관우는 활시위를 잡고 조조를 겨냥하고자 했지만 유비가 말리는 바람에 그만두었다. 대신 유비는 사슴을 가리키며 여러 대신들을 향해 말했다.

"이 짐승은 말도 아니고 사슴도 아닙니다. 고라니의 일종에 불과합니다."

그 자리에 모였던 군신들은 저마다의 불만을 해소하게 되었고 유비에게는 박수를 보냈다.

그 날 이후 조조는 감히 유비를 무시할 수 없게 되었다. 관우 역시 유비를 더욱 존경하고 따르게 되었다. 하지만 관우는 아직까지도 유비가 당시 왜 조조를 죽이게 내버려 두지 않았는지 이해할 수가 없었다. 유비의 말에 의하면 무슨 밀조와 관계가 있다고 했지만 관우로서는 도무지 짐작할 수 없었다.

그래서 후에 조조를 없애라는 유비의 명령을 받자 관우는 십년 묵은 체증이 뚫리는 듯 속이 시원해졌다. 관우에게 조조의 목을 베는 일보다 더 자신을 흥분시키는 일은 없을 것 같았다.

게다가 장안을 떠나 허창에 온 이후 조조에게는 새로운 취미가 하나 생겼는데 다름 아닌 하루 종일 문인들과 어울리며 시를 짓거나 술판을 벌이는 일이었다. 그로 인해 관우는 하루라도 더 빨리 조조를 없애고 싶었다.

원래 관우는 자기도취에 빠져 무위도식하며 시 나부랭이나 읊어대는 삼류문인들을 제일 혐오해왔다. 하지만 조조 역시 그런 부류의 위인이었을 줄은 전혀 예상치 못한 일이었다. 게다가 관우를 더욱 어리둥절하게 만들었던 것은 그런 나약한 조조가 어떻게 승상의 자리까지 오를 수 있었을까 하는 것이었다.

✻ ❈ ✻

　관우는 검술만큼은 누구에게도 뒤지지 않으며 특히 자신의 청룡도를 당해낼 자는 세상에 없다고 지금껏 자부해왔다.

　청룡도는 본래 청룡언월도(靑龍偃月刀)라고 불리는 명검이었다. 관우가 이 검으로 화웅을 없앤 이후로 관우의 명성은 이 검과 함께 승승장구했다. '천하제일(天下第一), 유일무이(有一無二)'라는 수식어까지 붙여가며 청룡도의 명성은 이제 사람들 사이에 널리 퍼지게 되었다.

　관우의 자부심은 하늘을 찌를 듯했다. 하지만 청룡도의 위력이 아무리 막강하다고 해도 목숨을 내놓고 덤벼드는 사람에게는 무용지물이라는 사실을 관우는 오랜 경험상 잘 알고 있었다. 그래서 관우에게 공포의 대상이 될 만한 상대는 어제 밤 상부에 침입했던 호두도의 주인인 안량 뿐이었다.

　그의 고향은 하북으로 유명한 검객이 많이 나기로 유명한 지방이다. 최근 가장 많은 장수를 배출한 곳이 바로 그곳이다. 그러니 하북의 검객이라면 무림의 최고를 자랑하는 것이다. 만약 하북의 제일 검객을 상대할 자가 있다면 그야말로 최고의 검객이라는 명성을 얻게 될 것이다.

　게다가 안량은 하북의 제후인 원소의 군영에서 선두자리를 다투는 검객으로 하북에서도 보기 드문 기량을 갖춘 빼어난 검객이라고 한다. 소문에 의하면 원소의 총애를 한 몸에 받고 있다고 한다. 게다가 원소는 관우가 동탁의 맹장인 화웅을 죽였다는 소식을 전해 듣고 이렇게 말했다고 한다.

"뭐가 그리 대단하다고 호들갑을 떠는지 모르겠군. 나의 수하에 있는 안량이나 문축(文丑:삼국지에는 문추로 나와 있으나 원서에는 문축으로 표기되어 있음-역주)에게 맡겼으면 엄지 하나로 간단히 없애버렸을 것이다. 게다가 전하는 바에 의하면 관우란 녀석은 따라놓은 술이 식기 전에 화웅을 베고 돌아왔다면서? 그런 새빨간 거짓말이 어디 있느냐?"

나중에 그 말을 들은 관우의 얼굴이 빨갛게 달아올랐다. 관우는 그날 이후 가슴 속에 안량의 이름을 새겨두고 똑똑히 기억해두었다. 문축이란 이름도 함께. 관우는 언젠가 그들의 목을 단칼에 베어 화웅의 제사상에 바치고자 결심했다.

그러나 관우는 그들과 맞붙기는커녕 안량을 보았다는 사람조차 만나지 못했다. 거의 십년이 다 되도록 안량은 강호에 모습을 드러내지 않았는데 그 이유가 무엇무엇이라는 소문만 무성했다. 이런 위인을 두려워 할 이유가 있을까?

안량의 행방은 사람들에게 궁금증을 안겨 주었다. 안량이라는 인물의 존재자체를 의심하는 사람도 생겨났다. 원소 진영에서 조조와 유비를 협박하기 위해 꾸며낸 가상의 인물일 가능성도 배제할 수 없었다. 하지만 목단 꽃이 소리 없이 지고 있던 어젯밤 무렵, 유령처럼 안량이 그 모습을 드러낸 것이다. 혼자서 허창성 내의 삼엄한 경비를 뚫고서 호두도 하나만을 든 채 유유히 조조가 머무는 상부에 침입을 시도했던 것이다.

그가 비록 조조의 호위무사인 서황(徐晃)의 칼에 맞아 중상을 입고 도망친 것은 사실이지만 많은 이의 허를 찌른 것만은 부인할 수 없었다. 관우 역시 놀라움을 금할 수가 없었다. 그러나 관우는 다사의 주인을 앞에 두고 새롭게 결의를 다졌다. 기필코 안량을 만나 청룡도와 호두도의 기량을 겨뤄보기로. 누가 천하제일의 검객인지 결판을 내기로.

❋ ❀ ❋

하늘엔 희미한 달빛조차 찾아볼 수 없었고 아스라한 별빛마저 드문 밤이었다. 더 이상 미룰 수 없는 운명의 대결이 관우와 안량을 기다리고 있었다.

상부의 어두운 담장 아래서 관우는 거의 세 시간동안이나 안량이 나타나기만을 기다렸다. 관우는 안량이 분명 오늘 밤 이곳에 모습을 드러낼 것이라 예감했다. 이것은 험난한 강호의 세계를 살아오며 터득한 본능이었다. 관우뿐만이 아니었다. 안량 또한 그 어느 때보다도 강한 살기를 온몸에 느끼고 있었다.

마침내 육중한 거구의 안량이 관우 쪽을 향해 가까이 다가왔다. 관우의 간담이 서늘해지는 순간이었다. 어둠 속에서 간신히 그의 얼굴을 알아본 관우는 깜짝 놀라지 않을 수 없었다. 검은 옷을 입은 그는 한마디로 지옥의 화신이었다. 커다란 매부리코와 푹 꺼진 눈이 마치 서역 오랑캐를 닮은 듯했다. 관우는 춘추전국 시대의 사서를 즐겨 보았으므로 예전에 대청산(大靑山) 외곽지역에 살던 한 무리의 오랑캐들이 중원으로 넘어온 사실을 익히 잘 알고 있었다. 안량의 조상이 바로 그들이었던 것이다.

안량은 관우에게 다가오더니 발걸음을 멈추었다. 이곳에서 관우와 마주칠 것을 미리 알고 있었다는 듯 전혀 놀라는 기색도 없었다.

관우가 먼저 물었다.

"네가 바로 안량이라는 녀석이냐?"

"그렇다면 너는 관우? 우리는 초면인 것 같은데."

안량의 목소리는 짐승의 포효처럼 거칠어서 마치 칼로 귓속을 긁어내는 것 같았다.

"그렇다. 너와는 초면이지만 네가 모시는 원소와는 안면이 있지. 동탁을 토벌하던 중에 우리는 함께 술을 마신 적도 있다. 술도 마실 줄모르는 놈을 주인이라고 따르는 걸 보면 네놈도 별것 아니구나."

"웃기는 소리 마라. 그러는 너의 형 유비는 원소를 모시지 않더냐?유비야말로 바보 멍청이에다 형편없이 비겁한 놈이 아니고 뭐냐?"

관우는 가소롭다는 듯 웃으며 말했다.

"유비 형님은 황제의 숙부이시다."

"나는 애초부터 유비가 사기꾼이라는 사실을 알고 있었다. 사람들을현혹하려고 황제의 숙부를 사칭하고 다니는 것 아니냐? 우리 원대인의 조상들이야말로 모두 황실의 고관을 지내신 분들이시다. 너는 원대인의 숙부 원외(袁隗)가 어떤 분인지 아느냐? 바로 황제의 스승이다. 어느 누가 감히 자격을 논한단 말이냐?"

"듣고 보니 그렇군."

관우는 괜히 말을 꺼냈다가 본전도 못 찾을 것 같아 화제를 돌렸다.

"원소가 유비보다 나은 것이 뭔가?"

"유비를 변호하려거든 그만 두어라. 그는 황제의 숙부입네 어쩌네하며 수많은 사람을 자기 편으로 끌어들이고 있다. 황제가 나서서 직접 아니라고 하지 않는 이상은 솔직히 어느 누가 유비의 정체를 알 수있겠느냐? 만일 그가 정말 황제의 숙부로 밝혀지기라도 할까봐 아무도 나서지 않는 것이다. 이것이 바로 유비가 파놓은 함정이다. 그는 이처럼 언제나 자신이 도망칠 구멍을 만들어놓는 위인이다. 그러니까 유비는 만날 그렇게 유유자적하기만 한 것이다. 교활한 유비는 우리 원대인마저 속이고 있지 않은가?"

"말도 안 되는 소리!"

관우가 소리쳤다.

"유비 형님은 진실하고 온후한 성품을 지닌 분이시다."

"온후하다고? 그런 사람이 너를 시켜 조조를 없애려고 하느냐? 조조는 유비에게 늘 후한 대접을 해주었다. 그게 사실이 아니라면 '데운 술을 앞에 두고 영웅을 논한다' 는 말이 어디서 나왔겠느냐?"

"이유야 어쨌든 조조는 황제를 능멸한 간신이다. 만백성이 그를 용서치 않고 있다. 그는 죽어 마땅한 위인이다."

"그래서 조조를 죽였느냐?"

안량의 목소리가 경직되었다.

"나 역시 처음에는 조조를 죽이려고 했지만 지금은 상관하고 싶지 않다. 비록 조조는 간신이나 내게 잘못한 것은 없기 때문이다. 아무 공도 세우지 못한 내게 그는 큰 상으로 적토마까지 하사해 주셨다. 이 말은 당초 황제가 조조에게 내린 귀한 말이다."

안량은 잠시도 쉬지 않고 말했다.

"원대인은 애초 네놈이 남에게 밥이나 빌어먹을 인간인지 알고 계시더군. 그래서 나를 보내어 조조를 암살하도록 하셨다. 솔직히 원대인은 너희 형제들이 조조를 없앨 거라는 사실에 강한 회의를 품고 계시더구나. 참, 원대인은 또 이런 말씀도 하셨지. 관우를 만나거든 그 김에 아예 없애버리라고 말이야. 하하하! 이 말은 유비에게는 비밀로 해두라고 하셨지."

관우는 일부러 태연한 척 수염을 만지며 냉소를 띠고 말했다.

"안량, 너와 화웅 중 누가 더 강하다고 생각하는가?"

"화웅 따위가 다 무어냐. 관우 네가 화웅을 죽일 수 있었던 것은 순전히 운이었고 또 한 가지는 내가 그 자리에 없었기 때문이다. 호랑이 없는 굴에서 왕 노릇한 격이다."

"그럼 여포는 어떻게 생각하느냐? '삼영전(三英戰)의 여포'에 관해 들어본 적 있느냐?"

"하하하!"

안량은 대답대신 큰 소리로 웃기 시작했다.

"여포와 단독으로 붙어서 50여 회가 넘는 회합을 벌인 사람은 장비뿐이라는 사실을 나도 잘 알고 있다. 비록 여포에 비할 바 아니지만 장비의 뚝심 하나는 실로 사나이 대장부다운 배포라고 생각한다. 관우, 너는 여포가 지친 틈을 타서 장비와 협공한 후에 어부지리로 승리를 얻은 것 뿐이니 요령을 부린 셈이지 않은가? 그러나 너희 둘은 결국 여포 하나를 당해내지 못했다. 이것은 네놈의 한계를 드러낸 것이다. 유비는 뒤늦게 너희들의 싸움에 끼어들어 말도 안 되는 무공으로 여포에게 겁을 주었다. 이것은 네가 유비보다 더 쓸모없는 폐물이라는 증거가 분명하다."

관우의 얼굴이 또 붉게 변해갔다. 그러나 다행히 주위가 어두웠기에 관우는 자신의 수치심을 들키지 않을 수 있었다. 하지만 안량의 웃음 소리는 잠든 개들까지 모두 깨워놓고 말았다. 상부의 지붕에 있던 까마귀들 역시 공중으로 흩어지며 어두운 밤하늘로 사라졌다. 개들이 컹컹 짖어대는 소리가 적막을 깨었다.

관우는 보는 사람을 압도시키는 날카로움을 자랑하는 청룡도를 뽑았다. 지금까지 관우는 안량처럼 자신을 모욕한 사람을 만나 본 적이 없었다. 천하의 여포도 이런 식의 조롱은 하지 않았다. 그렇다면 죽어도 싸지 않은가? 관우는 당장이라도 안량을 없앨 기세로 달려들었다. 이곳은 이제 곧 안량의 무덤이 될 것이다.

안량도 지지 않겠다는 듯 검을 뽑아 들었다. 말로만 들었던 호두도를 처음 보자 관우는 주눅이 들 것만 같았다. 세상에 이런 검이 있으리라고는 상상조차 하지 못했다. 두께가 상당히 두꺼울 뿐만 아니라 길이도 길어서 그 자체로도 위압감이 느껴졌다. 왠지 이 검의 주인이 되는 자는 신비의 힘을 얻을 것만 같았다. 더욱 인상적인 것은 검의 단면에 새겨놓은 호랑이 그림이었다.

관우가 호랑이를 본 것은 이번이 처음이 아니다. 어릴 적 관우는 마을 사람들을 위협하는 호랑이를 없애기 위해 사냥을 나갔었다. 대개 강호의 영웅들의 어린 시절이 그렇듯이 말이다. 하지만 막상 호랑이와 마주쳤을 때는 가슴이 철렁 내려앉는 것 같았다. 호랑이의 눈은 피를 머금은 듯 붉게 충혈 되어 있었는데 마치 피를 흘리며 죽어가는 사람의 모습 같다고 생각한 적이 있었다.

관우는 어금니를 악물었다. 온몸의 혈관이 터져버릴 듯 긴장되는 순간이었다. 관우의 첫 번째 공격은 춘추도법(春秋刀法)의 가장 마지막 검법으로 상당히 위협적인 천하귀진(天下歸秦)이었다. 관우가 안량의 목덜미를 향해 검을 내리쳤다. 그리고 동시에 갑자기 조조의 목소리가 들려왔다. 그는 큰 소리로 이렇게 외치고 있었다.

"이제 안량은 죽었구나!"

뎅강 하는 소리와 동시에 안량의 머리는 데굴데굴 굴러 다시 몇 바퀴를 구르더니 조조의 발아래에 멈추었다. 주인에게로 돌아간 안량의 머리라. 이것은 하늘의 뜻이었다. 조조는 벗은 발로 관우를 향해 달려왔다. 그의 뒤를 따라 수많은 호위무사들이 몰려들었다. 한바탕 소란에 이제 다들 잠에서 깨어난 것이다.

"관우 장군이 자객을 해치웠다!"

"만세! 관우가 안량을 죽였다."

상부에서 환호의 함성이 터져 나왔다. 그들은 한 달 전 관우가 조조를 죽이려고 침입했던 사실을 모르는 듯했다. 심지어는 조조 자신도 눈치 채지 못한 것 같았다.

"이 은혜를 어떻게 보답해야 할런지…."

조조는 관우의 손을 잡으며 말했다.

"별 말씀을요. 당신이 도와주지 않았으면 안량을 해치우지 못했을 것입니다."

관우는 겸연쩍은 생각이 들어 대충 얼버무리고 말았다.

✻✻✻

조조는 관우를 수정후(壽亭侯)에 봉하고 사람을 시켜 금술이 달린 투구를 보내왔다. 관우는 일단 안심하고 허창에서 좀 더 머물기로 했다. 조조를 없애고 싶은 충동은 거의 사라져 있었다. 자신에게 호의를 베푼 사람을 해칠 수는 없지 않은가.

게다가 조조의 심복인 장요와 허저가 모두 이곳 상부로 거처를 옮겼고 서황의 상처도 거의 회복되어 가는 중이었으므로 조조를 암살하겠다는 계획은 이미 수포로 돌아간 셈이었다. 관우는 결코 확신이 서지 않는 일에 매달릴 만큼 어리석은 사람이 아니었다.

조조는 상부에서 주최한 음악회에 관우를 초대했고 그는 기꺼이 응했다. 조조는 관우에게 청룡도를 가지고 와도 좋다고 말했다. 이 같은 허락은 예외적인 것으로 천하제일의 검에 대한 예의였다. 조조는 관우의 청룡도에 대한 각별한 관심을 보이며 '냉염거(冷艶鋸)'라는 휘호를 내려 주었다. 관우는 조조의 휘호를 보면서 가소로운 생각이 들었다.

'누가 조조 아니랄까봐 생색을 내기는. 어딜 가나 고상한 척을 하지 않고는 못 배기는군.'

조조가 초빙한 악사와 곁에서 반주를 돕는 아름다운 여인 몇 명이 곧 등장했다.

관우는 첫눈에 악사에게서 수상한 느낌을 받았다. 일단 남자에게서 흐르는 양기가 매우 센 것을 첫 눈에도 알 수 있었다. 게다가 대부분의 악사들은 겉보기에 연약한 외모를 지녔음에도 불구하고 유독 이 악사의 생김새는 사람 잡는 백정처럼 우악스러웠다.

연주가 곧 시작되었다. 연주곡은 《광릉산(廣陵散)》이란 곡으로 음산한 분위기가 흘렀다. 조조는 연주에 심취한 듯 고개까지 흔들며 음악 감상에 푹 빠져있었다. 악사의 팔꿈치가 흔들렸다. 순간 피리가 갑자기 예리한 검으로 바뀌며 조조를 겨냥해 달려들었다.

조조 수하의 심복인 서황과 장요는 무기가 없었으므로 재빨리 의자를 들어 악사의 머리에 내리쳤다. 눈 깜짝할 사이에 음악회는 아수라장으로 변했다. 지루한 음악에 졸던 관우가 잠에서 깼을 때는 장요와 서황이 부숴버린 의자의 파편들만 눈처럼 사방팔방 휘날리고 있었다.

음악회는 전쟁터를 방불케 할 만큼 위험한 상황으로 발전했다. 정신을 차린 관우는 청룡도를 뽑아 든 채 악사를 향해 몸을 날렸다. 관우와 회합을 벌이던 악사의 얼굴이 하얗게 질려가기 시작했다.

문밖에 있는 사람들이 낌새를 차리고 황급히 안으로 뛰어 들어왔다. 가장 먼저 들어온 사람은 허저였다. 그는 우선 조조부터 안전한 곳으로 대피시켰다. 악사는 자신의 실패를 알고 순간적으로 힘을 잃었다. 그리고 관우에게 큰 소리로 탄식했다.

"네가 조조의 손님이 되어 있을 줄은 몰랐다. 그만두자!"

그는 이 말을 마친 후 검을 내던지고는 도망치기 시작했다. 하지만 허둥대는 바람에 그만 발이 걸려 넘어지고 말았다. 그 순간을 놓치지 않은 관우는 그의 머리를 단칼에 베어버렸다.

관우는 악사가 떨어뜨린 검을 주워들었다. 자신의 청룡도보다 훨씬 단단하고 무거웠다. 관우는 이 검이 오현(烏玄)이라 불리고 있음을 알았다. 게다가 그 검의 주인은 문축이라는 이름의 고수라는 사실도 알게 되었다.

"관우가 또 다시 문축을 죽였다!"

"관우의 검이 천하를 평정했다!"

"관우는 영웅이다!"

"관우는 조조의 생명의 은인이다!"

"과연 관우는 범상치 않은 인물이다!"

상부에 모여 있던 사람들의 함성소리가 드높았다. 조조는 감격하여 한동안 아무런 말도 잇지 못했다. 조조는 또 다시 관우의 손을 부여잡고 말했다.

"네가 나의 목숨을 구했구나. 또 신세를 지게 되었어. 관우, 원하는 것이 있으면 말을 해다오. 무엇이 되었든지 모두 주마. 내 목숨이 필요하다면 그것까지 네게 주겠다."

관우는 두 손을 내저으며 말했다.

"승상, 그게 무슨 말입니까? 어떻게 감히 승상의 목숨을… 승상의 목숨을 탐내던 사람은 저쪽에 있습니다."

관우는 문축을 손짓으로 가리키며 말했다.

"승상의 목숨을 노리던 자들은 모두 제거했습니다. 부디 승상은 저자의 시신을 거두어 조촐한 장례라도 치러주시길 간청하옵니다. 오현이라 불리는 저 검과 함께요."

"네 말대로 하겠다. 하지만 저 검은 땅에 묻기가 아깝구나. 아마 검도 이대로 묻히고 싶진 않을 것이다."

"승상, 저 검의 주인은 오직 한 사람이옵니다."

관우는 이 말을 마지막으로 조조를 떠났다.

사전준비를 충분히 하라.

무언가를 결심했다면 행동을 개시하기 전에 충분한 사전 준비를 마치는 것이 좋다. 특히 뿌리부터 제거하고 싶을 때는 더욱 주도 면밀해야만 한다. 왜냐하면 뿌리를 뽑으려고 하다보면 줄기까지 줄줄이 딸려 나와 낭패를 보는 수가 있기 때문이다.

일단 행동을 개시했다면 사건의 본말을 분명히 가려야 한다. 그래야 기왓장 아끼려다 대들보 썩는 우를 범하지 않게 된다.

실패에 연연하지 말고 곧바로 다음을 노려라.

일단 실행에 들어간 계획이 실패로 돌아갔을 때, 그 낭패를 전환점으로 삼아 또 다른 기회를 노리거나 혹은 계획을 바꾸는 자세가 중요하다. 실패에만 집착해 무모하게 계속 밀어붙인다 해도 한 번 실패한 계획이 같은 방법으로 다시 잘 될 리는 만무하다. 실패를 깨끗하게 인정하고 그 원인을 찾아 재시도하거나 혹은 피해가 적을 때 가능한 빨리 포기하라.

여덟,
성실한 승상

나쁜 것과 마찬가지로 좋은 것은
반드시 세상에 드러나는 법이다.
지금 당장 아무도 알아주지 않는다 하여 멈추지 말고
소신껏 삶을 살아나가라.

촉국의 제갈량과 오나라의 노숙이 어떻게 친구가 되었는지 궁금한
가? 그 이유는 매우 간단하다. 노숙이 성실했기 때문이다. 천하의 제
갈량도 그와 함께 있으면 마음이 편해졌다고 한다.

노숙은 제갈량을 만나게 된 바로 그날부터 서로를 남처럼 여기지 않
았다고 한다. 제갈량은 오나라에 오랜 기간 머물면서 손권이 조조를
공격하도록 도와주었고 당시 노숙은 매일 같이 제갈량을 찾아와 함께
차를 마시며 대화를 나누었다. 한 번은 제갈량을 변호하려고 주유와
언쟁을 벌이기도 했다. 그런 노숙이 제갈량은 늘 고맙게 느껴졌다.

'노숙은 진정한 호인이다. 하지만 천하에 노숙처럼 어리석은 사람도
없을 것이다.'

진정한 호인이자 천하의 어리석은 사람, 제갈량의 노숙에 대한 평가

는 이렇게 상반되었다.

"초선차전(草船借箭)"은 노숙과 제갈량의 관계가 어떠했는지 보여주는 아주 좋은 실례이다. 지나치게 능력을 과신하던 제갈량은 주유에게 다음과 같이 제안했다. 위나라를 칠 것에 동의해 준다면 자신의 이름을 걸고 화살 10만 개를 구해오겠다고. 주유의 입장에서는 호박이 넝쿨째 굴러들어 온다는 데 마다할 이유가 없었다. 비록 조조와의 일전을 코앞에 둔 상태였으나 제갈량의 눈을 잠시만 속일 수만 있다면 화살은 공짜로 생기는 것이 아닌가?

하지만 당시 제갈량의 재정 상태는 너무나 궁핍하여 갈아입을 옷조차 없을 정도였다. 그런 그가 어디 가서 그 많은 화살을 구해온다는 말인가? 그러나 제갈량은 믿는 구석이 있었다. 그는 초선을 강에 띄워 조조의 눈을 속인 후 화살을 빼앗아 오는 방법을 생각하고 있었다.

초선이란 바로 허수아비를 태운 배였다. 제갈량의 계획이 성공하려면 우선 두 가지 문제가 해결되어야 했는데 첫째는 기상조건이고 둘째는 초선을 만드는 일이었다. 제갈량이 아무리 기상을 관측할 줄 안다고 해도 혼자서 백여 척의 허수아비를 만든다는 것은 불가능한 일이었다. 그래서 그는 노숙에게 이 일을 부탁했다.

노숙은 농민들을 동원하여 제갈량이 부탁한 날에 맞춰 허수아비를 만들었다. 마침 그날 아침에는 짙은 안개가 장강을 뒤덮고 있었다. 결국 안개 속에 떠 있는 초선을 오인한 조조의 군사들은 허수아비를 향해 화살을 마구 날렸고 초선은 화살을 가득 싣고 돌아왔다.

제갈량은 이번 작전이 성공을 거둔 데에 노숙의 역할이 컸음을 인정하면서도 정작 사람들 앞에서는 이렇게 말했다.

"허수아비로 조조를 속인 것은 순전히 나의 공로요."

하지만 노숙은 그것에 관해 입도 뻥긋하지 않았다. 그러니 제갈량은 도둑이 제 발 저리는 심정으로 은근히 불안해졌다. 그는 노숙의 불만을 막기 위해 노숙과 약조를 나눴다고 한다.

"노숙, 우리는 형제와 다를 바 없지 않소. 앞으로 우리 촉국이 강대해진다 해도 반드시 오나라와의 우호를 약속하리다."

훗날 제갈량은 비록 오나라의 땅인 형주를 반환하지 않았지만 노숙이 죽기 직전까지 오나라와 촉국사이의 분쟁은 일어나지 않았다. 노숙의 어리숙함이 제갈량의 약조를 얻어내는 결과를 가져온 것이다. 그리하여 오나라는 향후 50년 동안 평화와 안정을 유지할 수 있었다. 그렇지 않았다면 호시탐탐 오나라를 노리고 있던 조조와 유비에 의해서 오나라는 벌써 멸망하고 말았을 것이다.

훗날 사람들은 그를 두고 이렇게 칭송했다.

"노숙은 어리석은 사람처럼 보이지만 사실은 현명한 재상이다. 당시 그가 쌓아올린 인간적인 외교는 삼국 시대의 우호적인 교류의 기틀을 마련하는 초석이 되었다. 그는 오나라 역사상 가장 뛰어난 외교대신이었다."

✸ ❀ ✸

노숙은 본래 주유와 친구사이였다. 주유는 노숙과 제갈량의 관계가 호의적인 사실을 알고 은근히 시기의 눈초리를 보냈다. 주유는 끊임없이 제갈량을 제거할 합당한 구실을 찾았지만 번번이 실패로 돌아갔다. 그 배후에는 항상 구원병처럼 등장한 노숙이 있었다. 주유는 아무리 생각해도 이해할 수가 없었다. 어느 날 도저히 참을 수가 없던 주유가 노숙에게 따져 물었다.

"노숙, 당신의 색깔을 분명히 밝히시오. 촉국은 보이지 않는 경쟁국이며 제갈량은 멀지 않은 미래의 적이라는 사실을 모르는 것은 아니겠지요? 당신이 큰 전쟁을 막은 것은 내 알 바 아니나 도대체 무슨 이유로 매번 제갈량을 돕는 건지 알고 싶소."

노숙은 말했다.

"주유, 저와 제갈량의 관계가 아무리 확고하다고 한들 아무려면 우리 사이를 능가하겠습니까? 내가 뭐가 아쉬워 그를 돕겠습니까? 다 오나라를 위해서 그런 것입니다."

"그게 무슨 뜻이요?"

"제갈량의 문제를 해결하려면 우선 나와 당신의 견해 차이부터 좁혀야 합니다. 주유, 당신은 제갈량을 단지 교활한 인간으로 여기겠지만 나는 그가 총명한 인재라는 것을 압니다. 하지만 아무리 권모술수에 능하다고 해도 분명 한계가 올 것입니다. 손오공처럼 잔꾀를 부리는 것 역시 언젠가는 통하지 않게 된다 이 말이지요. 뛰어봤자 부처님 손바닥인 거지요."

"노숙, 당신은 지금 당신을 부처님으로 착각하고 있나 본데 배짱 한번 대단하군요. 재상의 뱃속에는 함선만 한 배가 들어있다더니 바로 그대를 가리킨 말이었소이다. 당신의 배포가 그렇게 크다니 오늘 이후 나는 제갈량을 문제 삼아 화내는 일은 없을 거요."

한편, 손권은 노숙이 충성스러운 재상임을 알고 있었지만 그의 정치적 수완에는 여전히 불만이 많았다.

당초 노숙은 유비에게 형주를 빌려주었는데, 손권은 주유가 죽은 후에 노숙을 시켜 유비에게 형주를 반환하여 줄 것을 요구했다. 노숙과 제갈량은 매우 우호적인 관계에 있었으므로 주유는 이 일이 매우 쉽게 해결되리라 믿었다. 게다가 형주는 본래 오나라의 땅이었으니 되돌려 받는 것은 당연한 일이었다.

노숙은 여러 차례 촉국을 방문했지만 유비를 보고 눈물만 흘리다 돌아오곤 했다. 손권은 노숙이 갔던 일이 지지부진한 결과를 가져오자 불같이 화를 내었다.

"노숙! 당신이 형주를 유비에게 빌려줘 놓고 아직까지 돌려받지 못하니 어떻게 된 거요?"

손권은 당장이라도 노숙의 감투를 벗겨버리고 싶었다. 노숙은 말했다.

"대왕이여. 소인에게 좀 멀리 내다보는 여유를 주시면 안 되겠습니까? 지금 국가 간의 외교 관계는 평화와 긴장이 공존하고 있사옵니다. 자칫 경거망동하여 무력을 행사하게 되면 커다란 화를 불러올 수도 있어요. 그렇게 되면 백성들에게 더욱 더 큰 불안과 공포를 조성하게 되는 것입니다."

"공포라고요?"

사실 손권 역시 촉국에 비밀결사대가 조직되었다는 소문을 들은 적이 있었다. 그들 단체는 목숨을 내놓고 활동하기 때문에 공포의 대상이었다. 노숙이 말했다.

"오늘날 유비가 형주를 빌려가서 반환하지 않았다는 사실을 모르는 나라가 없습니다. 정의를 구현하려는 천하의 모든 사람들이 이처럼 무뢰한 처사를 그대로 방치하지 않을 겁니다. 그러니 우리가 잠시 형주를 양보하면서 동정을 얻는 것도 좋을 듯합니다."

손권은 입이 딱 벌어져서 아무런 말도 하지 못했다. 아무튼 손해 볼 것은 없었지만 그렇다고 마음을 놓고만 있을 수도 없었다.

"형주는 전략적으로 매우 중요한 요새요. 나중에 유비가 형주를 발판으로 우리를 공격해오면 어쩌시려고요. 너무 억울하지 않습니까?"

노숙은 대답했다.

"염려 마세요. 유비는 만천하에 선비 행세를 하고 다니므로 형주를 반환하지 않은 것에 관하여 마음이 편치는 않을 것입니다. 따라서 쉽사리 우리를 침공하지 못할 것은 말할 것도 없고 만약 그런 생각을 가지고 있다 해도 세상 사람들이 모두 돌팔매질을 할 거요."

손권은 혼잣말로 중얼거렸다.

'옛 말씀에 신의가 없는 사람은 뜻을 펼칠 수 없고 인의를 내세우지 못하면 공수의 세력이 다르다고 하더니 과연 일리가 있는 말이군.'

모두가 나무를 쳐다보고 있을 때 노숙은 숲을 보고 있었다. 그 날 이후 손권은 노숙을 전폭적으로 지지했다.

✻ ❉ ✻

후에 노숙은 병에 들어 몸져눕게 되었는데 노숙의 임종이 임박해오자 손권은 그를 대신할 승상을 한 명 추천해 달라고 부탁했다.

사람들이 예상하고 있던 후보자는 노숙처럼 매우 성실한 인재거나 혹은 다양한 경력과 풍부한 경험을 갖춘 노장파이거나 보수적인 인물이었다. 하지만 노숙이 추천해온 사람은 나이 서른도 되지 않은 신인 육손(陸遜)이었다.

이는 손권을 포함하여 모든 사람의 예상을 크게 벗어난 것이었다.

손권은 그에게 육손을 추천한 이유를 물었다. 노숙이 말했다.

"사람들은 자신과 정반대의 사람을 좋아하기 마련입니다. 나는 비록 수구파에 가깝다고 봐야겠으나 이번만큼은 과감하고 개혁적인 젊은이에게 기회를 주고자 합니다."

노숙은 마치 유언처럼 이 말 한마디를 남기고 세상을 떠났다.

문상을 온 노숙의 부하들은 마치 친부모가 죽은 것처럼 서럽게 울면서 말했다.

"우리에게 언제나 자상하게 대해주셨는데… 노숙은 정말 훌륭한 승상이었지요."

"그 분은 한 번도 부하를 속인 적이 없었어요. 가장 신뢰할 만한 분이셨습니다."

"노숙은 항상 우리가 마음 놓고 일할 수 있도록 멀리서 지켜봐 주셨어요. 아마 누가 뭐래도 세상에서 가장 훌륭한 승상이셨을 겁니다. 다른 사람에게 맡기지 못하고 뭐든지 자기가 나서야만 직성이 풀리는 제갈량보다 몇 배는 더 훌륭하신 분이세요."

노숙은 이미 부하들을 완벽하게 압도하고 있었으며 부하들은 그런 노숙을 진심으로 존경하고 추앙했다. 노숙에게 고개를 조아리던 사람들 중에는 노숙을 훨씬 능가하는 인재들도 많이 있었다. 그럼에도 불구하고 노숙은 모든 이들의 변함없는 존경을 받았다.

사람들은 숙연함을 느끼고 아무 말도 하지 않았다. 물론 일부에서는 노숙이 육손을 추천한 것은 시대적 착오였다고 수군거렸다.

하지만 훗날 육손은 연이어 적의 군영을 불태우면서 유비의 70만 정예 부대를 대파시켰다. 그러자 사람들은 노숙의 마지막 유언을 떠올리며 감탄을 금치 못했다.

"과연 노숙이군. 그의 예감이 적중한 거야!"

노숙이 죽자 강동의 만백성들은 비통함에 잠겼다. 사람들은 이구동성으로 외쳤다.

"노숙의 인자한 성품으로 인해 천하의 다툼이 사라졌으니 그야말로 진정한 지도자다."

인재들은 노숙을 이렇게 평가했다.

"노숙은 누구를 대하든지 진실함을 잃지 않았기에 제갈량과 같은 적군도 우리 편으로 만들 수 있었으니 진정한 선비의 본보기라고 할 수 있다."

무당산(武當山)의 도사들은 그를 기리며 이렇게 말했다.

"노숙의 통치 철학은 무위지치(無爲之治)와 뿌리를 함께 한다. 이것은 무위자연을 추구하는 노장 철학의 가장 성공적인 운영의 전형이다."

영은사(靈隱寺)의 스님들은 향을 피우며 노숙의 극락왕생을 빌었다.

"노숙은 주유로 하여금 제갈량을 죽이지 못하게 했다. 그는 대자대비한 부처의 마음으로 살생을 막았으니 우리는 노숙이 극락세계에 이를 것이라고 믿어 의심치 않는다."

삼국시대의 바보 재상 노숙은 사실 지혜와 인품과 덕을 골고루 갖춘 위대한 인물로 극락세계에 가 닿은 유일한 인물로 남았다.

자신의 참된 가치를 믿어라.

"바보는 아무것도 손해 볼 것이 없다"라는 속담이 있다. 하지만 사람들은 필사적으로 바보처럼 보이지 않기 위하여 기를 쓰고 영민하게 보이려 노력한다. 하지만 누구나 인정하는 그 사람의 참된 가치는 언제라도 세상에 빛을 발하는 법이다.

지금 당장의 평가에 연연하기보다 묵묵하게 자신이 선택한 삶을 살아나가라. 그것이 당신을 빛나게 해줄 것이다.

대담한 발상을 즐겨라.

모두가 나무를 보고 있을 때 홀로 나서 숲을 지적하는 대담성을 길러라. 이런 대담한 발상은 때로 모난 돌이 정을 맞듯 깨어지기도 하지만 발상의 전환이 삶의 전환이 되는 일도 종종 일어나기 마련이다.

아홉,
가장 매력 있는 영웅은 누구인가?

매력이라는 것은 시대를 대변하므로
매 시대마다 바뀌기 마련이다.
지금 이 시대에서 가장 매력적인 인물이 되어라.

적벽대전 이후, 강남에는 봄을 재촉하는 이슬비가 내리고 있었다.

손권의 별궁에서는 소홍, 소란, 소청, 소자 등등 한 무리의 궁녀들이
모여 그네뛰기 놀이를 하고 있었다. 그러다 그네놀이에 질린 그녀들은
곧 천하제일의 남자가 누구인지 결정하기로 했다.

"이미 죽은 사람은 제외하기로 하겠어. 비록 여포, 곽가, 소패왕 손
책 등은 누구랄 것 없이 멋진 남자들이지만 오늘 투표에서는 열외로
하자. 그리고 손권도 빼는 것이 좋지 않을까? 자칫 잘못 했다가는 모
독죄에 걸려 목이 날아갈지도 모르잖아."

투표의 방식을 결정한 후 소홍은 의사봉을 두드려 자유롭게 의사를
개진하도록 했다. 궁녀들은 평소 자신이 지지하고 있는 인물을 떠올리
며 앞 다투어 말하기 시작했다.

"역시 최고의 매력남은 주유라고 생각해."

소청이 제일 먼저 말했다.

"왜?"

"그야 잘 생겼잖니. 백옥처럼 하얀 피부에 홍조를 머금은 뺨. 눈은 또 어떻고? 마치 불을 뿜듯 부리부리하잖아. 게다가 우수에 깃든 모습이야말로 분위기 있지 않니? 그뿐인가 뭐. 학문이면 학문, 병법이면 병법, 못하는 게 없으니 팔방미인이 또 있을까?"

소청은 무아지경에 빠진 것 같았다. 소홍은 고개를 끄덕이며 맞장구를 쳐주었다.

"그런 남자가 확실히 매력이 넘치긴 하지."

소란이 질세라 반발하며 나섰다.

"잘생긴 걸로 말하자면 관우와는 비교할 수도 없어. 관우는 이미 공인된 왕자란 말이야! 사람들이 그를 미염공자(美髯公子)라고 부르는 것도 모르니?"

"미염공자라니?"

소청은 처음 들어본다는 듯 물었다.

"미염공자도 모르다니 촌스럽기는! 미염공자란 바로 관우의 멋진 구레나룻을 말하는 거야. 허리까지 늘어뜨린 그의 수염에서 야성미가 넘치지 않니?"

그러자 소청이 나서서 말했다.

"말도 안 돼! 수염 때문에 더 야수 같아 보이지 않니? 그런 남자를 감히 주유와 비교하다니 말도 안 돼."

소란은 여전히 관우를 추천하며 말했다.

"관우는 말이야. 키가 얼마나 큰지 구척장신이란다. 무공은 또 얼마나 뛰어나니? 너희들 오관참육장 기억하지? 그와 함께 있으면 얼마나 든든하겠니?"

소청의 생각은 소란과는 반대였다.

"오관참육장? 그건 하늘이 도와 겨우 몇 명을 해치웠을 뿐이야. 그게 다 적토마랑 청룡도 덕분이 아니고 뭐겠니? 그걸 어떻게 자기 실력이라고 말할 수 있니? 남자라면 주유처럼 지성미가 있어야지. 너희들, 관우의 전직이 짐수레꾼이었다는 사실을 알기나 해?"

소란은 거품을 물며 달려들었다.

"네가 아무리 관우의 명성에 흠집을 내려고 해도 이긴 것은 변함없는 사실이야. 주유는 남자가 되어 가지고 싸움도 못하면서 말만 번드르르하니 사나이다운 기백이 없어."

소청이 다시 주유를 변호하고 나섰다.

"주유가 싸움도 못한다고 누가 그러든? 그는 강동의 뛰어난 영웅들이 모두 모인 군영회(郡英會)에서 직접 검술을 선보여서 사람들을 깜짝 놀라게 한 적이 있어. 하지만 주유는 조용히 작전을 구상하지 직접 나서서 사람을 죽이고 그러진 않아. 땡볕에서 힘쓰는 일은 관우 같은 일개 졸병들이나 하는 짓이야."

소청의 말에 자존심이 상한 소란은 당장 머리채라도 휘어잡을 기세였다. 소홍은 험악해진 분위기를 가라앉히기 위해 우스갯소리로 말했다.

"아무튼 관우가 키가 크다는 것 하나는 확실히 알아줘야 해. 그런데 말이지 관우는 성질이 급해서 조금만 흥분하면 얼굴이 빨개진대. 그래서 홍당무 관우라고 부른다지 뭐니."

소청이 영 마음에 안 든다는 듯 소리쳤다.

"얼마나 속이 좁으면 그럴까? 그게 다 자기가 천하제일이라고 여기다가 누가 좀 튀는 것 같으면 질투심이 나서 그러는 거잖아. 홍당무가 뭐니 유치하게. 내 생각에는 안면홍조증 같아."

홍분을 가라앉히려던 소란의 얼굴이 다시 상기되기 시작했다. 그녀가 말했다.

"뭐라고? 네 말은 그러니까 관우가 속이 좁다는 말이니? 속 좁은 걸로 치자면 주유를 빼놓을 수 없을 걸. 주유가 나중에 제갈량 때문에 화병으로 죽었다는 건 세상이 다 아는 사실이야!"

소청은 또 다시 홍분해서 말했다.

"너 지금 사건의 진상을 알고나 말하는 거니? 모르면 잠자코 있어. 주유의 죽음과 제갈량은 아무런 관계가 없어. 네 말이 사실이라면 제갈량이 주유의 장례에서 왜 그렇게 슬피 울었겠니?"

"그럼 주유가 뭣 때문에 죽었는지 말해보렴."

소청은 한참을 곰곰이 생각했다. 사실 그녀 역시 주유가 무엇 때문에 죽음에 이르게 되었는지 알 리가 없었지만 조심스레 말했다.

"삼국 통일의 혁명 사업을 완수하다가 과로사로 죽은 것은 아닐까? 아무튼 주유가 화병으로 죽었다는 헛소문을 퍼뜨리는 사람은 분명 다른 속셈이 있을 거야. 적벽대전은 주유가 총지휘한 작품이야. 그런데도 주유는 제갈량에게 주인공 역을 양보하고 자신은 단역에 만족했던 사람이라고. 이렇게 고상한 분을 너는 어떻게 속이 좁다고 비난할 수 있니?"

추측이긴 하지만 일리가 있는 말이었기에 아무도 반박하지 못했다. 단지 소홍은 소란의 자존심을 살려 주기 위해 다시 관우를 두둔하고 나섰다.

"주유도 멋있긴 하지만 사나이의 의리 측면에서는 아마도 관우를 따라가지 못할 걸."

소청이 한마디 했다.

"의리? 나는 의리를 들먹이는 남자들이 제일 싫더라. 피를 나눈 형제니 뭐니 하는 남자들은 정말 따분해."

소자가 조용히 자신의 생각을 말했다.

"평소에 내가 가장 사모해 온 남자가 누군지 말해줄까? 나는 주먹보다는 머리를 쓰는 남자가 좋아. 말하자면 제갈량 같은 남자 말이야. 누가 뭐래도 난 그가 가장 매력적이라고 생각해."

소홍이 맞장구를 치며 말했다.

"그건 그래. 똑똑한 남자가 능력을 갖추는 법이거든. 유유상종! 능력 있는 남자가 미인을 차지하는 법 아니겠어. 여자들이란 원래 능력 있는 남자에게 흔들리기 마련이니까."

하지만 소란은 인정하고 싶지 않다는 눈치였다.

"소문을 들으니까 제갈량은 능력은 대단한지 몰라도 괴팍하기 짝이 없다는군."

모두들 실망한 기색을 감추지 못했다. 눈치 빠른 소란이 나서서 말했다.

"다른 사람을 추천하는 게 좋겠어. 아마 다들 좋아할 거야."

"누군데?"

궁녀들이 눈을 동그랗게 뜨고 한꺼번에 물었다.

"바로 장비야."

소란은 자신만만하여 계속해서 말했다

"너무 예상 밖인가? 장비가 단순 무식하긴 하지만 성격 하나는 호탕하잖아. 남을 속일 줄도 모르고 나름대로 유머감각도 있어. 그런 남자와 같이 있으면 마음도 편해지고 얼마나 즐거운지 몰라. 요즘 바깥세상 여자들 사이에서 최고의 신랑감 1순위가 바로 장비 같은 남자라고 하더라. 장비는 생김새가 좀 거칠긴 하지만 속마음은 얼마나 비단결 같은데. 그래서 투박하면서도 의외로 섬세한 것을 '장비의 바느질'이라고 하잖아."

그러나 소홍은 장비를 무시하며 말했다.

"장비는 매일 술주정에 잘 때도 엄청나게 코까지 골고 잔대. 정말 야만인 같지 않니? 주유랑 비교하면 그야말로 천양지차 아니겠어?"

궁녀들은 결국 장비에게는 한 표도 던지지 않았다.

소홍이 말했다.

"사실 관건은 결국 남자의 매력이란 과연 무엇일까 하는 것 아니겠어? 그런데 지금 가장 인기 있는 남자들을 보면 그의 매력 유무와는 전혀 상관없는 것 같아. 사람들은 오로지 그가 현재 성공한 인물이냐 실패한 인물이냐 그것만 따지고 들지. 그런 관점에서 보자면 조조가 가장 매력적인 남자라고 볼 수 있어."

소청이 질문했다.

"도대체 조조가 성공했다고 보는 기준이 뭔데?"

소청은 조조가 적벽대전에서 주유한테 통구이가 될 뻔했던 일을 떠올리고 있었다. 소홍은 소청의 이런 속마음을 들여다보기라도 한 듯이 말했다.

"비록 조조가 적벽대전에서 진 것은 사실이지만 현재 구도로 보았을 때 위나라의 기반을 아무도 무시할 수는 없을 걸. 인구도 가장 많고 자원도 풍부하니까 말이야. 천하를 통 털어 가장 성공한 남자 세 명을 손꼽으라면 첫 번째는 역시 조조야."

소란이 말했다.

"맞아. 나도 조조가 좋더라. 솔직히 오웅(烏雄)이라는 별명이 따라 붙긴 하지만 상관없어. 아무리 조조를 천하제일의 악인이라고 비난해도 여자들은 원래 나쁜 남자한테 더 끌리는 법이거든."

소자가 펄쩍 뛰며 말했다.

"난 조조 같은 남자 질색이야. 정치적 야욕에 눈멀어서 감히 황제를 자기의 꼭두각시로 세워놓았잖아. 그러니까 아만(阿瞞)이라고 놀림을 받는 거지."

"아만?"

소청은 금시초문이라는 듯 고개를 갸우뚱거렸다. 소자가 재빨리 핀잔을 주며 말했다.

"넌 아만도 모르니? 여자들은 조조를 다 그렇게 부르잖아. 그게 다 조조가 인기 있다는 증거야. 아만은 비록 황제를 허수아비로 세워 자기 욕심을 채웠는지는 몰라도 결코 잘난 척은 하지 않았어."

소자의 말을 들은 소청이 탄식하며 말했다.

"황제를 허수아비로 만들다니 정말 간도 크구나. 설마 스스로 황제가 되고 싶어서 그랬던 것은 아니겠지?"

소홍이 대답해주었다.

"왜 아니겠어."

갑자기 소홍은 깊은 상념에 빠진 듯 턱을 괴고 앉아 이렇게 중얼거렸다.

"조조가 묵고 있는 동작대의 궁녀가 된다면 얼마나 좋을까? 그럼 어떻게 해서든지 조조에게 접근해서…."

소란이 눈을 흘기며 말했다.

"꿈 깨라! 손권의 별궁에 궁녀로 들어와 10년이란 세월이 지나도록 아직 손권의 발끝도 마주치지 못한 주제에. 게다가 넌 아직 남자 손도 못 잡아본 숙맥이잖아. 차라리 밖에 나가서 애인이나 먼저 찾아보시지."

두 사람과는 아랑곳없이 소청은 혼잣말을 흘려대고 있었다.

"천하의 황제까지 마음대로 휘두르는 그런 남자는 도대체 어떤 남자일까? 함께 살면 굉장히 무섭겠지? 만약 우리 중의 누군가 이런 남자랑 결혼하게 되면 과연 어떨까?"

궁녀들은 모두 고개를 절레절레 흔들어 댔다.

소자가 말했다.

"결혼상대를 찾는다면 역시 성실한 남자를 고르겠어."

"난 노숙에게 투표하기로 결정했어. 그야말로 가장 성실한 남자니까."

"그건 안 돼!"

소홍이 반대하고 나섰다.

"요즘은 착한 남자는 출세하기 힘든 세상이야. 이런 남자랑 사는 여자들이 얼마나 고생인 줄 아니?"

"나도 싫어!"

"노숙은 일 중독자일 뿐이야. 결혼해봤자 함께 놀러 다닐 시간도 없을 텐데 그런 남자가 어디가 매력 있니?"

"맞아!"

소청까지 맞장구를 치며 나섰다.

"달콤한 말로 속삭이기는커녕 일에만 파묻혀 사는 남자는 분위기 없어서 싫어. 그런 점에서도 노숙은 주유를 따라가려면 한참 멀었어."

궁녀들의 논쟁은 끊임없이 이어졌고 그 과정에서 강호의 여러 영웅들의 이름이 거론되었다. 공손찬, 맹획 등등 많은 이들이 새로운 후보로 올라왔으나 주유를 제치지 못했다. 마침내 치열한 경쟁을 뚫고 주유가 가장 매력적인 남자로 선정되었다. 그를 추천했던 소청에게는 별궁의 그네를 사흘간 독점할 수 있는 권한이 상으로 주어졌다.

조조와 지혜겨루기 **아홉**

시대와 트랜드(trend)를 정확하게 파악하라.

역사에서 두각을 나타내던 남자들을 자세히 분석해보면 본래 모두 악인에 가깝다. 하지만 이 나쁜 남자들은 거의 대부분 당대 최고의 미녀를 얻을 수 있었다. 또한 오늘날 우리가 열광하는 멋진 남자들은 옛날 기준에서 보면 대부분 결격사유를 지니고 있다. 하지만 누가 뭐래도 당시에는 인기가 있었다는 것이 사실이다. 즉, 좋은 남자와 나쁜 남자를 가르는 기준점은 시대에 따라 변한다는 말이다.

시대를 읽지 못하고 이미 옛 것이 되어버린 기준에 자신을 맞추는 우를 범하지 않도록 주의하자. 시대를 읽는다는 것 자체가 이미 매력적인 사람이 될 자격을 부여받은 것이다.

자기만의 매력을 계발하라.

매력이라는 것은 억지로 만들어 얻을 수 있는 것이 아니다. 외모의 매력은 유한한 인간의 삶에 의해 금세 사라지기 마련이고 억지로 만들어낸 매력은 언젠가 진실이 드러나 보이기 때문이다. 오랫동안 내 것으로 할 수 있는 매력이 무엇이 있는가를 생각해보고, 자기 자신만의 매력을 자랑하는 사람이 되자.

열,
황충의 변심

정성은 감동을 부르고,
감동이야말로 세상에서 가장 잘 듣는 명약이다.

관우는 황충이 자신의 투구 술을 쏘아 떨어트린 이후 그의 집에 세 번이나 사람을 보내어 면담을 요청했다. 하지만 황충은 단 한 번도 문을 열어 주지 않았다.

그는 마침 자기 집 후원의 나무 아래서 호리병에 술을 담아 놓고 자작을 하고 있던 중이었다. 호리병 안에는 계속되는 전쟁으로 상처 입은 온몸의 울혈을 풀어주는 약자작 성분이 들어 있었다. 이것은 오로지 황충만이 아는 비법이었다. 비록 장사(長沙)를 빼앗기기는 했으나 황충은 서러움에만 잠겨있을 수만은 없었다. 게다가 저녁 하늘의 지는 석양처럼 이제 그의 기력도 서서히 쇠잔해가는 중이었다.

문지기가 어느새 네 번째 전갈을 가지고 왔다.

"밖에 누군가 찾아와 문을 열어달라고 합니다."

황충은 난감하기 짝이 없었다.

'성가셔 죽겠군. 듣자하니 관우는 강직하기로 소문이 자자하던데. 뭐라더라? 손권 앞에서도 "죽 쒀서 개를 주겠느냐!"고 큰 소리를 쳐서 주위의 간담을 서늘하게 했다고 하더군. 후에 또 다시 손권의 군사에게 포위당했을 때도 "뱀의 머리가 되느니 차라리 용의 꼬리가 되겠다!"고 했다니 관우의 입심 한 번 대단하지 않은가. 그런데 오늘은 왜 이렇게 구차하게 나를 찾고 있는 것일까? 설마 오늘 있었던 일 때문에 복수를 하려고 온 것은 아니겠지?'

한참을 고민한 끝에 황충은 문지기에게 절대로 문을 열어 주지 말라고 신신당부를 했다. 황충은 다시 혼잣말처럼 중얼거렸다.

"관우, 네가 아무리 매달려봐야 내 입에서 나올 말은 이 한마디뿐이다. 천한 놈!"

문지기가 고개를 조아리며 한마디 거들기 시작했다.

"관우는 오늘 장군님 덕분에 목숨을 건지지 않았습니까? 아마도 그 때문에 저렇게 문턱이 닳도록 사람을 보내오는 것 같으니 한 번 만나주시면 어떠하련지요?"

술기운이 오르자 황충은 흰 수염이 모두 곤두설 것만 같았다. 그는 품 안에 있던 금용도(金龍刀)를 꺼내더니 큰 소리로 호통을 쳤다.

"썩 꺼지라고 전해라!"

그러자 문 밖에서 다음과 같은 소리가 들렸다.

"황충 장군! 나는 위연(魏延)이요. 도대체 왜 나를 만나주지 않는 거요? 우리는 오랜 친구가 아닙니까?"

황충은 뜻밖의 인물에 놀라며 잠시 고민에 빠졌다.

'위연은 한 때 나의 생명의 은인이었지. 그가 아니었다면 농민 봉기

가 일어났을 때 나는 이미 한(韓)나라의 태수에게 끝장이 나고 말았을 거야.'

황충의 태도는 점차 누그러지기 시작했다.

"위연, 어쩐 일인가? 자네야말로 나를 누구보다도 잘 알고 있지 않은가. 나는 자네처럼 투항하고 싶은 생각이 전혀 없다네."

"이것 참 억울하군요. 본래 유비와 나는 예전부터 막역한 사이였소. 그러니 이번 일을 어찌 투항이라고 할 수 있겠소? 나는 전혀 달라진 것이 없으니 오해 마시오. 내가 여기에 온 이유는 장군을 모시고 나오라는 관우의 부탁을 받았기 때문이라오. 부디 그의 성의를 생각해서 거절하지 마시요. 장군이 술을 좋아한다는 것을 알고 벌써 귀주에서 모태주를 한 상자나 준비해 놓았습니다."

"모태주라고? 그것도 한 상자씩이나?"

술이라는 말에 황충은 애써 흥분을 자제하며 차갑게 말했다.

"위연, 이제 보니 자네는 관우의 사주를 받고 왔구먼. 나는 그를 만날 생각이 없다네."

위연은 그 후로도 한참을 더 문밖에서 기다리다가 지쳐서 돌아갔다.

✽ ✽ ✽

휘영청 달이 떠오르자 황충은 더욱 취기가 올랐다. 그때 누군가 또다시 문을 두드리기 시작했다.

"황 장군 계시오? 나는 제갈량이오."

황충은 놀란 나머지 정신이 번쩍 들었다.

'제갈량? 그가 왜 여기까지 찾아왔을까? 문을 열어야 할까, 말아야

할까? 그것이 고민이로구나.'

탕, 탕, 탕.

"황 장군! 그 안에 계시면 문을 여시오. 유비가 찾아 왔을 때 나 역시
쉽게 만나준 것은 아니지만 당신처럼 이렇게 계속해서 고집을 피우지
는 않았다오."

황충은 속으로 이런 생각이 들었다.

'제갈량, 너야 남양현의 다 허물어져 가는 초가였으니 아무리 문을
걸어 닫고 싶어도 그럴 수가 없었을 것 아니냐? 어찌 감히 철옹성 같
은 나의 집을 너와 비교하느냐 이 말이다. 이 집으로 말하자면 내 목숨
을 담보로 장만한 집이란 말이다. 그런 나와 너는 애초부터 몸값 비교
가 안 된다고!'

황충의 머릿속으로 별의 별 생각이 꼬리에 꼬리를 물고 이어졌다.

'비록 쥐꼬리만 한 재주라고는 해도 제갈량은 자기의 손가락 하나
까닥하지 않고 손권을 시켜 조조의 배를 불태워버린 인물이다. 결국
그는 어부지리로 형주 땅까지 손에 넣었지, 아마? 나중에는 천하의 주
유까지 골탕 먹여 화병에 걸려 죽게 만든 자 또한 바로 제갈량이 아니
던가?'

갑자기 황충은 등골이 오싹해졌다.

'이렇게 악랄하고 교활하기 짝이 없는 제갈량은 무슨 수로 당해낼
수 있단 말인가? 나의 얕은 수완 가지고는 어림도 없을 테지?'

갑자기 태도가 돌변한 황충은 문을 열어 주기로 결심했다. 그러자
문지기가 다가와서 귓속말을 전했다.

"장군, 제갈량이 위연에게 뭐라고 말했는지 아십니까?"

"뭐라고 했는데?"

"제갈량이 말하길, '황충을 잡아다가 죽여 버립시다. 그는 역적이니 살려두면 훗날 반역을 도모할지도 모릅니다' 라고 하는 것을 제 두 귀로 똑똑히 들었어요."

"뭐라고? 그래서 어떻게 되었느냐?"

"다행히 유비가 나서서 그를 말리더군요."

"그래? 하마터면 큰일 날 뻔했구나."

황충은 안도의 한숨을 내쉬며 또 다시 생각에 잠겼다.

'유비는 생각보다 나쁜 것 같지는 않군. 하지만 역시 저들과의 대면을 피하는 것이 좋겠어.'

황충은 문지기를 불러 말했다.

"가서 제갈량에게 전해라. 장군께서는 이미 잠자리에 들었다고 말이야. 우리도 전에 제갈량이 유비의 속을 태우기 위해 써먹었던 그 방법을 쓰는 수밖에 없겠다."

문지기는 제갈량에게 가서 시키는 대로 토시하나 빼지 않고 그대로 전했다.

잠시 후 총총히 멀어져 가는 발자국 소리가 들려왔다. 제갈량은 이렇게 투덜거리는 돌아갔다.

"내세울 공로도 하나 없으면서 잘난 척이 심하군. 자기가 뭐 그리 대단한 인물인 줄 아나본데 앞으로 내 앞에서 무릎 꿇을 날이 분명 올 것이다."

황충은 그의 발자국 소리가 멀어지자 한바탕 욕설을 퍼부었다. 그러고 나니 속이 시원해지는 것 같았다.

'천하의 제갈량도 내 손에 쫓겨나는구나.'

이런 생각이 들자 황충의 콧대는 하늘을 찌를 것만 같았다.

"강직함으로 말하자면 천하의 관우라고 해도 내 발뒤꿈치도 따라오지 못할 걸!"

이미 거나하게 취기가 올라있던 황충은 긴장이 풀리자 곧 바로 피로가 몰려들었다. 그도 그럴 것이 환갑이 지난 이후로는 해만 떨어지면 곧바로 잠자리에 들었던 황충이 아니었던가?

❀

탕, 탕, 탕.

또 다시 누군가 문을 두드려 한밤의 정적을 깨뜨렸다.

"문을 여시오. 나는 유비요."

'뭐라고? 드디어 큰형님이 나타나셨구나.'

황충은 예상치 못한 유비의 출현에 놀라 오던 잠이 저 멀리 달아나버렸다. 하지만 아무 소리도 듣지 못했다는 듯이 꿀 먹은 벙어리처럼 숨죽일 뿐이었다. 유비가 다시 소리치기 시작했다.

"유비가 왔소이다."

유비의 말투는 자신감으로 가득 차있었다. 황충의 굳은 결심도 차츰 동요가 일기 시작했다. 유비가 나타나기 직전의 강건했던 태도는 이미 온데간데없이 사라져버렸다.

'소문에 의하면 유비는 삼고초려를 결심한 뒤 우선 제갈량의 친구들부터 포섭하고 다니면서 온갖 설레발을 다 쳐놓았다고 하더군. 자기가 무슨 중산정왕의 후손이니, 신야의 재상이니, 황제의 숙부뻘이 되느니, 형주의 태수인 유표와 사촌지간이니 하면서 온갖 폼을 다 잡았다고 하던데… 그렇게 고명하신 분이 지금은 뭐라고? 내게 와서 하는 말이 겨우 "나 유비요" 라고?

한편으로는 가소로운 생각도 들었지만 그렇다고 해서 유비를 언제까지 문밖에 세워둘 수만은 없었다. 황충은 머뭇거리면서 선뜻 결정을 내리지 못하고 있었다. 그러자 문지기가 말했다.

"장군님의 분부대로 이미 잠들었다고 전했습니다. 유비는 제갈량한테 당한 것과 똑같은 방법으로 우리에게 당하고 있는 셈이지요."

황충은 웃음이 터져 나왔다.

"그런 셈이군. 만약 날이 밝을 때까지 유비를 문 밖에 세워둔다면 지난 번 제갈량의 문전에서 당한 수모와 다를 바가 없겠구나. 그러니 잠시 후 우리가 마지못해 문을 열어주게 되면 유비로서는 과거의 악몽에서 벗어나는 셈이 되지 않을까?"

문지기가 감탄하며 말했다.

"맞습니다요. 역시 장군님은 세심한 배려를 잊지 않으시는군요. 사실 장군님은 지금까지 어느 누구에게도 마음의 상처를 남긴 적이 없으셨잖아요."

탕, 탕, 탕.

다시 문 두드리는 소리가 들렸다.

"황충 장군, 유비가 왔소이다. 나로 말하자면 황제의 숙부뻘 되는 사람이요."

황충은 눈썹을 찌푸리며 또 다시 머리를 굴리기 시작했다.

'전에 사람들이 하도 유비를 황제의 일가라고 떠들어대기에 아니 땐 굴뚝에 연기 나랴 했지만 막상 지금 보니 참으로 딱하군 그래. 황제의 일가였다면서 어쩌다 저리 몰락했을까? 유비는 과거 시장에서 짚신을 팔며 간신히 연명해왔으니 황제의 얼굴에 먹칠을 해도 유분수가 아닌가? 어쨌든 유비의 처지가 그때와는 하늘과 땅 차이가 되었으니 더 이상 할 말은 없군. 지금의 유비야 파죽지세로 형주를 빼앗고 장사까지 차지한 마당에 후대에 가서 유비의 아들이 황제가 되지 말라는 법도 없지 않겠어? 믿는 구석이 있으니까 나한테까지 찾아와서 이렇게 엄포를 놓는 거 아닐까?'

황충은 문지기의 눈치를 슬쩍 보며 말했다.

"유비가 문밖에서 기다린 지 얼마나 오래 되었지? 날이 어두운 걸 보니 비가 오려는가….'

문지기가 대답했다.

"반 식경도 되지 않았어요."

"허어?"

황충은 탄식했다. 그의 얼굴에 난감한 표정이 역력했다. 문지기는 눈치 없이 나서서 말했다.

"당시 유비가 제갈량의 집 밖에서 날이 밝기 시작한 직후부터 정오까지 기다렸으니까 대략 그 정도는 버텨야지요. 그 당시 제갈량은 겨우 밭 가는 농부였다죠?"

"쓸데없는 소리는 그만 두어라."

황충은 한마디로 그의 말을 일축했다.

"문을 여시오. 나의 둘째 아우가 철이 없어서 황 장군에게 실례를 범했기에 사과를 드리러 왔소이다."

"뭐라고?"

황충은 예상치 못한 유비의 대답에 놀라지 않을 수 없었다.

'유비가 내게 사과하러 왔다고? 한의 태수가 나를 죽이고자 눈이 벌개진 이 마당에? 중산정왕의 후손이며 황제의 숙부뻘이 되는 고명하

신 유비가 내게 사과를….'

황충의 목소리가 떨리기 시작했다. 그는 두 손을 마구 내저으며 말했다.

"아닙니다. 그럴 필요 없어요. 제가 무엇 때문에 관우와 다투겠습니까? 아니, 제 말은 그게 아니라… 그러니까 제 말 뜻은 관우의 기량이 매우 뛰어나다는 말입니다. 오죽하면 제가 쏜 화살이 모두 빗나갔겠어요?"

문지기는 여전히 눈치 없는 말만 골라서 꺼냈다.

"장군님, 설마 일부러 관우에게 져주신 것은 아니겠지요?"

황충은 문지기를 흘겨보았다. 그리고 유비를 향해 이렇게 말했다.

"제가 타고 있던 말이 놀라는 바람에 제가 말에서 굴러 떨어졌어요. 그런데도 관우장군은 저를 해치지 않으니 언젠가는 저도 꼭 감사의 뜻을 전하려던 참이었어요."

"아하하하!"

문밖에서 난데없이 웃음소리가 들렸다. 잠시 뒤 웃음소리가 멈추더니 유비는 이렇게 말했다.

"감사라니요? 그게 무슨 말씀이십니까? 우린 모두가 한솥밥을 먹는 형제가 아니었던가요? 조만간 사천을 공격하게 되면 장군에게 모두 맡길 생각이었어요."

유비의 회유에 넘어간 황충은 지금까지 강건했던 태도를 버리고 서둘러 굳게 닫힌 문을 열었다. 철컥 하고 빗장이 열리는 것을 지켜보던 문지기는 어안이 벙벙해진 표정으로 이렇게 중얼거렸다.

"과연 천하의 유비로구나."

부러지는 대나무보다 휘어지는 갈대가 되어라.

더할 나위 없이 강직한 사람도 때에 따라 자신의 지조를 꺾기도 한다. 충직한 황충 역시 유비를 만나고 나서 이제까지의 고집을 버리지 않았는가? 이 세상에 영원히 변하지 않는 것이 없듯 천고불변의 강직함도 세상에 없다. 자신의 생각만이 옳다고 고집하고 우물 안에 갇혀있는 자는 언제까지나 우물에서 올려다보는 하늘이 세상의 전부라 믿을 뿐이다. 자신의 안에 버려야 할 것이 있다면 과감하게 버리고 휘어져 보는 것도 좋다.

자기계발을 위해서 주변에 경쟁자를 두어라.

반대되는 성질은 서로 밀어내기도 하지만 그만큼 서로에게 매력적인 요소이기도 하다. 그러므로 강함에는 부드러움으로, 부드러움에는 강함으로 대하는 것이 가장 좋다. 또한 이처럼 반대되는 성격의 지인을 가까이에 두면 늘 신선하고 새로운 발상을 접할 수 있으므로 자기 자신의 발전을 꾀할 수 있다.

열하나,
황금 도포의 유혹

과욕은 언제나 화를 부른다.
아귀(餓鬼)다툼에 끼어들지 말고 고고함을 지켜라.

봄기운이 완연한 동작대, 조조는 성대한 연회를 열어 부하들의 노고를 치하했다. 술과 음식을 배불리 먹고 난 후, 조조가 말했다.

"적벽대전 당시, 손권과 유비의 연합군에 패배한 뒤로 우리의 사기는 땅에 떨어졌었다. 그야말로 하루아침에 천길 나락으로 떨어지고 만 것이다."

기름진 얼굴 위로 흐르는 땀을 닦으며 조조는 다시 말을 이어 나갔다.

"지난 3년 동안 나는 몸소 근검절약을 실천했다. 오직 나라의 기강을 바로잡고 국력을 살찌우기 위해 매진한 결과 오늘날 이렇게 풍작을 거둬들이게 된 것이다. 이것은 다 하늘이 우리의 편이라는 증거이다. 이제 우리에게는 식량도 넉넉하고 술과 고기도 얼마든지 있다. 어디 그뿐이냐? 강호의 진정한 사나이 대장부들도 모두 여기에 모여 있지

• 바보 온달, 조조와 지혜를 겨루다

않은가!"

연회장을 가득 메운 부하들이 환호성을 질렀다.

"배도 부르고 술도 마셨으니 장강을 건너자! 가서 촉국을 불바다로 만들자!"

조조는 사기충천한 부하들의 생기 넘치는 모습을 보고 흐뭇한 마음이 되었다.

"유비와 손권에게 복수하고 싶으냐? 그렇다면 이 정도 객기로는 어림도 없다. 탄탄한 저력을 키워야 하느니라."

조조가 따끔하게 일침을 놓자 부하들은 극도로 흥분하기 시작했다.

"도술로 귀신을 불러와 유비가 자살하도록 만들자!"

"아니다! '강용십팔장(降龍十八掌)'을 써서 촉국을 쑥대밭으로 만들자!"

"흡혈권법을 이용하면 유비의 피를 모조리 빨아버릴 수도 있다고!"

술로 얼굴이 벌겋게 달아오른 부하들은 광분하여 호언장담을 일삼고 있었다.

"이제 그만 됐다. 허풍은 그만 두어라. 자! 어떠냐? 신나게 먹고 마셨느냐?"

"네! 배터지게 먹고, 코가 삐뚤어지게 마셨으니 죽어도 여한이 없습니다!"

모두가 이구동성으로 외쳤다.

"그렇다면 이제 술기운을 빌어 궁술이나 겨뤄볼까? 듣자니 촉국의 조운과 오나라의 감녕(甘寧)의 활솜씨는 귀신의 눈도 속인다고 한다. 우리 위나라에는 그에 버금가는 신궁이 없느냐?"

"여기 있습니다!"

부하들은 각자 자신의 손을 들어 올려 큰소리로 외쳤다. 조조는 갑자기 이맛살을 찌푸리며 속으로 투덜거렸다.

'어이구. 신궁이 다 얼어 죽었군. 너희들이 도대체 언제 신궁이 되었냐?'

그러나 한 번 달아오른 부하들의 사기는 식을 줄을 몰랐다.

"좋다! 그렇다면 우리의 다음 목표는 유비와 손권의 심장이다."

조조는 황룡포를 가지고 오라고 시켜 나뭇가지에 매달아 놓았다. 활과 과녁도 준비해 두었다.

"화살을 쏘아서 과녁에 명중시키는 사람에게 이 황금 도포를 상으로 내리겠다."

조조의 조카인 조휴(曹休)가 술을 들이키더니 벌떡 일어나 활시위를 당겼다. 화살은 곧장 날아가 과녁의 정 중앙에 정확히 명중했다. 그는 큰 소리로 웃으며 말했다.

"명중이다!"

문빙(文聘)이 말했다.

"이건 무효야. 심판관의 신호도 듣지 않고 먼저 활을 쏘았으니 실격 처리해야 해."

말 위에 올라탄 문빙은 멋지게 활을 쏘았다. 그의 화살 역시 과녁에 정확히 명중되었다. 문관들은 일제히 환호성을 질렀다.

"대단하군! 겨우 화살 한 번 쏘고는 황금 도포를 얻다니…."

그러자 이번에는 조홍(曹洪)이 불만을 토로했다.

"이렇게 쉬운 경기가 어디 있나?"

조홍은 말 위에서 물구나무를 선 채로 화살을 쏘았다. 그의 화살 역시 과녁의 중심에서 한 치도 벗어나지 않고 정확히 명중되었다. 문관들이 또 다시 혀를 내두르며 말했다.

"저건 고난이도 동작이니 점수를 더 줘야겠군."

조홍은 득의양양하게 웃었다. 그때 갑자기 누군가 벌떡 일어서며 말했다.

"나도 한 번 해볼까?"

그는 장합(張郃)이었다. 장합은 말 등 위에서 몸을 한 바퀴 돌려 화살을 쏘았고, 그 역시 과녁을 향해 정확히 날아가 명중되었다. 문관들은 박수를 치며 감탄했다.

"지금까지 최고 난이도의 동작으로 9.9의 점수가 나왔군. 과연 관도전(官渡戰)에서 봉기를 일으킨 명장답구나."

그러자 또 다른 사람이 나서서 말에 올랐다.

"겨우 봉기를 일으킨 것 가지고 뭐가 대단하다고 그래? 나야말로 조조의 정예부대라고!"

그는 바로 하후연(夏侯淵)이었다. 그는 달리는 말 등 위에서 활시위를 당겼고 화살은 어김없이 과녁에 명중되었다.

"대단해. 정말 대단해!"

주위의 우레와 같은 박수와 함께 하후연은 10점 만점의 점수를 얻었다.

"그까짓 수준을 가지고 뭘 그리 호들갑이야!"

이 목소리의 주인공은 서황(徐晃)이었다.

"너는 어떤 방법으로 쏠 건데?"

하후연은 거드름을 피우면서도 은근히 불안한 마음이 들었다.

'설마 저 녀석이 몽고 기병을 흉내 내어 말의 배 밑에 달라붙어 활을 쏘는 것은 아니겠지?'

하후연은 의외의 사태를 미리 막을 심산으로 조조에게 긴급 건의를 했다.

"승상, 눈속임을 방지하기 위해 말의 배에서 화살을 쏘지 못하도록 금지시켜 주십시오."

조조는 흔쾌히 동의했다. 서황은 경멸의 눈초리로 하후연을 바라보며 말했다.

"저는 말 따위는 타지 않을 것입니다"

그는 평범하게 바닥에 선 채로 활시위를 당겼다. 그의 화살은 황금도포가 걸려있던 나무를 향해 날아갔고 나뭇가지가 부러지면서 황금도포도 함께 아래로 떨어졌다.

누구도 그가 나뭇가지를 쏘리라고는 예상하지 못했기에 입이 떡 벌어지고 말았다. 조조 역시 그의 독특한 발상에 감탄하며 말했다.

"흠, 서황의 활솜씨는 세계 최고라고 말해야겠군."

이제 황금도포의 주인은 누가 뭐라고 해도 서황이었다. 득의만면한 얼굴로 그가 황금 도포를 주우려는데 갑자기 건장한 체구의 사나이가 나타나더니 가로채가는 것이 아닌가? 그는 허저였다.

"이게 무슨 짓이냐?"

서황이 호통을 치며 말했다.

"이 황금 도포는 내가 기지를 발휘하여 얻은 것이다."

허저는 소매를 걷어붙이며 팔뚝에 힘을 주었다. 그의 우락부락한 근육이 드러났다. 복싱선수처럼 주먹을 불끈 쥔 허저가 말했다.

"난 장난감 같은 화살 따위는 쏘지 않는다. 나와 맨주먹으로 한 판 붙어보겠느냐?"

화가 머리끝까지 난 서황이 그를 향해 돌진했다. 조휴, 문빙, 조홍,

장합, 하후연이 모두 나와 합세 했다. 심판을 보아야 할 문관들도 너도 나도 황금도포의 쟁탈전에 가세했다. 그들의 머릿속에는 온통 한 가지 생각뿐이었다.

"빼앗지 않는 자는 빼앗기기 마련이다."

보다 못한 조조가 소리쳤다.

"다들 그만 두지 못하겠느냐? 너희들이 싸우는 바람에 황금 도포가 찢어져버렸단 말이다!"

하지만 누구도 조조의 말에 귀 기울이지 않았다. 오로지 황금 도포를 차지하고야 말겠다는 욕심에 눈이 먼 그들에게서 조금 전의 용맹했던 충성심은 찾아볼 길이 없었다.

욕망을 겉으로 드러내지 않도록 주의하라.

　　강호의 영웅들도 눈앞의 황금 도포를 두고는 자신들의 추악한 모습을 감추지 못했다. 견물생심(見物生心)은 인지상정(人之常情)이기 때문이다. 그리하여 결과가 어떠한가. 그들 모두가 원하던 황금도포는 찢어지고 조조의 신뢰마저 잃지 않았던가. 혹시 나 역시 감나무에서 감이 떨어지기를 바라며 누워 입을 벌리고 있는 것은 아닌지 자기 자신을 뒤돌아보라. 또한 타인이 보기에 그런 내 모습이 얼마나 어리석고 탐욕스럽게 보일지를 떠올려라.

경쟁에 과감하게 참여하라.

　　저 무사들의 활쏘기 경쟁을 보라. 경쟁은 스스로를 발전하는 좋은 계기가 되어 준다. 경쟁을 두려워하여 피하기만 한다면 언제까지나 그 자리에 멈춰 있을 수밖에 없다. 패하고 깨지더라도 경쟁을 두려워하지 않는 사람만이 힘껏 도약할 수 있는 기회를 얻을 수 있다.

제3장

삼국지에서 배우는
영웅의 처세학

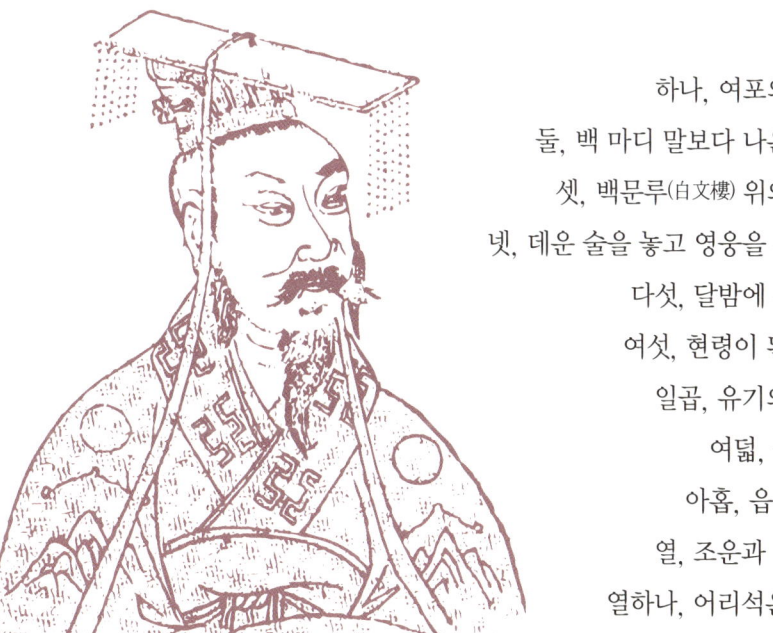

하나,
여포의 패배

타석에 선 타자는 마지막 순간까지도 공에서 눈을 떼지 않는다.
무슨 일이든 끝까지 집중하라.

여포는 3천의 정예부대를 내버려두고 혼자서 호로관에 당도했다.
석양은 서산으로 저물고 있었고 황혼이 검붉은 대지를 핏빛으로 물들
이고 있었다. 찌는 듯한 한낮의 열기가 사그라지자 공기 중에는 매캐
한 전쟁터의 포연과 무시무시한 살기만이 떠돌았다. 삶과 죽음의 경계
인 전장의 한가운데였다.

여포에게서는 금관을 쓴 황제에게서조차 느낄 수 없는 기품과 위험
이 넘쳐흘렀다. 그뿐인가? 그가 가진 병기 또한 범상치 않았다. 유
비는 여포의 검이 방천화극(方天畵戟)으로 불리고 있음을 알고 있었다.
그것은 이랑신(二郎神:눈이 셋 달린 신으로 72가지 변화 술을 부림-역자 주)이 가
지고 다녔다는 전설상의 화극보다도 더 날렵한 매서움을 자랑하고 있
었다. 여포가 자유자재로 휘두르는 방천화극은 때때로 금빛 포물선을

그리며 창공을 가로지르는 유성처럼 보이곤 했다.

성벽과 그 안에서 나부끼는 대장기들이 여포의 시야에 들어왔다. 성벽의 아래쪽에 일렬로 대오를 이룬 군마와 창으로 무장한 병사들이 매복해 있었다. 그들은 여포가 오기만을 기다리느라 거의 실신할 지경이었다. 바짝 마른 입술은 터지고 갈라졌고, 머리에서는 낮 동안의 열기로 뜨거운 김이 뿜어져 나왔다. 여포는 사랑하는 가족과 고향을 떠나 이 낯선 전쟁터에 와서 죽게 될 병사들이 안타까웠다.

여포의 눈길을 끄는 또 하나는 바로 보무도 당당하게 말을 타고 있는 적의 장수들이었다. 적지 않은 숫자인 그들은 천하를 호령하겠다는 각오로 검까지 차고 있었다. 그러나 여포는 자신의 진정한 적수는 바로 팔로(八路) 제후 ― 왕광(王匡), 교모(喬瑁), 포신(鮑信), 원유(袁遺), 공융(孔融), 장양(張楊), 도겸(陶謙), 공손찬(公孫瓚) ― 라는 것을 잘 알고 있었다.

장안의 그 유명한 화웅(華雄)조차 팔로 제후의 수하에 있던 장군에게 목숨을 잃고 말았다. 그로 인해 장안은 이미 아수라장으로 변해 버렸고 자신의 양부인 동탁은 밤이 와도 잠을 이루지 못할 만큼 상심이 컸다. 믿었던 화웅이 죽임을 당했으므로 동탁은 자신의 안위조차 안심할 수 없는 상황이었다.

✽ ✾ ✽

여포에게 도전한 첫 번째 장수는 용맹무쌍한 방예(方銳)였다. 그는 왕광이 가장 아끼는 장수로, 황하 이북의 내로라하는 제일 명장이었다. 오만방자한 방예는 늘 "자신을 이기는 자가 있다면 그 자에게 아흔아홉 번 큰절을 올리겠다"고 호언장담하고 다녔다. 강호의 호걸들에게 상대에게 고개를 조아린다는 것은 차라리 죽음을 택할 만큼 있을 수 없는 일이었다. 방예의 말 속에는 스스로에 대한 지나친 자신감이 담겨 있었다.

그랬던 방예였지만 막상 여포를 대면하자 덜컥 겁이 나기 시작했다. 여포와 맞닥뜨린 순간 그의 각오는 바람 빠진 풍선처럼 새어나가기 시작했다. 여포의 얼음장처럼 싸늘한 눈빛을 본 순간 방예는 간담이 서늘해졌다. 여포에게서는 눈곱만큼의 허점도 찾아볼 수가 없었다. 게다가 말로만 듣던 여포의 방천화극이 이처럼 무시무시한 위력을 가졌을 것이라고는 상상도 하지 못했다.

허공에 긴 포물선을 그으며 여포의 방천화극이 가까이 다가오자 방예는 혼비백산하여 고함을 질렀다. 그는 본능적으로 검을 휘두르며 어서 빨리 이 순간이 지나가기만을 바랐다. 어떠한 술수도 써볼 여유가 없었다.

여포는 그와 같은 방예의 바람을 단숨에 만족시켜 주었다. '챙!' 하는 소리와 함께 여포의 방천화극이 허공을 갈랐고 그와 동시에 방예의 머리가 땅 위로 굴러 떨어졌다.

두 번째로 나선 도전자는 목순(穆順)이었다. 그는 태수 장양(張楊)을 모시고 있는 장수로 성격이 괴팍하기로 유명했다.

말 위에 오른 목순은 미동도 없이 한곳으로 정신을 집중하기 시작했다. 침착함과 여유를 유지하기만 한다면 창의 속도를 내는 것은 얼마든지 가능한 일이었다. 겨우 몇 발자국 정도만 남겨두고 여포가 가까이 다가왔다고 느껴지는 순간, 목순은 있는 힘을 다해 창을 던질 준비를 했다. 이 정도의 거리라면 천하의 여포라도 피할 도리가 없었다. 하지만 여포는 여전히 차가운 미소를 짓고 있었다. 그리고 목순이 던진 창은 여포를 비껴나 아무도 없는 허공을 향해 힘없이 날아가 버렸다.

목순이 창을 던지기 바로 직전 여포의 방천화극이 이미 그의 심장을 명중해버렸기 때문이었다. 목순은 창을 든 채 뒤로 고꾸라졌고 목순의 손을 벗어난 창은 방향을 바꾸어 엉뚱한 곳을 향했다. 여포의 창이 얼마나 빠른지 목순은 죽음을 눈앞에 두고서야 비로소 깨닫게 되었다.

그런가하면 무안국(武安國)은 천하의 둘도 없는 희귀한 병기를 사용했는데 그것은 다름 아닌 쇠망치였다. 당시는 강호에 쇠망치가 유행하지도 않았을 때이다. 아무튼 그가 쇠망치를 가지고 다닌다는 소문은 이미 천 리 밖까지 자자했다. 북해(北海)의 태수 공융도 무안국의 병기에 관심을 보였다는 사실만으로 그의 콧대는 하늘을 찌르고 남았다.

이내 여포가 방천화극을 들고 경쾌하면서도 절도 있는 동작으로 춤을 추기 시작했다. 방천화극을 휘두르는 여포의 모습은 마치 규방 소녀가 하늘거리는 부채를 흔들고 있는 듯했다. 심지어는 귀신에 홀린 듯 보이기도 했다. 이것은 무안국이 생각지도 못했던 상황이었다. 그리고 한순간 '뎅강' 하는 둔탁한 마찰음과 함께 땅 위로 무언가 굴러 떨어졌다. 정신을 차리고 보니 그것은 무안국 자신의 손목이었다. 손에는 쇠망치가 여전히 들려진 채였다. 호로관에 또 다시 피 비린내가 진동했다.

✽ ❀ ✽

저녁노을이 호로관을 붉게 물들이고 있었다. 이제 여포에게 도전장을 내밀 장수가 존재하지 않는 것 같았다. 제후의 노장파들이 직접 나서는 방법밖에 없었다. 허나 그들의 대다수는 무공과는 전혀 상관없었고, 그중 몇몇만이 전쟁에서 목숨을 아끼지 않고 싸워 동지들과 함께 적의 혈주를 나눠 마시던 과거가 있을 뿐이었다.

그들 가운데 아직 공손찬이 남아 있다는 것이 행운이었다. 과거에 공손찬은 착실히 무공을 연마하여 출정하는 전투마다 백전불퇴의 혁혁한 공을 세워 태수가 된 인물이었다. 그는 자신의 보마를 타고 바람처럼 날아 호로관에 당도했다.

여포는 한걸음에 달려가 공손찬을 붙잡았다. 이제 여포가 한 번만 방천화극을 휘두르면 공손찬은 더는 이 세상 사람이 아니었다. 그때였다. 갑자기 유령처럼 검은 말 한 필이 나타났다. 그 위에 올라탄 사람은 말보다 더 검은 얼굴을 한 건장한 사나이였다. 표범처럼 매섭게 빛나는 눈동자에는 굶주린 맹수의 살기가 등등했으며 턱과 입에는 수염이 무성히 자라있었다. 떡 벌어진 가슴과 우락부락한 외모에서 주체할 수 없는 힘이 흘러넘치고 있었다.

"너는 누구냐?"

여포가 물었다.

"연인(燕人) 장비다."

장비는 여포가 자신의 이름을 묻자 신이 나서 대답했다.

"화웅을 죽인 놈이 너냐?"

여포가 물었다.

"아니다."

장비가 대답했다. 여포의 얼굴에 실망스러운 표정이 떠올랐다. 하지만 첫눈에도 자신보다 서너 살은 어려보이는 장비의 사나이다운 용맹스러움에 여포는 왠지 모를 호감이 느껴졌다.

"나는 너를 죽일 생각이 없으니 그만 가 보거라."

여포가 말했다. 석양은 이미 지평선 너머로 사라지고 후덥지근한 공기가 호로관을 뒤덮었다. 여포는 젊고 패기에 찬 장수의 목숨을 빼앗고 싶지 않았다. 황혼이 내리는 호로관의 아름다운 경관을 망치고 싶지 않았기 때문이었다.

"하하하!"

장비는 천지가 떠나갈 정도의 큰 소리로 목청껏 웃었다. 여포는 순간 당황하지 않을 수 없었다.

"여포, 네 이놈! 어제는 정원의 아들이라면서 오늘은 또 동탁의 아들이더냐? 네놈의 아버지는 도대체 몇 명이냐?"

지금까지 어느 누구도 여포에게 이와 같은 모욕을 준 적이 없었다. 게다가 목소리마저 기차화통을 삶은 듯 쩌렁쩌렁 울려대는 통에 여포는 누가 들을까 두려웠다. 여포의 안에서 장비에 대한 분노가 끓어올랐다. 조금 전 잠시나마 가졌던 호의는 그의 광폭한 웃음소리와 함께 흔적도 없이 사라지고 없었다. 강호의 고수들은 이처럼 무례한 행동을 하지 않는다. 여포도 지금껏 수없이 많은 살상을 자행해왔지만 이처럼 상대에게 모욕을 준 적은 없었다.

여포의 방천화극이 섬광 같은 광채를 내며 허공을 향해 긴 포물선을 그리기 시작했다.

장비의 장팔사모로는 여포를 당해낼 수 없었다. 여포는 장비가 두 손을 심하게 떨고 있는 것을 보았다. 그 얼굴에는 고통을 참는 표정이 역력했다. 여포는 장비를 죽이기로 마음을 다졌다. 지금 그를 살려두었다가는 나중에 성가시게 될 것이라는 예감이 들었기 때문이다. 하지만 장비를 없애는 일은 생각보다 쉬운 일이 아니었다. 보아하니 장비는 화웅의 밑에 있을 사람이 아니었다. 자신의 운명에 맞서는 힘은 화웅보다 훨씬 강했다. 여포는 서서히 기세를 몰았다. 50여 회가 넘는 회합을 벌이는 동안 장비는 잇달아 가쁜 숨을 몰아쉬기에 바빴다. 조금 전 여포를 업신여기던 기세는 어디론가 사라지고 없었다.

장비가 여포와 맞서 쉰 번이 넘는 회합을 벌이리라고는 아무도 예상치 못했다. 게다가 더욱 믿기지 않는 점은 장비와 여포의 대결이 우열을 쉽게 가리기 힘들 정도로 대등한 결투였다는 점이었다. 이것은 장비 자신도 전혀 예상치 못했던 결과였다.

아마 후대인들도 이 기록을 믿지 못할 것이다. 하지만 장비는 불가사의한 괴력을 발휘해냈다. 이미 반드시 여포를 죽이겠다던 당초의 목표는 사라지고 없었다. 솔직히 말해서 도저히 여포를 당해낼 자신이 없어졌다. 장비의 목표는 이제 여포와의 1백 회 회합이라는 신기록을 달성하는 것으로 바뀌었다.

하지만 관우가 장비로 하여금 그 기록을 달성하도록 내버려 두지 않았다. 관우는 지금이 바로 여포를 없앨 절호의 기회라고 여겼다. 그는 청룡언월도를 든 채 말을 달렸다. 장비 역시 여포를 포기할 수 없었다. 두 사람이 한 사람을 공격한다는 것은 강호 고수들의 불문율을 깨는 행위였기에 마음이 꺼림칙했지만 여포를 제거할 수만 있다면 다소 비겁해 보일지라도 찬밥 더운밥을 가릴 때가 아니었다.

만약 관우와 힘을 합쳐 여포를 죽일 수 있다면 이날 이후 두 사람은 무림의 새로운 역사를 기록하게 될 것이다. 장비는 생전에 꼭 그런 날을 보고 싶었다. 관우 역시 마찬가지 생각이었다. 화웅을 죽이고 난 이

후 관우는 한동안 강호의 맏형으로서 커다란 책무를 다했다는 자부심으로 충만했다.

그러나 여포는 두 사람의 추격에 당황하기는커녕 장비에게 농을 걸어왔다.

"죽기 전에 통성명이나 할까? 죽어서 귀신이 된다면 묘비명에 새길 이름 석 자라도 알려주는 것이 도리가 아니겠어?"

그러면서도 여포는 잠시도 경계의 태세를 늦추지 않고 있었다. 관우는 내심 놀라지 않을 수 없었다. 장비의 추격을 받으면서도 이처럼 여유만만하게 농담까지 할 수 있는 고수는 이 강호에 몇 명 되지 않기 때문이다.

관우는 갑자기 자신감이 사라지는 것을 느꼈다. 관우는 늘 하늘 아래 자신이 할 수 없는 일이라면 그것은 오직 하늘만이 할 수 있는 일이라고 호언장담하곤 했기에 여포에 대한 질투심이 더욱 훨훨 타올랐다. 더더욱 여포를 이대로 눈앞에서 놓칠 수는 없는 일이었다.

"내가 바로 관우다! 내 이름을 똑똑히 기억해 두어라. 지옥에 떨어지게 되면 염라대왕에게 내 이름을 말해야 할 테니까."

관우라는 이름은 강호를 무대로 활약하는 협객들에게는 부연 설명이 필요 없었다. 그의 말 한마디가 바로 강호의 법이었다.

"네가 화웅을 죽인 바로 그놈이냐?"

가까스로 장비의 공격을 피한 여포가 다시 물었다.

"그럼 나 말고 누가 또 있다고 생각하느냐?"

관우의 목소리는 매우 거만하기 그지없었다. 그러자 대답대신 여포의 방천화극이 순식간에 관우를 향해 날아왔다. 기습을 당한 관우는 급히 몸을 피했다. 관우는 상대가 잠시 방심한 틈을 놓치지 않는 여포의 날렵함에 경탄을 금치 못했다. 관우였으니 이 정도로 끝났지, 다른 사람 같았으면 벌써 여포의 방천화극에 목이 잘렸을 것이다.

하지만 관우는 어깨에 심한 부상을 입고 말았다. 관우의 재주도 이제 오늘로 끝이 난 것일까? 부상을 입은 관우는 절망의 나락으로 끝없이 떨어지고 있었다.

✲❀✲

황혼의 태양은 더욱 더 붉은 빛을 발하고 있었다. 호로관으로 흙바람이 불어오기 시작했다. 팔로 제후들과 수만의 병사들은 여포와 관우의 결과를 예측할 수가 없는 흥미진진한 대결로 인해 손에 땀을 쥐며 구경하고 있었다.

여포와 장비가 한 치의 우열을 가릴 수 없는 대결을 벌이고 있을 때 관우의 청룡언월도는 단 한 차례의 그럴듯한 기회도 얻지 못했다. 관우의 검은 공격보다는 방어에 더 치중하는 듯 보였다. 도대체 이게 무슨 조화인지 관우는 도무지 알 수가 없어 내심 회의와 좌절감이 커져만 갔다. 적토마를 탄 여포란 자는 어쩌면 자신보다 훨씬 뛰어난 기량을 지니고 있는지도 몰랐다.

석양은 이미 완전히 자취를 감추었다. 드넓게 펼쳐진 호로관의 하늘가로 노을만이 붉게 타오르고 있었다. 방천화극이 다시 공중에 커다란 포물선을 그렸다. 청룡언월도 역시 승천하는 용처럼 허공을 날았다. 두 병기의 불꽃 튀는 대결은 천 년에 한 번 있을까 말까 하는 보기 드문 장관을 이루고 있었다. 호로관을 가득 메운 각 진영의 병사들은 가슴을 졸이며 숨소리 한 번 내지 못하고 강호 영웅들의 대결을 지켜보았다.

그리고 이들 형제의 큰형인 유비의 등장이 이처럼 팽팽한 긴장감만이 흐르고 있던 호로관의 적막을 깨트리고 말았다. 그러나 이들의 대결에 가세하기 위해 나타난 유비는 긴장한 나머지 그만 쌍고검을 바닥에 떨어뜨리고 말았다. 모골이 송연해진 관우와 장비는 눈을 감은 채 이젠 끝장이라고 중얼거렸다. 강호에서 혁혁한 명성을 자랑하던 세 영웅 유비, 관우, 장비의 운명이 순간의 실수로 말미암아 말 그대로 끝장이 날 순간이었다.

유비는 예전에 짚신을 팔던 때와 비교해서 조금도 검술의 기량이 좋아지지 않은 것이다. 이것은 장비와 관우가 더 잘 알고 있는 사실이었다. 하지만 지금은 유비의 목숨이 위태로운 상황이었다. 누구든 나서서 유비를 구하지 않으면 안 되었고 남은 한 사람은 여포를 막아내야 했다.

여포는 유비의 주위를 천천히 맴돌 뿐 섣불리 공격에 나서지 않고 있었다. 유비 쪽에서는 그저 속수무책으로 당할 수밖에 없는 상황이었다. 그때 갑자기 여포의 방천화극이 날아올랐다. 그러나 그것은 유비가 아닌 관우를 향하고 있었다. 관우가 청룡언월도를 들어 막아내려고 했지만 방천화극은 이미 관우가 아끼는 턱수염 몇 개를 베어버렸다.

그리고 다음 순간 여포는 말머리를 돌려 줄행랑을 쳤다. 잠시 쥐죽은 듯 조용하던 팔로 제후의 진영에서 유비와 관우, 장비 삼형제를 향해 우레와 같은 환호가 쏟아졌다.

사실 이것은 사실 여포의 착각에서 비롯된 어처구니없는 결과였다.

여포는 관우, 장비등과 80여 회가 넘는 회합을 벌이는 동안 이미 많은 체력을 소모했으며 혼자만의 힘으로는 막아낼 수 없는 위기의 순간을 여러 번 맞닥뜨렸다. 이런 상황에서 유비까지 가세하자 여포는 가장 마지막에 등장한 유비를 세 사람 중에서 가장 무공이 뛰어난 막강한 고수로 오해했던 것이다.

강호에서는 상대를 제거할 때는 우선 이류 검객을 보내어 그가 가진 힘과 기량을 소모하게 한 후 마지막으로 기량이 뛰어난 일류 검객을 투입하는 방법이 자주 쓰였다. 그래서 여포는 유비를 고수중의 고수로 지레짐작하고서 도망치기에 바빴던 것이다.

마지막까지 집중하라.

관우와 장비 두 사람을 상대로도 거뜬하게 제 실력을 드러낸 여포를 보라. 그처럼 진정한 강자는 불공평한 경쟁에서도 자신의 모든 재능을 발휘할 수 있다. 실패와 패배는 상황이 불리하다 하여 불평만을 늘어놓는 사람의 꽁무니를 쫓아다니는 법이다. 난관을 딛고 얻은 승리와 성공이 더욱 빛난다는 것을 명심하자.

하지만 여포는 그 빛나는 승리를 얻을 수 없었다. 마지막 순간에 집중력을 잃었기 때문이다. 처음의 각오와 태도 그대로 날카로운 눈으로 유비를 보았더라면 그가 고수가 아니라는 것 정도는 쉽게 알아차릴 수 있었을 것이다. 이처럼 집중력을 잃는 순간 운명도 바뀌어버릴 수 있다. 무엇에든 마지막의 마지막까지 긴장을 늦추지 말고 집중하라.

어떤 일에 앞서
반드시 그 결과의 중요성을 상기하라.

모든 것은 결과가 좌우한다. 과정의 아름다움을 중요시하는 경향은 매일 치열한 생존경쟁을 치루는 현대인에게는 감상에 젖은 나약한 태도일 수도 있다. 유비와 관우, 장비는 한 사람을 상대로 셋이서 힘을 모았다는 비난을 감수하고서라도 여포에게 이기려 했다. 그리고 그 결과 집중력을 잃은 여포가 먼저 후퇴함으로 승리를 거머쥐게 되었다. 과정도 물론 중요하다. 하지만 만인의 평가는 그 과정이 아닌 결과로서 얻어진다는 것을 잊지 말자.

둘,
백 마디 말보다 나은 화살

때로는 말보다 한 번의 행동으로 보여주는 것이 낫다.

"여러분이 한 번 맞혀 보시오. 내가 저 녀석의 어디를 맞힐 거라고
생각하십니까?"

태사자(太史慈)가 활시위를 당기기 전에 물었다.

한 여름의 태양이 마치 가마솥처럼 맹렬히 대지를 달구고 있었다.
소주(蘇州)성에 운집한 수만 군사들은 개미떼처럼 모여서 일렬종대를
이루고 있었다. 손책과 태사자는 군사들과 달리 말을 타고 있기는 했
지만 뜨겁게 내리쬐는 한낮의 열기에 숨이 막힐 듯했다. 눈이 부셨는
지 손책이 이맛살을 있는 대로 찌푸리며 말했다.

"어디를 맞춘다 해도 개의치 않겠습니다. 단지 저 극악무도하기 짝
이 없는 놈의 숨통을 끊어 놓기만 하면 되니까요."

손책이 말하는 극악무도한 놈이란 바로 성곽 문 위에 올라서 있는

한 장수였다.

조금 전, 손책은 소주성(蘇州城)을 사수하려는 엄백호(嚴白虎)를 향한 공격을 눈앞에 두고 있었다. 그는 이마에 흐른 땀방울을 훔치며 성문을 향해 외쳤다.

"엄백호! 사나이 대장부라면 겁쟁이처럼 숨지 말고 어서 나와라!"

성문 위쪽으로 무장한 군사들이 사열해 있는 모습이 드문드문 눈에 들어왔다. 그리고 군사들 사이에 황색 가면을 쓴 장수 하나가 보였다. 밖에서 손책이 외치는 소리를 듣게 된 그는 손책을 가리키며 비웃었다.

"너나 잘하시지. 네까짓 애송이가 감히 엄백호와 대적할 자격이 있다고 생각하느냐? 아무래도 머리는 장식으로 달고 다니나 보구나. 어디 그 아래서 일광욕이나 실컷 하시지."

비아냥거리는 그의 말투에 손책은 화를 억누를 수가 없었다. 손책은 목청을 높여 다시 외쳤다.

"병사들은 모두 큰 소리로 나를 따라 외쳐라."

손책은 적장의 비위를 건드려 적군을 교란시킬 작정이었다.

"엄백호! 안 나오면 쳐들어가겠다. 어서 나와라."

"엄백호는 백호가 아니라 거북이다."

"겁쟁이 엄백호!"

병사들 역시 뜨거운 태양열에 입술이 타들어갔지만 한바탕 욕설을 퍼붓고 나니 속이 시원해졌다. 이들의 고함소리를 들은 황색 가면의 장수는 화가 머리끝까지 치밀어 올랐다. 그는 곧 병사들을 시켜 손책에 대한 집중 공격을 명령했다. 또 진나라부터 시작하여 손책의 어머니에 이르는 조상까지 전부 들먹여가며 신랄하게 욕설을 퍼붓고 그것도 모자라 침까지 뱉었다. 그러다가 목이 마르면 물까지 마셔가며 쉬지 않고 침을 뱉었다.

한참 후 욕을 하는 것도 지쳤는지 성문 위에 있던 황색 가면의 장수는 잠시 앉아서 휴식을 취했다. 사방이 쥐죽은 듯 고요해졌다. 성곽 아래에 있던 군사들은 막간을 이용하여 낮잠에 들기로 했다. 또 다시 욕설이 시작될 거라고는 생각지도 못했다.

태사자는 지금까지 아무 말도 못하고 잠자코 있었으나 황당한 욕설을 듣다보니 자신도 얼이 빠질 지경이었다. 그는 결단을 내린 듯 화살을 꺼내어 들었다.

"내 화살이 저놈의 어디를 맞히면 좋겠소?"

"저 녀석의 눈알을 쏴 버리십시오. 애꾸눈이나 되게."

"입을 쏴서 저 더러운 주둥아리를 닥치게 하십시오."

"아예 목을 관통시켜버리는 게 어떻습니까?"

병사들의 의견은 저마다 분분했다.

"잘 보시오."

활시위를 떠난 태사자의 화살이 허공을 가르며 날았다.

화살은 주먹을 휘두르고 있던 가면 장수의 손바닥을 관통한 후 성벽 기둥에 박히고 말았다. 다시 욕설을 퍼부으려던 가면 장수는 갑자기 날아온 화살에 손이 꿰인 채 벽에 못박혀버렸다. 성곽 아래서 지켜보고 있던 손책의 군사들이 일제히 웃음을 터트렸다. 누군가는 그를 조롱하는 듯 소리쳤다.

"어째서 저렇게 얌전하실까? 미친개는 벽에 묶어 놓고 키운다더니. 아! 그래서 벽에 묶어 놓았군 그래."

"어디 계속해서 욕설을 퍼부어보시지 그래? 다행히도 화살이 입을 피해갔으니 계속해서 떠들어보라고!"

"태사자님의 화살은 참으로 신통할세. 단지 손바닥을 맞혔을 뿐인데 자존심까지 관통해버렸으니 말이야."

가면의 장수는 벽에 박혀 꼼짝도 할 수 없게 된 손을 빼내려고 안간 힘을 썼다. 그의 얼굴은 점차 붉게 달아올랐고 순식간에 그는 꿀 먹은 벙어리가 되어 버렸다. 성곽 아래에 있던 손책의 병사들은 삼삼오오 모여서 태사자를 향한 감탄을 늘어놓았다.

"동서고금을 통 털어 가장 훌륭한 진기묘기였어."

"태사자님은 신궁이 틀림없어."

"대단하군! 상대를 죽이지 않고도 일순간 바보로 만들어 버리는 솜 씨라니."

"이것이야말로 가장 작은 투자로 가장 큰 효과를 얻는 일일세."

상대를 제압할 때는
단번에, 그리고 철저하게 하라.

상대를 제압하는 데 있어 반드시 물리적인 방법만이 효과를 발하진 않는다. 진정한 영웅은 전장에서는 상대를 봐주지 않고 철저하게 제압한다. 그렇지 않으면 언제 그가 다시 내 뒤를 노릴지 모르는 일이기 때문이다. 물리적인 강함으로 상대를 제압하는 것도 한 방법이다. 하지만 가능한 적은 피해로 확실한 제압을 목표로 한다면 칼이 아닌 머리, 즉 지혜를 이용하라.

가장 작은 투자로 가장 큰 효과를 얻어라.

무언가를 얻기 위해 모든 것을 걸고 내던져야 하는 시대는 이미 지났다. 작은 투자로 큰 효과를 얻을 수 있는방법을 찾아내는 것이 현대를 사는 지혜이며, 지금은 그런 사람이 정말로 능력 있는 사람이라 인정받는 사회이다.

최선을 다하는 것은 좋다. 하지만 노력이 매번 대가를 얻을 수 있는 것도 아니니 언제나 최소한의 노력으로 최대의 효과를 노리도록 하라.

셋,
백문루(白文樓) 위의 여포

후회할 때는 이미 늦은 것이다.
세상과 삶을 돌아볼 시간은 자주 갖는 것이 좋다.

내 일생일대의 잘못이자 실수는 정원(丁原)을 죽음으로 몰았다는 사실이다. 그날 밤, 동탁은 고향친구인 이소(李肅)를 자신의 세객으로 내세워 내게 보냈었지. 이소는 내게 동탁이란 인물을 과대 포장해 소개했고 나는 그 말을 의심 없이 받아들였다. 그는 이미 예전에 내가 알던 이소가 아니었다는 사실을 미처 알지 못했다.

당시 나는 동탁에 관해서는 아는 바가 없었다. 다만 현재 천하의 군사와 병마를 장악하고 있는 인물이 동탁이며, 황제도 그를 무시하지 못한다는 사실만을 알고 있었다. 나는 본래 충의와 공명심으로 가득 차있었기에 동탁의 수하에 들어가 출세를 엿볼 생각도 없었다.

그러니 이소가 동탁이 하사한 적토마를 끌고 왔을 때 나는 감격하지 않을 수 없었다. 이 말만 내 것이 된다면 천하제일의 영웅은 땅 짚고

헤엄치기라 믿어 의심치 않았다. 동탁을 신임하기로 마음먹은 것은 그 때부터가 아니었을까?

나는 어느 누구의 소유물이 아니므로 내 운명은 스스로 결정해 왔다. 하지만 굳이 인간의 도리를 따진다면 의부였던 정원의 의시를 따랐다.

나는 정원만큼은 나의 앞날을 축복해주리라 믿었다. 만약 그가 정말로 나를 아낀다면 내가 입신양명과 부귀영화를 위해 출세가도를 달리는 것에 박수를 보내 주리라 믿었다. 하지만 정원의 반응은 냉담했고 나는 실망스러웠다. 그가 나를 나무라거나 화를 낼 때도 나는 그의 심정을 충분히 이해할 수 있었다. 나는 오로지 그에게만 충성을 바쳤었다. 물론 정원 역시 나를 친자식 이상으로 대해주었다. 심지어는 내 잘못을 질책할 때도 애정 어린 충고를 아끼지 않았다. 때때로 도가 지나쳐서 역도의 피가 흐르니, 자존심도 없는 놈이니 하는 말을 퍼부었어도 나는 참을 수 있었다.

그런 그의 가장 큰 실수는 나의 어머니를 욕되게 한 것이다. 내가 아주 어릴 때 아버지가 돌아가신 탓에 어머니는 내가 기댈 수 있는 유일한 혈육이었다. 어머니는 나를 위해서라면 고생도 마다하지 않으셨던 분이다. 그러니 다른 것은 다 참아도 어머니를 멸시하는 것만큼은 참을 수 없었다.

흥분한 나는 검을 꺼내어 그를 찔렀고 정신을 차렸을 때 정원은 이미 목숨이 끊어진 뒤였다. 후회막급이었지만 이미 너무 늦은 일이었다.

✳ ❃ ✳

내 가치관이 어떻게 변해가고 있는지는 그 후 내가 누구에게 의탁했

느지를 보면 잘 알 수 있다. 처음에는 단지 동탁을 우상으로 여겨 숭배했다. 그는 당시 무소불위의 권력을 휘두르던 인물로, 사내라면 누구나 한 번쯤은 되보고 싶은 인물이다.

그는 정원이 내게 베풀었던 것보다 수십 배는 더 내게 잘해주었고 나는 그 사실이 기쁘면서도 한편으로는 두려워졌다. 동탁은 곧 나의 양부를 자처하고 나섰고 나는 흔쾌히 수락했다. 이 선택이 결과적으로 나의 일생을 통 털어 내가 저지른 가장 큰 과오가 되었지만 당시 동탁이란 인물에 대한 정보가 전혀 없었던 나는 그를 정확하게 파악할 수가 없었다. 내 주변의 그 누구도 동탁이 황권 찬탈을 기도한 역도이자 백성들에게 박해를 가하는 폭군이라는 사실을 말해주지 않고 내게서 등을 돌리거나 비난의 화살을 던질 뿐이었다.

하지만 동탁이 내가 누린 모든 부귀영화를 준 은인이라는 것은 부인할 수 없다. 동탁이 나를 호로관에 파견했기 때문에 팔로 제후들과의 접전에서 비로소 나는 명성을 떨치게 되었고 천고에 빛날 전설을 자손만대에 전하게 되었다. 그날 이후 조정의 대신들은 모두 앞 다투어 머리를 조아리고 나를 경배하기 시작했다. 심지어 황제조차도 내게 은밀한 접촉을 시도해 왔다. 이러니 은혜를 아는 인간이라면 동탁에게 감사의 표시를 하는 것이 마땅하지 않은가?

나는 그가 죽으라면 죽는 시늉까지도 해야만 했다. 나는 동탁을 대신하여 그를 제거하려는 조정의 정적들을 모조리 없앴고, 점점 더 많은 사람들을 해치우지 않으면 안 되었다. 이것이 후에 내가 겪게 될 비극적 최후에 대한 복선이었다.

나의 본성은 선하다. 동탁이 궁녀를 욕보이는 장면을 맨 처음 목격했을 때 나는 그에 대한 존경심이 일순간 흔들리는 것을 느꼈다. 동탁의 지시 하에 시골에 사는 힘없는 백성들까지도 무력으로 강탈한 뒤 토비라는 누명을 씌우는 잔인한 행위를 서슴지 않고 자행하는 동안 서서히 이성이 마비되어 갔으나 나는 점차 그가 포악하기 짝이 없는 간웅이라는 사실을 깨닫게 되었다. 그리고 나중에 누군가 내게 와서 동탁이 정통성을 이어받은 태자를 독살한 후 현재의 황제를 옹립했다는 사실을 전했을 때 나는 내손으로 동탁을 없애야겠다는 충동을 억제할 수가 없었다.

그 가운데 왕윤의 충성은 내가 보아도 감탄스러울 정도였다. 조정에 머무는 동안 나는 권력에 아첨하고 힘 있는 자에게 빌붙는 소인배들을 수없이 많이 보아왔다. 조정의 봉록을 받는 대신들은 겉으로 도덕군자인 척 거드름을 피지만 창자 속에는 탐욕과 사리사욕이 가득했다. 그들은 권력을 위해서라면 어제의 친구에게도 서슴없이 칼을 뽑았다. 만조(滿朝)의 문무 대신 중에서 이 같은 비난의 화살을 피할 수 있는 인물은 오로지 왕윤뿐일 것이다.

어려서부터 아버지의 정을 모르고 자란 내게 어머니는 진정한 강호의 영웅이 무엇인지 가르쳐주지 않았다. 강호의 도리가 어떤 것인지 말이 아닌 실천으로 보여준 사람은 왕윤뿐이었다. 그래서 나는 그런 왕윤을 정신적인 아버지라고 기꺼이 말할 수 있다. 따라서 동탁의 수하에서 벗어나라는 충고를 받았을 때도 조금도 망설이지 않았던 것이다.

지금도 기억 속에 왕윤의 마지막 모습이 생생하게 떠오른다.

동탁이 죽고 난 후 그의 수하에서 사리사욕을 채우던 무지몽매한 인간들은 반군을 형성한 후 장안성을 포위했었지. 그 때 왕윤은 황제와 문무대신과 백성들을 구하기 위해 높디높은 성루에서 뛰어내렸다. 자신을 희생하여 수많은 사람들의 평화를 가져온 셈이었다. 나는 그를 구하기 위해 겹겹의 포위를 뚫고 나가려 했지만 그는 한마디로 거절했다. 후에 곽사의 부하가 그의 시신을 난도질하는 것을 목격한 후 내 심장이 얼마나 찢어질 것만 같았는지…. 억지로라도 왕윤을 성 밖으로 피신시키지 못한 것을 얼마나 후회했는지 모른다.

이것 또한 내가 저지른 뼈아픈 실수 중의 하나가 아닐 수 없다. 왕윤이 죽지 않고 내 곁에 있었다면 오늘 날의 나는 결코 이런 모습이 아니었을 것이다.

그리고 운명은 나를 또 다시 중대한 실수로 몰아넣었다. 장안성에 도망쳐 나온 이후 나는 절친한 이의 선동으로 스스로 산적의 두목이 되었고, 이후 천하제패를 다투는 영웅들의 각축전에 뛰어든 것이다. 그 때 이미 나 여포의 불행한 최후가 잉태되고 있었던 것은 아닐까?

✳ ✳ ✳

그 후 나는 만약 신이 내게 진정한 영웅을 만날 기회를 한 번만 더 허락해준다면 나는 충성을 다해 그를 모시고 천하를 다스릴 것이라 몇 번을 생각했다. 그리고 유비를 만났을 때 바로 이런 기분이 들었다. 소문에 의하면 그는 한조 황실의 먼 일가친척이라고 한다. 그래서일까? 나는 더 더욱 유비에게 끌리기 시작했다. 지금까지 나는 한조를 위해 싸워온 충신이며 무사가 아니던가.

유비의 바다와 같이 넓은 성품에 나는 차츰 존경심을 품게 되었다. 만약 유비와 같은 영웅을 주인으로 모시게 된다면 그 이상 완벽할 수 없을 것 같았다. 게다가 유비는 본래 인재를 자신의 목숨보다 아낀다고 하지 않던가. 유비가 초면인 나를 보자마자 서주를 주겠다고 했을 때는 하마터면 눈물을 쏟을 뻔했다. 다른 사람의 마음을 이렇게 쉽게 얻을 수 있는 이는 아마 유비 말고는 없을 것이다.

하지만 애석하게도 나는 적당한 기회를 놓치고 말았다. 유비가 호인인 것은 분명하지만 왠지 그의 두 아우들은 그와 수준차이가 나는 것 같지 않은가? 호로관에서 이미 그들에게 추태를 보이고 말았으니 내게 좋지 않은 선입관을 가지고 있는 것도 당연하다. 후세인들 역시 그 일로 말미암아 나를 비겁한 행동과 우울한 성격을 가진 인간의 전형적인 표본으로 삼아 버렸다.

사람들이 유명한 맹장이라고 떠받드는 관우와 장비는 오히려 내 눈에는 시시하기 짝이 없다. 관우가 화웅을 죽인 것은 요행이 따랐기 때문인데 그 날 이후 자고나니 유명인사가 되어버렸다. 관우는 명성을 얻게 된 후로 평범한 대우를 받는 것을 용납하지 못했다. 내가 자기보다 강한 적수라는 것을 알고 눈에 가시처럼 나를 모함하고 질투했다는 것도 다 알고 있다. 혹시라도 내가 그들로부터 유비를 빼앗아 갈까봐 두려워했던 것이 분명하다.

특히 장비란 녀석은 단순 무식 과격하기 그지없었다. 그는 무식함과 용기를 무기로 나의 일거수일투족을 지적하고 결점을 찾아내려고 혈안이 되었다. 나는 이날 이때까지 어디를 가든지 환영을 받아 왔다. 그런 내가 장비 같은 놈에게 이런 대우를 받는다는 것은 너무 억울하지 않은가? 황제께서도 내게는 언제나 환대를 베풀어 주셨다. 얼마 전까지만 해도 백정에 지나지 않았던 장비가 아니던가? 감히 나를 장비와 비교하다니.

하지만 인간이란 별 수 있는가? 남의 처마 밑에 있을 때는 반드시 고개를 숙여야만 한다. 유비의 미움을 사지 않고 나머지 삶을 편안하게 지내려면 참고 인내하는 수밖에 다른 방법이 없었다. 결국에는 장비의 장인인 조표(曹豹)를 살해한 대가로 쫓겨나고 말았지만 말이다.

결국 나는 독자노선을 걷게 되었다. 그리고 천하의 양심은 살아 있었나 보다. 많은 사람들이 나의 불운함에 동정표를 던져 주니 말이다. 억지 강요 같은 것은 전혀 없었는데도 자발적으로 나를 돕겠다고 나선 이들이 꽤 적지 않았다. 진궁(陣宮)이나 조조와 같은 걸출한 인재들까지도 나에게 도움의 손길을 내밀었을 때는 얼마나 감격스럽던지.

나는 첫눈에 진궁이 큰 뜻을 품은 공평무사한 인물이라는 사실을 직감했다. 그는 자신의 직위를 박탈당하자 곧 조조를 따라 강호를 떠돌았다. 그의 이러한 용기는 널리 인간을 이롭게 하고 싶은 박애정신에서 나온 것이라고 본다. 나는 이런 부류의 인간을 좋아한다. 나중에 그가 조조를 떠났던 이유도 바로 여기에 있다. 아마 당시 조조가 한 말은 이런 말이었을 것이다.

"내가 천하를 버릴지언정 천하가 나를 버리게 할 수는 없다."

아무튼 진궁은 그날 이후 조조가 간악한 영웅임을 알아차리고 그를 백안시하게 되었다. 사실 진궁은 다재다능한 인물이라 조조 말고도 수많은 제후들이 모두 앞 다투어 그를 자기 사람으로 만들고자 했다. 그러나 그가 선택한 사람은 바로 나 여포였다.

나는 그의 제의를 받아 들여 전쟁을 치를 때마다 적지 않은 승리를 거두었고 심지어는 유비의 군대까지도 물리쳤다. 조조는 벌써 혼비백산하여 도망치지 않았던가? 하지만 나는 또 다시 실수를 저지르고 말았다. 생사의 갈림길에서 막다른 골목에 다다른 유비와 조조를 나는 몇 번이나 놓아주고 말았다. 알량한 자비심 때문이었다.

하늘은 경험을 통하여 내게 뼈아픈 경고를 주었다. 조조나 유비와 같은 인물들을 상대할 때는 결코 방심해서는 안 된다는 것을. 기회가 왔을 때는 인정사정 볼 것 없이 단칼에 제거해야 한다는 것을 그렇지 않으면 숨을 돌리고 난 후 반드시 복수를 해온다는 역사의 준엄한 경고를 나는 잠시 잊고 있었던 것이다. 그런 유형의 인간들은 옛정에 연연하지 않으며 오히려 그대의 숨통을 완전히 끊음으로서 다시는 회생하지 못하도록 만든다.

그런 이유에서 나는 진궁을 볼 때마다 더더욱 비통함을 느끼지 않을 수 없다. 그가 나를 따른 것은 확실히 그의 일생 최대의 실수이다. 착한 사람 둘이 모이면 결코 성공할 수 없기 때문이다.

✻ ✻ ✻

며칠 동안 그는 나보다 더 기분이 좋지 않아 보였다. 진궁은 내가 그의 의견을 받아들이지 않아 모두가 막다른 골목에 다다르게 되었다며 강한 불만을 품고 있었다. 그러니까 한 달쯤 전에 진궁은 병력을 나누어 각자 성 외곽을 사수하자고 제의했었고 나는 단칼에 거절했었다. 그의 제의가 신통치 않아서도 아니고 그를 의심하는 것은 더더욱 아니었다. 솔직히 말하면 초선을 저버리고 싶지 않았을 뿐이다.

그 날 저녁 초선에게 성 외곽의 병영에 대한 공격에 나설 것이라는 사실을 알리자 그녀는 놀라며 눈물을 보였다. 그녀가 그토록 상심하며 우는 모습을 이전에는 한 번도 본 적이 없었다. 왠지 이번에 초선을 두고 떠나면 그녀가 불행해질 것만 같은 예감이 들었다. 매번 전투에 임할 때마다 초선은 나를 위해 성심성의껏 출정준비를 해주었으며 따스

한 말과 미소로 내가 용기를 잃지 않도록 사기를 북돋아 주었다.

여자들은 가끔 놀라울 만큼의 직감을 발휘하기도 한다. 어쩌면 초선은 이번 전쟁의 결과가 좋지 않을 것이라는 예상을 미리 하고 있었는지도 모른다. 아무리 저항하려도 해도 운명이라는 놈은 이미 우리를 단두대 아래로 밀어 넣고 있었던 것이다. 그래서 초선은 그날따라 내게 더 큰 집착을 보였는지도 모르겠다.

이 생각만 하면 나는 수치심에 몸서리가 쳐진다. 초선의 아름다운 외모는 늘 정치적으로 이용만 당해왔었다. 나는 그런 그녀를 아내로 맞이하여 한 쌍의 원앙처럼 행복하게 지내왔었다. 그녀가 얼마나 나를 의지하고 따랐었는지 그 생각만 하면 가슴이 찢어질 것만 같다.

그녀는 죽음이 임박해오자 갑자기 내게서 정을 떼려는 듯했다. 나 또한 알 수 없는 비애를 느꼈기에 그녀 곁에 머무를 수 없었다.

나중에 나는 군영의 일부 병사들이 나에 관한 아주 재미있는 이야기를 만들어 퍼뜨리는 것을 듣게 되었다. 그들은 "여포가 초선에 빠져서 천하에는 아무 생각이 없다"며 등 뒤에서 수군거렸다. 그들은 유비와 유방이 처자식도 내팽개치고 천하를 다투었던 일례를 들어서 내게 천하를 제패하고자 하는 영웅의 도리만을 강요했다.

사람들이 얼마나 비인간적인 면을 가지고 있는지 그 순간 나는 처절히 느꼈다. 초선은 나에게 생명과는 같은 존재이다. 생각해보라. 연약한 여인의 몸으로 행복에 연연하지 않고 앞날이 불안한 남자에게 자신의 모든 운명을 건 여자가 있는데 그런 그녀를 잔인하게 뿌리치는 것이 영웅의 도리란 말인가? 만약 그런 인간이 있다면 천벌을 받아야 마땅할 것이다. 게다가 절세의 미녀인 초선을 두고 천하를 탐한들 무슨 흥이 나겠는가?

솔직히 말해서 지금이라도 말 한 필과 검 한 자루만 준다면 나는 언제라도 이 성을 탈출할 수 있다. 성 외곽을 개미떼처럼 에워싸고 있는 조조의 군사들은 솔직히 어린아이나 힘없는 부녀자에게나 겁을 줄 뿐이다. 만약 나 여포가 백문루에서 최후를 맞이하게 된다고 해도 그것은 결코 조조의 용맹함 때문이 아니라 비겁함 때문이라고 기록해주길 바란다.

어쩌면 유비와 조조의 관점에서 볼 때 나란 위인은 애초부터 그릇이 크지 않은 사람으로 비쳤을 수도 있다. 소문에 의하면 유비는 과거 자신의 처자식을 버릴 때 마치 헌 옷을 벗듯 미련 없이 등을 돌렸다고 한다. 게다가 조조는 천하를 평정하기 위해 자신의 혈육인 부모형제를 단칼에 베어버렸다고 하지 않던가.

천하통일의 대업을 완수하려는 영웅들은 부모도 형제도 사랑하는 여인도 모두 내버려야만 한다는 말인가? 하지만 내가 볼 때는 오히려 이러한 사고방식을 가진 사람이야말로 모두 소인배에 지나지 않는다. 그들은 인간의 탈을 쓴 금수와 다름없다.

나는 유비처럼 얼굴이 두껍지도 않고 조조처럼 속이 시커멓지도 않다. 나는 그들을 상대로 천하를 다투고 싶은 마음이 없다. 그러나 결국 역사는 그들에 의해 기록될 것이니, 검은 것은 흰 것이 되고 흰 것은 검은 것이 될 것이다. 나의 진실 역시 그들에 의해 사라지고 없을 것이다.

나와 정원, 그리고 동탁 사이에 일어났던 우정과 배신, 음모 등은 모두 그들에 의해 철저히 왜곡될 것이다. 역사란 영원한 속임수에 불과하다. 영웅호걸은 악당으로 둔갑하고 악인은 영웅으로 숭배된다. 그러나 지금의 나는 그저 수수방관할 수밖에 다른 방법이 없다. 역사는 소인배들에 의해 기록되는 것이므로 오직 후세의 동정을 바랄 뿐이다.

* ❀ *

이 혼란한 틈을 타고 일부 부하들은 음모를 꾸미고 있는 것 같다. 나를 배신한 누군가는 방천화극을 훔쳐다가 적군의 진영에 넘겨 버렸다. 게다가 애지중지하던 적토마 또한 어디론가 사라지고 보이지 않았다.

비몽사몽인 가운데 성벽 아래에 진을 치고 있는 적군들의 함성소리가 들려오기 시작했다. 이미 승리를 거둔 양 자축하는 분위기인 걸 보니 모든 것은 그들의 계획대로 순조롭게 진행되어 가고 있는가 보다.

하지만 나는 이 잠에서 깨어나고 싶지가 않다. 왠지 눈을 뜨고 일어나 앉게 되면 이 모든 불안한 예감들이 참담한 현실이 되어 한꺼번에 들이닥칠 것 같은 두려움에 사로잡힌다. 그때가 되면 정말 모든 것이 끝장나버릴 것 같은 공포가 엄습해왔다.

나는 천하를 얻지 못했다. 사랑하는 여인도 잃었다. 심지어 눈에 넣어도 아프지 않을 딸조차 내 손으로 지켜주지 못했다. 남은 것은 환상과 허망한 욕심뿐이다. 이후 역사는 왜곡될 것이지만 그 속에 파묻히게 될 나의 진실을 누군가를 읽어주길 바란다.

호방한 기개를 만방에 떨치던 호로관의 영웅이며, 전쟁의 소용돌이 앞에서 기지를 발휘하여 화살 하나로 천하를 구한 정의의 협객이며, 유비와 그의 처자식을 살려준 의리의 사나이, 그리고 강호의 최대 원흉 동탁을 제거한 사람이 바로 나 여포가 아니었던가?

이것을 기억해주는 사람이 있다면 내 비록 원혼이 되어 구중심처를 떠돈다 해도 그대들을 위해 축복을 빌어 주리라.

실패를 솔직하게 받아들여라.

인생이라는 각축장은 마치 전쟁터와 같다. 잔인하고 참혹하며 때로는 사랑하는 사람도 저버리는 것이 바로 인생이다. 그리고 오직 승리한 자에게만 조명을 비추는 것이 역사의 법칙이다. 본래 패자는 말이 없는 법이다. 중언부언 변명을 늘어놓아봐야 패자의 한탄은 역사에 남지 않는다.

삶을 돌아보는 것을 게을리 하지 마라.

후회나 반성이 없는 완벽한 삶은 어디에도 없다. 성인이라 불리는 예수나 부처도 시험에 들고 유혹을 받았다고 하지 않는가. 후회 없는 삶을 산다는 것은 그만큼 평탄한 삶이나 성공한 삶이라는 것이 아니라 제때에 적절하게 뒤를 돌아보고 다시 방향을 정하거나 하여 너무 늦지 않도록 미리 손을 쓴다는 말이다.

여포가 후회한 각 순간들 중 단 한 번이라도 다른 선택을 했었더라면 그의 마지막은 달라졌을 것이다. 후회를 하느라 한탄할 시간이 있다면 그때라도 늦지 않았으니 다시 한 번 삶을 되돌아보고 새로운 방향을 잡아라. 영웅이 그러하듯 젊음은 영원하지 않다.

넷, 데운 술을 놓고 영웅을 논하다

상대를 장점을 인정하는 것은
결국 자신을 높이는 것이다.
천상천하유아독존(天上天下唯我獨尊)은
영웅이 아닌 소인배의 마음가짐이다.

"건배!"

조조는 술잔을 높이 들어 큰 소리로 외쳤다. 유비 역시 출렁이는 술
잔을 들어 가볍게 잔을 부딪친 후 이내 한 방울도 남김없이 단숨에 마
셨다. 유비가 힐끗 보니 조조의 술잔도 깨끗이 비어져 있었다. 유비는
그제야 마음을 놓았다. 혹시 조조가 술에 독을 탔을지도 몰라 내심 걱
정하던 차였다.

유비는 다시 술잔을 채운 후 머리 위까지 높이 치켜들었다. 단숨에
술을 털어 넣은 후 유비는 소매로 입 주위를 훔치며 말했다.

"역시 승상의 집에서 직접 만든 술이라 그런지 맛이 좋군요. 설마 중
국 각 지역의 이름난 명주들만 한꺼번에 섞어 만든 술은 아니겠지요?"

조조는 득의만만한 표정으로 빙그레 웃었다.

청매주(靑梅酒)에는 확실히 특별한 제조 비법이 있는 것은 사실이었다. 조조는 유비를 바라보며 말했다.

"유형, 형님만 좋다면야 술은 얼마든지 있습니다. 귀주의 모태주(茅台酒), 사천의 오량액(五粮液), 산서의 죽엽청주(竹叶駬酒)까지 모두 준비되어 있지요."

그 말을 들은 유비의 두 눈이 동그래졌다.

"아니, 승상. 그렇게 귀한 술을 내게 주려고 준비해두었단 말이오?"

유비는 도저히 믿을 수 없다는 표정으로 물었다. 과거에 짚신과 돗자리를 만들어 시장에 내다팔아 하루하루 먹고 살던 시절에는 독한 고량주 두어 잔만 마셔도 온 세상이 제 것 같던 유비였다.

"물론이지요. 그래서 형제가 좋다는 것 아닙니까? 조금만 기다리세요. 원소의 군대만 물리치고 나면 귀한 분주(汾酒)를 대접하리다."

"분주라고요? 대체 맛이 어떻습니까?"

"형님은 술에 관심이 없으신가 보군요. 이런 말이 있지 않습니까? 분주를 보거든 취하도록 마시고, 기왕에 술을 마시려거든 분주를 마시라고요."

"저도 꼭 한 번 마셔보고 싶군요."

조조는 유비에게 이 같은 식탐이 있었는지 오늘에서야 알았다. 조금 전까지 유비에게 품고 있던 경계심이 봄 눈 녹듯 사라지는 것 같았다. 조조는 만면에 가득 미소를 지으며 말했다.

"다음번에 만나면 형님께 서찰을 몇 장 드리겠습니다. 그것을 가지고 장안성에 가시면 마음껏 분주를 드실 수 있을 것입니다."

유비는 너무 기뻐서 춤이라도 출 것 같았다. 그런 유비에게 조조가 말했다.

"유형, 오늘 형님을 초대한 것은 사실 술을 마시고자 한 것이 아니고 형님과 중대한 사안을 논의하기 위한 것입니다."

유비는 어리둥절해하며 물었다.

"중대 사안이라니? 아직 조정에 보고하지 않은 일이 남아 있단 말이요?

유비는 놀라는 척하면서도 조조가 자신을 찾아 고민을 털어놓고자 한다는 사실에 우쭐해졌다. 속으로는 안도의 한숨마저 나왔다.

'사람들이 수군거리길 조조란 놈이 내게 술을 대접하는 척하며 독살을 시도할 거라고 하더니만 결국 쓸데없는 오해였구나.'

감격한 유비는 말까지 더듬으며 다시 물었다.

"무, 무슨 일이기에 이다지도 뜸을 들이시오?"

조조는 탁자 위에 술잔을 내려놓으며 어렵게 입을 떼었다.

"유형, 당신이 한번 말해보시겠소? 이 시대의 진정한 영웅이 누구라고 생각하시오?"

유비는 어리둥절해서 물었다.

"승상이 말한 중대 사안이란 것이 겨우 이런 것이었소? 난 또 무슨 노랫말이라도 읊는 줄 알았소."

조조는 이맛살을 잔뜩 찌푸리며 말했다.

"유형, 지금 장난하십니까? 진정한 영웅에 관하여 당신 생각을 묻고 있지 않습니까? 영웅이 뭔지 알기는 아십니까? 강호의 진짜 사나이 대장부말입니다. 유형은 만날 찻집만 들락거린다면서 사람들이 하는 말도 못 들었답니까?"

유비가 재빨리 변명하기 시작했다.

"그것 참 난처한 질문이군요. 알다시피 지금까지 내겐 이렇다 할 취미도 여유도 없었소. 차를 마시는 일이 저의 유일한 낙일뿐이지요. 과거에도 짚신을 팔아 돈을 쥐게 되면 그 길로 곧장 찻집부터 달려가곤 했다오."

유비는 조조의 심중을 파악하기 위해 일부러 화제를 엉뚱한 곳으로 돌렸다.

"사는 것이 궁색하니 진정한 영웅이 누군지 내가 어찌 알겠소? 다만 강호의 사나이들에 관한 얘기라면 저도 들어본 적은 있다오. 하지만 승상에게 말했다가 괜한 비웃음이나 사지 않을까 두렵소이다."

조조의 눈이 갑자기 빛나기 시작했다.

"영웅이나 진짜 사나이나 다 그게 그것 아니겠습니까? 어서 말씀해 보오."

유비는 짐짓 곤란한 표정을 짓다가 잠시 후 말을 꺼냈다.

"회남(淮南)의 원술이 꾀가 많다고 들었습니다. 동탁의 잔당과 연합군 세력이 호로관에서 결전을 벌일 때도 그는 배후에 숨어서 병력을 교란시키면서 군사들에게는 식량조차 지급하지 않았다고 하더군요. 모든 연합군들이 우왕좌왕하게 되자 하마터면 진두지휘를 맡았던 손견은 목숨을 잃을 뻔했어요. 그에 비하면 원술이란 사람은 정말 영악하지 않습니까?"

조조는 그 따위 술수를 쓰는 악독한 인간을 어찌 영웅이라 말할 수 있나 싶어 당장 코웃음을 쳐주고 싶었지만 꾹 참고 이렇게 말했다.

"배후에서 음모를 꾸미는 짓은 교활한 자나 하는 짓입니다. 자신의 성공을 위해서라면 어쩔 수 없겠지만 고매한 인격을 가졌다고 볼 수는 없지요."

조조는 속으로 또 다른 생각에 잠겼다.

'그런 인간이라면 언젠가는 나까지 속이려 들지 않을까?'

유비는 조조의 반응을 보면서 이런 생각에 잠겨 있었다.

'흥, 조조도 음흉한 인간은 싫은가 보군.'

유비는 다른 사람을 추천하기로 했다.

"하북(河北)지방에 원소라는 사람은 어떻소? 그는 한마디로 영웅이지요. 동탁이 권력을 찬탈했을 때 제일 먼저 그를 토벌하려고 했던 사람이 바로 원소라고 하더군요."

조조는 깜짝 놀라서 말했다.

"원소? 그는 내 심복이 아닙니까? 그가 동탁을 토벌하려고 한 것은 사실 내가 종용했기 때문에 그렇게 된 일이라오. 그런 멍청한 놈이 영웅이라니 그건 말도 안 됩니다. 원소란 자가 명성도 높고 기반도 든든한 것은 사실이지만 그게 다 조정의 고관으로 있는 숙부 원외(袁隗)의 세력을 등에 업고 저리 날뛰는 것 아니겠소? 숙부와 둘이서 한 통속이 되어 세력을 독식하니 어찌 부귀영화가 따르지 않겠어요? 게다가 큰일은 몸을 사리면서 작은 일에 목숨을 내놓으니 큰 그릇이 될 인물은 아니라고 생각하오."

유비는 은근히 불쾌한 생각이 들었다.

'원소가 큰 그릇이 되지 못한다고? 그럼 도대체 어떤 사람이 큰 인물이란 말인가? 조조 네 입심 한번 대단하구나. 원소가 큰일에는 몸을 사리고 작은 일에 목숨을 내놓는 데는 다 일리가 있단 말이다. 네가 만약 졸병이라면 번번이 하찮은 일만 시키는데 무슨 수로 능력을 발휘하겠느냐? 그러니 당연히 큰 인물이 될 수 없겠지. 능력이 지위를 만드는 것이 아니라 지위가 능력을 만든다는 것을 어찌 모르느냐?'

하지만 모처럼 조조와의 만남에서 그의 기분을 거스를 수는 없었다.

유비는 고개를 끄덕이며 말했다.

"또 한 사람이 있긴 합니다만, 혹시 강동(江東)의 손권이라고 들어보셨소? 천하의 맹장이라는 소문이 자자하더군요. 적진을 향해 진격할 때면 그는 몸소 검을 들고 나가서 직접 전투를 벌인다고 합니다. 그가 지나간 길에는 사람이고 재물이고 완전 초토화되어서 남아있는 것이 하나도 없다고 하더군요."

조조가 피식 웃으며 물었다.

"유형은 지금 내가 검을 다루지 못한다는 것을 알고 비웃는 겁니까? 내가 비록 검술은 서툴지만 황제를 다루는 솜씨는 아무도 나를 따라오지 못할 거요."

유비가 부인하며 고개를 내젓자 조조는 다시 물었다.

"까짓 사람 몇 명 죽였다고 해서 강호의 진짜 사나이 대장부라고 말할 수 있겠소? 그 정도는 백정이라면 누구나 할 수 있소이다. 유형의 안목이 겨우 그 정도라니 실망이 이만저만이 아니오."

초조해진 유비는 두 눈만 깜박거리다가 이윽고 좋은 생각이라도 난 듯 말했다.

"파촉(巴蜀)성의 태수 유장(劉璋)이라면 승상도 만족할거라 믿소. 그는 법 없이도 살 사람이라고 하더군요. 절대로 나약한 인물은 아니고 다만 심성이 선량하여 벌레 하나 함부로 밟아 죽이지 못해서 일부러 길을 돌아간 적도 있다는 소문을 들었어요. 그래서 그의 행차가 지나가면 파촉성의 만백성들이 모두 나와서 절을 한다고 해요. 백성들의 추앙이 이처럼 대단한 것을 보면 위대한 지도자가 틀림없지 않소?"

조조가 큰 소리로 웃었다.

"유형, 설마 지금 나의 인내심을 시험하는 것은 아니겠지요? 내가 볼 때 손권은 살인마에 지나지 않소. 게다가 유장인지 뭔지 벌레 하나 밟아 죽이지 못한다는 그 위인의 얘기는 내 앞에서 두 번 다시 꺼내지도 마시오. 심성이 선량한 것은 사실일지 모르나 지금 내가 찾고 있는 사람은 진정한 강호의 영웅이지 부처보살이 아니란 말이요."

유비는 자신이 애써 추천한 인물들을 조조가 모두 탐탁히 여기지 않는 것에 짐짓 화가 나 화제를 엉뚱한 곳으로 돌렸다.

"아참! 인도의 유명한 스님들은 아직 중국에 오지 않았답디까?"

조조는 기가 막힌 표정으로 유비를 보며 속으로 이런 생각을 했다.

'세상에! 이런 촌놈을 봤나! 이젠 아예 본론조차 잊어나 보구나.'

조조는 애써 진지한 표정으로 말했다.

"유형은 학업을 마치지 못해 역사에 눈이 어두운가 보오. 인도의 스님들은 서한 말에 중국으로 전래되었다오. 낙양(洛陽)성은 불교 최대의 융성지가 아니오? 내일 내가 백마사(白馬寺)로 모시고 갈 테니 향이라도 피웁시다."

유비는 자기도 모르는 사이에 얼굴이 붉게 달아올랐다.

"승상, 나는 소학도 마치지 못했으니 이처럼 역사에 어두울 수밖에 없다오."

조조는 흔연히 웃으며 말했다.

"유형을 탓하는 말이 아니요. 유형이 대감만 된다면야 학벌이야 얼마든지 보완할 수 있어요. 무어라도 원한다면 가질 수 있다 이 말이지요. 별 볼일 없던 유장도 나중에 유형을 만나 파촉의 성장이 되지 않았습니까? 유형이 나중에 그 성장이란 자와 사천의 술이란 술은 전부 퍼마실까 두렵소이다!"

유비는 겸연쩍게 웃으며 말했다.

"무슨 농담을 그리 과하게 하시오. 정 그러시다면 승상께 드릴 술만큼은 남겨놓으리다."

하지만 유비는 내심 속으로 초조해졌다.

'지금 조조의 눈에는 유장도 탐탁치가 않는 게야. 그럼 도대체 누가 마음에 든단 말일까?'

유비는 한참을 골똘히 생각에 잠겼다. 마침내 유비의 입에서 감탄이 절로 나왔다.

'조조와 나의 차이가 바로 여기에 있었구나! 제갈량 하나를 얻으려고 눈이 오나 비가 오나 그를 찾아다니며 온갖 문전박대를 다 당했던 나에 비하면 조조의 안목은 실로 까다롭구나. 그러니 어느 누가 감히 조조와 대사를 논할 수 있단 말인가?'

하지만 유비는 조조 앞에서 결코 내색하지 않았다.

"맞소이다. 내 깜박 잊고 빼놓은 사람이 이제야 생각났어요. 형주(荊州)성의 태수인 유표(劉表)를 빠트릴 뻔했소. 그야말로 아무도 따라오지 못할 영웅이 틀림없소이다. 들리는 바에 의하면 유표는 모든 업무를 아내와 아들에게 맡기고 자신은 무위도식하며 태평세월을 보낸다고 합니다. 태수란 자가 허구한 날 장기나 두고 그것도 모자라 기방에서 여자들과 노닥거리는 데도 형주성은 곳간마다 곡식이 넘쳐난다고 하니 유표야말로 위대한 영도자가 아니겠어요. 설마 이번에도 마음에 들지 않는 것은 아니겠지요?"

조조는 도저히 가소로워서 견딜 수가 없었다. 깊은 한숨을 내쉬며 조조가 말했다.

"유표야 말로 향락형 관원의 원흉이지 않소? 이런 한심한 인간이야말로 절대 사절입니다. 형주성에 곡식이 넘치는 것은 하늘이 도와 풍작이 들어서 그런 것이지 유표가 잘나서가 아니라고요. 차라리 유표의 아내가 성장이 되는 것이 낫겠군요. 만약 유표가 황제의 일가가 아니었다면 벌써 파직 당했을 거요. 유형, 당신이 추천한 인물들은 어째서 모두 이 모양이요?"

유비가 잠자코 듣자니 얼굴이 달아올라 말까지 더듬기 시작했다.

"그, 그거야… 하루 종일 채소나 가꾸며 소일하는 내가 어찌 천하의 영웅을 가릴 수 있겠소? 그러는 승상이 생각하는 영웅은 도대체 어떤 사람이요?"

조조는 갑자기 술을 벌컥 들이키더니 진지한 표정으로 말했다.

"영웅이 뭐냐고요? 그것은 용과 같은 존재가 아니겠습니까? 먹장 같은 구름과 차가운 안개를 뚫고 승천하여 비와 바람을 부르는 용이요. 전설에 의하면 용이 낳은 아홉 명의 자식을 구룡(九龍)이라고 하는데…."

유비는 그저 입을 딱 벌린 채로 조조의 득의만만한 얼굴을 바라보고 있었다.

'도대체 당대인물 중 어느 누가 당신이 말한 용이라는 뜻이오?'

조조는 유비의 얼굴을 물끄러미 바라보더니 갑자기 엄지손가락을 들어 유비를 가리켰다.

"그건 바로 유비 그대가 아니겠소!"

그는 다시 자신을 가리키며 말했다.

"그리고 또 한 사람은 나 조조요."

유비는 조조가 이와 같은 대답을 하리라고는 전혀 예상치 못했다. 단지 과거에 짚신이나 삼으면서 살면서도 언젠가는 지금처럼 낮은 신분에서 벗어나리라는 희망이 있었을 뿐 감히 자신을 용에 비유해 본 적은 한 번도 없었다.

어찌 되었든지 유비는 용을 조조처럼 숭배의 대상으로 삼았던 적이 없었다. 왜냐하면 유비에게는 주변에 널린 것이 바로 용이었기 때문이다. 오죽하면 관우의 검을 청룡도(靑龍刀)라고 부르지 않던가? 게다가 유비에게 용이란 마작 용어인 청일색(淸一色)을 장비가 용으로 부르는 것 그 이상도 이하도 아니었다.

'용으로 자처하고 싶으면 자기나 하면 그만이지 왜 나까지 끌어들이는 걸까?'

유비가 흘깃 조조를 바라보니 그는 아직도 자신이 한 말에 스스로 도취되어 있었다. 유비는 다시 생각에 잠겼다.

'조조가 자기 자신을 용이라고 말하든 속으로 나를 벌레로 여기든 어차피 나와는 상관없는 일이다.'

드디어 유비가 입을 열었다.

"승상, 이제 그만 놀리시오. 천하의 용은 그대 하나로 족하오. 나란 사람이 어떻게 용이 될 수 있단 말이요. 용은커녕 그저 평범한 농부에 지나지 않소이다."

유비는 마치 증명하기라도 하듯이 게걸스럽게 접시 위에 놓인 음식을 집어 들었다.

그때 마침 하늘에서 번쩍 하고 번개가 빛나더니 천둥치는 소리가 요란하게 들렸다. 놀란 유비는 기절초풍하며 젓가락 사이에 집고 있던 고기 한 점을 바닥에 떨어뜨리고 말았다. 마치 승천하려는 용의 형상을 닮은 번개가 순식간에 나타났다가 사라진 뒤였다.

"참으로 신기한 일이군요. 승상도 보셨나요? 호랑이도 제 말하면 온다더니 그대가 용 이야기를 꺼내자마자 진짜 용이 나타났구려. 과연 그대는 천하의 용이 틀림없소이다."

유비는 바닥에 떨어진 고기를 보며 아까운 듯 입맛을 다셨다.

"그대가 의협심을 발호하니 내 손의 고기마저 도망치고 말았지 뭐요."

조조는 유비의 말을 듣고 하늘을 올려다보았다. 하지만 이미 사라진 번개를 어디서 찾으랴. 조조는 유비가 떨어뜨린 고기를 보며 생각에 잠겼다.

'설마 유비는 아까 그 번개를 하늘의 계시로 여기는 것은 아닐 테지? 한심한 유비야. 어쩌다 벼락 한 번 친 것 가지고 놀라서 고기까지 놓치다니… 이 벌레만도 못한 인간아.'

조조는 유비의 담이 별로 크지 않다는 사실에 크게 안도하며 기뻐했다.

유비 역시 겉과 속이 판이하게 다른 생각을 하고 있는 중이었다.

'네놈보고 용이 아니라는 말은 하지 않으마. 하지만 설령 진짜 용의 화신이라 해도 겁날 것은 없다.'

절대적인 진리는 존재하지 않는다.

영웅을 평가하는 것에도 정해진 기준은 없다. 중요한 것은 누가 영웅을 평가하는 가이다. 호랑이인지 고양이인지를 평가하는 것은 바라보는 사람의 기준에 있기 때문이다. 따라서 가장 중요한 것은 자기 자신에 대한 확신을 갖는 것이다. 나를 인정해줄 사람을 만나는 일은 그 다음이다.

스스로가 영웅이 될 준비를 마쳤다면 그것을 인정해주는 사람은 나타나기 마련이다. 주머니 속의 송곳처럼 숨길 수 없는 것은 비단 사랑뿐만이 아니라 재능과 재주이기도 하다.

절대적인 진리가 없는 것과 같이
세상 모두의 사랑을 받는 것 또한 불가능하다.

한 시대를 풍미하는 영웅은 대중의 인기와 항간의 혹평을 감수해야 한다. 누구나 저마다의 기준과 척도를 가지고 상대를 평가하기 마련이다. 그렇기 때문에 성공의 대열에 오른 사람이라고 해서 무조건 그의 '성공담'에 귀 기울일 필요는 없다. 또한 모두의 인정을 받고자 애써 무리할 필요도 없다. 만인의 사랑을 원하는 것보다 지금 내가 서있는 자리에서 인정을 받고 사랑을 받고자 노력하는 것이 현명한 이의 자세이다.

다섯,
달밤에 활쏘기

진정한 영웅은
전쟁을 일으키는 것이 아니라
전쟁을 끝내는 자다.

유비와 원술의 대결이자 패현(沛縣)의 통치권을 사수하기 위한 전쟁의 발발로 죄 없는 목숨들이 스러져갔고 기름진 옥토는 황무지로 변해버렸다. 수많은 백성들이 소중한 재산과 삶의 터전을 잃고 가족과 흩어져 유랑의 세월을 보내야 했다.

이 땅에 정의가 살아 있다면 누구든 나서서 이 전쟁을 멈춰야만 했다. 하지만 누구도 감히 나서지 못하고 눈치만 보고 있을 따름이었다. 유비와 원술 두 사람은 천하를 차지하려는 명분 아래 온 강산을 피로 물들이고 있었다.

원술 진영의 선봉장인 기영(紀靈) 장군은 이미 성곽 아래까지 임박해 오고 있었던 터라 유비, 관우, 장비는 완전무장을 한 채 최후의 결전을 기다리고 있었다. 전쟁의 소용돌이는 이제 걷잡을 수 없게 되었다. 도대체 누가 나서서 힘없는 패현의 백성들을 구해낼 것이란 말인가?

어느 날 기영의 군영 앞으로 영패(令牌) 하나가 전달되어 왔다. 펼쳐 보니 「권선징악」이라는 글자가 적혀 있었다. 그것을 본 기영 장군의 등 뒤로 한줄기 싸늘한 식은땀이 흘러내렸다. 거기에는 또 이런 시구가 적혀 있었다.

「중추절 달 밝은 밤에 그대를 군영에 불러 달구경을 하고 싶구나.」

이것은 여포가 보내온 것이었다. 기영은 속으로 중얼거렸다.

'권선징악이라… 드디어 여포가 행동을 개시하는구나.'

유비의 진영에도 똑 같은 영패가 전달되었다. 유비는 그것을 펴본 후 근심어린 얼굴로 탄식했다.

"중추절의 달을 구경한다? 과연 여포다운 행동이로군."

"결국 여포였군요. 유비 형님, 우리가 나설까요?"

장비와 관우가 말했다. 유비의 대답은 매우 짧았다.

"안 된다. 여포는 함부로 할 상대가 아니다."

✻✻✻

드디어 중추절이 돌아와 여포의 군영에도 보름달이 비췄다. 여포는 무표정하게 굳은 얼굴로 영패를 읽고 있었다.

「보름달이 뜨면 유비와 원술 간의 전쟁도 끝장이 나리라.」

기영 장군이 먼저 여포를 향해 물었다.

"무슨 이유로 이러는 것인가?"

장비와 관우도 물었다.

"우리가 왜 네 말을 들어야 하느냐?"

여포는 냉소를 띤 얼굴로 저 멀리 놓아둔 방천화극을 가리키며 말했다.

"모두들 보아라. 나는 저쪽에 있는 방천화극을 화살로 쏘아 맞힐 것이다. 너희들도 할 수 있겠느냐?"

기영은 자신 없는 얼굴로 고개를 가로저었다. 장비와 관우는 여포의 말을 믿을 수 없다고 했다. 여포의 손에는 미리 준비해둔 활과 화살이 들려 있었다.

"당연히 아무도 믿지 못할 것이다."

여포는 말을 마치기가 무섭게 활시위를 당겼다. 그리고 여포의 손을 떠난 화살은 밤하늘에 유성이 떨어지듯 커다란 포물선을 그리며 방천화극에 정확히 명중되었다. 이것은 거의 신기에 가까운 묘기였기에 직접 목격한 사람들은 경탄을 금할 수 없었다. 여포가 말했다.

"이래도 나를 얕보고 싶은가?"

여포의 귀신같은 활솜씨에 기영장군은 오금이 저려왔다. 유비는 안색이 창백하게 변했고 관우의 붉은 얼굴은 더욱 새빨갛게 달아올랐다. 장비는 아예 퍼렇게 질려 아무 말도 하지 못했다. 관우는 어금니를 꽉 깨물며 속으로만 중얼거릴 뿐, 겉으로는 단 한마디도 불평할 수 없었다. 장비는 앉은 자리에서 벌떡 일어났다가 다시 앉기를 반복했다. 유비는 보름달을 올려다보며 깊은 한숨을 내쉬었다.

"이것은 하늘의 뜻이로다."

유비는 수많은 미련을 마음속에 남겨둔 채 자리를 떠났다. 기영장군은 의외로 호탕한 웃음을 웃으며 말했다.

"내가 진 것 같소. 즉시 군대를 철수시키리다."

단 하나의 화살이 하마터면 돌이킬 수 없는 전쟁의 소용돌이에서 이들 모두를 구해준 것이었다.

진정한 영웅은 전쟁을 일으키는 것이 아니라 전쟁을 끝내는 자다.

현명한 사람은 분쟁의 실마리를 제거하여 평화를 유지하는 방법을 제시한다. 사람이 모이다 보면 직장에서건 사적인 자리에서건 분쟁이 끊이지 않는 것이 보통이다. 이때 당신이라면 가만히 숨죽이고 누군가 중재를 해줄 때까지 기다릴 것인가, 아니면 여포의 화살처럼 지혜롭게 분쟁을 마무리할 것인가.

이 질문에 답하기 전에 가만히 숨죽이고 누군가 나서주기를 기다리는 이는 위 이야기에서 이름조차 나오지 않은 병사들이며, 한 발 앞으로 나서는 것이 여포와 같은 영웅이라는 것을 명심하라.

물러서는 것이 패배를 뜻하지는 않는다.

유비와 기영 또한 현명한 지도자들이다. 그들은 여포의 실력을 알아보았을 뿐만 아니라 이 전쟁의 허무함과 고통을 읽어 여포의 중재를 받아들였다.

물러서야 할 때를 알고 과감하게 뒤돌아서는 자가 바로 영웅의 자질을 가진 자다.

여섯,
현령이 된 방통

자신이 있어야 할 곳을 정확히 알고
그곳을 목표로 달려가는 것은 더욱 중요하다.

유비를 찾아온 방통은 자신을 의탁하고자 했다. 유비는 그를 곧 뇌양 현의 현령에 임명했다. 그러나 방통은 속으로 은근히 불만을 품었다.

뇌양에 도착한 이후로 방통은 해가 중천에 떠서야 겨우 자리에서 일어났으며 하루 종일 아무 일도 하지 않고 술을 마시거나 장기를 두면서 시간을 보냈다. 시급을 다투는 사안이 있어도 거들떠보기는커녕 근무 시간에도 아랫사람들과 버젓이 마작판을 벌이곤 했다. 그러니 관사 안의 사람들이 모두 수군거리기 시작했다.

그 즈음 장비는 유비의 지시를 받고 각처를 돌아다니며 업무를 시찰하면서 각 현령들의 업무를 평가하고 있었는데 마침 뇌양현에 당도하게 되었다.

장비는 아침 일찍 관사에서 방통을 기다렸으나 그는 평소처럼 나타나지 않았다. 그러자 방통에게 불만을 품고 있던 관아의 아속들이 장비에게 그동안의 모든 일을 일러바쳤다.

어느새 해는 서산에 걸리고 저녁노을이 창틈으로 비추고 있었다. 장비는 더 이상 참을 수가 없어 탁자를 내리치며 말했다.

"방통 이 녀석! 매일 같이 지각이구만. 어떻게 이럴 수가 있나? 유비 형님이 제갈량을 만나러 갔을 때도 방통처럼 오래 기다리게 하지는 않았는데 이 녀석 배짱이 보통이 아니군. 도대체 현령을 하겠다는 거야, 말겠다는 거야?"

키다리 아속이 두 다리를 사시나무 떨듯이 부들부들 떨면서 말했다.

"고정하십시오. 장군. 저희들도 현령에게 아직 익숙하지 않습니다. 하지만 어디다 하소연할 수도 없으니 답답하던 차에 이렇게 오셨으니 얼마나 다행인지 모릅니다."

장비가 화를 가라앉히며 말했다.

"그렇다면 현령에게 어떠한 불만이 있는지 허심탄회하게 말해보아라. 오늘 내가 너희들의 구세주가 되어 주마."

장비는 고개를 돌려 시종에게 말했다.

"너는 하나도 놓치지 말고 기록해 두어라. 돌아가면 형님께 알려서 그놈을 당장 쫓아낼 테니까."

키다리 아속이 입을 열었다.

"가장 먼저 말씀드리고 싶은 것은 바로 늦잠을 자는 버릇입니다. 저희가 제발 조금만 일찍 일어나달라고 부탁을 드렸더니 현령이 뭐라고 했는지 아십니까?"

"그야 틀림없이 터무니없는 말을 했겠지."

"현령께서 이르시길, '제갈량이 유비가 보는 앞에서 보란 듯이 늦잠을 자면서 반나절이나 기다리게 하지 않았다면 유비의 마음을 사지 못했을 것이다' 라고 하시더군요."

"말도 안 되는 허튼 소리다!"

화가 치밀어 오른 장비는 마치 눈알이 튀어나올 정도로 흥분했다.

그러자 옆에 있던 키 작은 아속이 말했다.

"저도 그렇게 들었는걸요. 그 말 속에는 현령의 자부심이 상당히 포함되어 있었어요. 아니, 제갈량이 어떤 사람입니까? 주유를 화중지병으로 죽게 만든 사람이잖아요. 현령은 자기가 마치 제갈량인 줄 아신다니까요."

뚱보 아속이 말했다.

"그뿐만이 아니에요. 현령께서는 적벽대전에서 조조를 불태워 죽일 뻔했던 것 또한 자신의 공로를 무시할 수 없다면서…."

"이런 허풍쟁이 같으니라고!"

장비의 분노는 극에 달했다. 홀쭉이 아속이 말했다.

"한마디로 말해서 우리 현령은 게으르고 입만 살았어요. 게다가 얼마나 사람을 무시한다고요."

"뭐라고?"

장비는 그 모든 것이 한심해 견딜 수 없었다.

'이렇게 형편없는 한심한 인간이 감히 다른 사람을 무시해? 말도 안되는군!'

계속해서 홀쭉이 아속이 말했다.

"말도 마세요. 현령은 사서오경을 며칠 만에 떼었다고 큰소리치면서 자신이 문화교양인인 줄 착각하고 있어요. 혼자서 고상한 척은 다 한다고요. 장비 나리가 사서오경을 읽었으면 뭐합니까? 뇌양현에서는 사서오경이 아니라 십삼경(十三經)을 읽었어도 아무 소용이 없어요."

"현령이 사서오경을 읽었단 말이지?"

장비는 비록 자신은 일자무식의 까막눈이지만 학식과 교양을 갖춘 사람을 보면 늘 속으로 존경해왔기에 놀라움을 금치 못했다. 그러나 아속들은 그런 장비의 마음을 전혀 눈치 채지 못했다. 계속해서 키다리 아속이 말했다.

"현령은 자칭 독서광이라고 큰 소리 치면서도 실제로는 보고서도 볼 줄 모릅니다. 저희가 결재할 보고서를 올리면 등을 떠밀며 번번이 '시간이 없으니 다들 물러가라' 면서 짜증만 내세요."

이번에는 키 작은 아속이 말을 이어 나갔다.

"현령은 만날 시간이 없다고 하면서도 누가 술을 먹자고 하거나 장기를 두자고 하면 절대로 거절하는 법이 없어요. 바둑을 두기 시작하면 날밤을 꼬박 새운답니다. 소문에 의하면 초급부터 시작한 바둑 급수가 어느새 상급자 수준을 넘어섰대요."

아속들의 말을 종합해본 장비는 문득 이런 생각이 들었다.

'반년도 안 되는 짧은 기간 안에 단번에 바둑을 섭렵했다는 말은 분명 머리가 나쁘지 않다는 얘기인데 만약 방통이 한눈을 팔지 않고 공무를 이행한다면 얼마나 우수한 인재가 될 것인가?'

홀쭉이 아속은 장비는 아랑곳하지 않고 계속해서 현령의 험담을 늘어놓기에 바빴다.

"도대체 관사의 일이라고는 거들떠보지도 않습니다. 심지어 저희들은 반년동안 월급을 한 푼도 받지 못했는데도 현령은 이런 사실조차 관심이 없어요."

뚱보 아속이 맞장구를 치며 말했다.

"그런데 더 이상한 일은 현령도 월급을 가져갈 생각조차 없다는 거예요."

장비가 눈을 가늘게 치켜뜨며 말했다.

"혹시 방통은 이 고을의 현령 자리가 눈에 차지 않아서 불만을 품고 그러는 것이 아닐까?"

그러자 아속들은 모두 볼멘 표정이 되었다. 키다리 아속이 투덜대며 말했다.

"현령이 하찮다고요? 저희 같은 아속들은 감히 눈뜨고 올려볼 수조차 없는 자리가 바로 현령이라고요!"

키 작은 아속이 말했다.

"솔직히 방통은 운이 좋은 편이지요. 그가 낙하산으로 현령이 되었다는 사실을 누가 모르는 줄 압니까? 하지만 누가 감히 거역할 수 있겠어요?"

뚱보 아속이 말했다.

"저희 같은 말단들은 평생을 노력해도 감히 현령 근처도 못갈 것입니다. 이렇게 다 차려놓은 밥상을 그는 어찌 마다한다 말입니까?"

아속들의 불만이 하늘을 찌르고 있음을 눈치 챈 장비는 이들을 무마시키기 위해 이렇게 말했다.

"관리의 모든 경력사항을 조정에서 일일이 다 확인할 수는 없는 일이다. 또한 인재를 선발하는 데 있어서 출신과 자격을 따져서는 안 되는 법이니라."

홀쭉이 아속이 말했다.

"방통은 도대체 어디 출신인가요? 대체 무슨 근거로 인재라고 하십니까?"

방통을 흠집 내기 위한 아속들의 험담에도 장비의 마음은 이미 방통에게 기울고 있었다. 삼고초려를 한 유비를 떠올리며 장비 역시 방통을 찾아가 보기로 마음먹었다. 장비가 관사를 나서려는데 맨발 차림의 방통이 드디어 모습을 드러냈다. 격식을 갖추지 않은 소탈한 그의 모습에 장비는 왠지 모를 신뢰감이 생겨났다.

"이보게, 방통. 듣자하니 자네는 연일 늦잠을 자느라 관사에는 코빼기도 얼굴을 내밀지 않는다고 하더군. 도대체 무슨 생각으로 그러는 것인가? 혹시, 현령의 업무가 부담스러워 그러는 거요?"

방통은 "부담은 무슨, 당신 얼굴을 보고 있는 것이 더 부담스럽소!"라고 큰소리친 후 곧 업무를 재개했다. 누군가 산더미처럼 쌓아 놓은 서류들을 가지고 나왔다. 그동안 민원을 제출하고 목 빠지게 기다리던 백성들이 관사 앞에 장사진을 이루었다.

방통은 그야말로 손이 보이지 않을 만큼 빠른 속도로 업무를 처리하기 시작했다. 그 많은 서류를 한꺼번에 살펴본 후에 서명을 하고 모든 민원인들의 고소내용을 분석한 후에 아속들의 종합 보고까지 모두 마쳤다. 반나절도 안 되어 그동안 산적해 놓은 뇌양현의 모든 현안들을 말끔히 수습했다. 관사를 찾았던 모든 민원인들이 매우 흡족한 표정으로 돌아갔다.

나른해진 방통은 기지개를 켜며 말했다.

"벌써 다 끝났구나! 이까짓 자질구레한 일쯤이야 반나절이면 충분하지."

그는 떼를 지어 서 있는 아속들을 가리키며 다시 이렇게 말했다.

"자네들은 입버릇처럼 바쁘다는 불평만 늘어놓으며 온종일 죽는 소리를 해왔으니 곧 있을 인원 감축에서 퇴출되지 않으려면 조심해야 할 걸세."

방통은 다시 한 번 온몸으로 기지개를 켜며 말했다.

"이제 더 할 일이 없는가? 그럼 나는 집에 가서 잠이나 자겠네."

지금껏 넋이 빠진 듯 우두커니 서 있던 장비가 황급히 방통의 소매를 잡으며 말했다.

"방통, 이제 보니 자네는 닭장에 갇힌 봉황이었구려. 이런 인재를 몰라보고 겨우 현령에 앉혀 두었으니 참으로 면목 없소이다."

"봉황 중에서도 아주 힘세고 활기 넘치는 봉황인 셈이지. 내가 달리 봉추선생이 되었겠는가?"

장비가 화들짝 놀라 물었다.

"그렇다면 자네가 그 유명한 봉추선생이란 말인가? 유비 형님이 그동안 자네를 찾는다고 얼마나 헤맸는데 왜 진작 말하지 않나? 듣자하니 적벽대전의 화공법이 성공을 거두게 된 것 또한 모두 자네의 공이라고 하던데 그게 정말 사실인가?"

방통은 짐짓 거드름을 피며 이렇게 말했다.

"당연히 사실이지, 그럼 아니겠나?"

큰일을 해낼 능력이 있는 사람은 일의 경중을 따지지 않는다.

하찮은 일은 하기 싫고 큰일은 능력이 없어서 못한다는 말은 요즘 세태의 유약한 태도를 반영하는 말이다. 사람들은 자신의 게으름과 무능력을 탓할 생각은 하지 않고 허세만 부리는 것이 문제인 것이다. 하지만 큰일을 할 수 있는데도 작은 일을 해내는 것에 만족해 더 노력하지 않는 사람도 게으른 사람에 비해 나을 것이 없다. 자신의 능력을 정확하게 파악하고 사용하는 사람, 그런 사람이야말로 가능성이 있는 사람이다.

화려한 외면을 돋보이고 싶다면 내면 또한 가득 채워라.

요란한 빈 수레는 비난의 대상이 된다. 하지만 수레가 요란하여 들여다봤더니 이것저것 요긴한 것이 가득 들어찬 수레였다면 어땠을까. 지금 있는 자리에 대해 불평과 불만을 일삼는 자기 자신이 그런 부당함을 토로할 만큼의 실력을 갖춘 인재인지를 먼저 생각해보라. 당신이 빈 수레가 아니라면 아무리 요란하더라도 당신을 탓할 사람은 없을 것이다.

일곱,
유기의 죽음

선한 영웅의 죽음은 아름답지만
신화가 되어 역사에 남지는 않는다.

후원에는 봄을 알리는 배나무 꽃이 만발해 있었고 아름답게 지저귀
는 제비들의 노랫소리가 봄날의 정취를 더하고 있었다. 유기(劉琦)는 벌
써 며칠 째 병석에 누운 채로 이곳 홍루에 머물고 있었다. 힘없이 눈을
감고 거친 숨을 몰아쉬는 유기는 당장이라도 숨이 끊어질 듯했다.

"유기 공자! 이대로 돌아가시면 안 돼요."

탕약을 가지고 들어서던 아형(阿荊)은 유기를 보자 가슴이 찢어질 것
만 같은 비통함에 잠겨 이렇게 울부짖었다.

"유기 공자님!"

아초(阿楚) 역시 다급하게 유기를 흔들어 깨웠다.

"이게 다 유비와 제갈량 때문이에요. 인간의 탈을 쓰고 어떻게 형주
땅을 차지한 후 돌려주지 않을 수가 있어요? 유기 공자께서 화병에 걸

리신 것도 다 너무 상심하신 탓에 그런 거잖아요. 술만 마시지 않았어도 이렇게 건강을 해치지는 않았을 텐데…"

수년간 유기의 수발을 들어왔던 그녀들은 더 이상 말을 잇지 못하고 흐느꼈다.

잠시 후 유기는 헛기침을 몇 번 하고나더니 고개를 저으며 힘없이 말했다.

"오늘날 이 지경까지 오게 된 것은 모두 다 내가 부족한 탓이다. 지금에 와서 다른 사람의 탓으로 돌린다 한들 이미 엎질러진 물이다."

아형이 말했다.

"어찌 탓하지 않을 수 있겠어요? 유비가 형주를 점령한 후 되돌려주었다면 유기 공자님께도 이 같은 고통을 당하지 않았을 것입니다. 그렇다면 이렇게 건강이 나빠지지도 않았을 텐데…"

유기는 망연한 표정으로 하늘만 올려다 볼 뿐이었다. 곧 유기는 다시 입을 열었다.

"형주는 이미 유비의 땅이다. 아마도 곧 손권의 손으로 넘어가겠지만 결국은 조조의 후손들에게 빼앗기고 말 것이다. 이것이 정해진 운명이라면 누구도 막을 수가 없다. 자기들끼리 아무리 싸워보았자 결국은 남 좋은 일만 시킬 뿐이지."

아초가 말했다.

"형주가 누구 손에 넘어가는지 제가 꼭 지켜보고 말겠어요. 유표 어른께서 돌아가셨으니 이 형주의 주인은 당연히 상속권을 가진 유기 공자님에게 있지 않나요? 주인어른께서 다만 생전에 선심을 베풀어 잠시 유비에게 빌려준 것뿐인데도 이리처럼 배은망덕하게 굴 줄 누가 알았나요?"

아형이 말했다.

"유비는 이리도 아니에요. 교활한 여우지."

유기는 한숨을 내쉬며 말했다.

"유비가 여우라면 나야말로 어리석은 양이로구나. 그래서 유비의 패거리들이 형주를 만만히 보았던 게야. 그나마 지금까지 죽이지 않고 살려두었다는 사실을 다행으로 여겨야겠지. 나는 그들을 원망하고 싶은 마음이 없단다. 오히려 고마워해야지."

"유기 공자님, 그들이 착해서 공자님을 살려둔 줄 아세요? 물론 쥐도 새도 모르게 독살할 수도 있겠지만 지금까지 살려둔 것은 단지 이용가치가 있기 때문이라고요. 손권의 무리들이 유비를 찾아와 형주를 내놓으라고 할 때마다 유비와 제갈량은 유기 공자님을 구실로 삼아 거절해왔던 거라고요. 본래 형주의 주인인 유기 공자님이 이렇게 버젓이 눈뜨고 있는데 누가 감히 형주를 가지고 감 놔라 배 놔라 할 수 있었겠어요?"

아초가 말했다.

"맞아요. 제가 듣기로도 유기 공자님의 건강이 위독하다는 소문을 듣고 제일 기뻐한 사람은 바로 손권이라고 하던걸요. 아마 가장 난감해진 사람은 바로 유비랑 제갈량일 테지요. 하지만 그게 어디 공자님을 염려해서 그런 건가요? 유기 공자님이 돌아가시게 되면 형주가 당장 손권의 손아귀로 넘어갈 테니 어찌 두 발 뻗고 편히 잘 수 있겠어요?"

유기는 힘없이 웃으며 말했다.

"그것 참 재미있구나."

유기는 다시 몇 번의 기침을 연달아 한 후 진정되기를 기다렸다가 간신히 입을 열었다.

"정치적 계산만 하느라 온종일 머리를 굴려대고 있으니 어느 세월에 내실을 쌓겠느냐? 내가 죽고 나면 유비와 제갈량이 손권을 어떻게 막아 낼지 걱정이구나."

무겁게 가라앉은 유기의 병상에도 창밖의 봄바람이 불어왔다. 아초는 눈물을 글썽이며 말했다.

"애초에 조조도 한통속이었어요. 그가 처음부터 형주에 군대를 파견하지 않았다면 유비와 제갈량이 지금처럼 휘젓고 다닐 수 있었겠어요?"

유기는 씁쓸히 웃었다.

"그렇게 간단한 일이 아니다. 조조가 아니었다고 해도 채(蔡)부인이 가만히 있지 않았을 거야. 채부인은 비록 계모이긴 하지만 형주 최고의 미인이며 권모술수 또한 이 형주에서 둘째가라면 서러울 게 없는 분이시지."

유기는 또 다시 탄식을 금치 못했다.

"차라리 형주가 조조의 손에 들어가게 된다면 나로서는 오히려 번거로움을 덜게 된 셈인지도 모른다."

아형이 깜작 놀라며 유기에게 그 이유를 물었다.

유기는 자세히 부연 설명을 해주었다.

"듣자하니 조조가 말을 타고 가던 중에 실수로 농민의 채소밭을 짓밟아 못쓰게 한 일이 있다고 하더군. 당시 조조는 농민에게 사죄하는 뜻에서 그 자리에서 자신의 목을 베려고 했다는구나. 주위에 있던 부하들이 깜짝 놀라며 만류했지만 그는 목 대신에 머리카락을 칼로 자른 뒤 용서를 빌었다고 하더구나. 조조처럼 책임감이 강한 사람에게 형주를 넘긴다면 죽어도 편히 눈을 감을 수 있을 것 같다."

아형이 도저히 이해할 수 없다는 표정으로 말했다.

"사람들이 하는 말로는 백성을 제 자식처럼 여기는 진정한 지도자는 유비라고 하던걸요. 조조가 대군을 이끌고 쳐들어 왔을 때도 그는 수많은 백성들을 단 한 명의 낙오자도 없이 모두 데리고 도망쳤다고 하더군요. 이처럼 백성들과 운명을 함께하면서 동고동락하는 유비야말로 조조보다 훨씬 위대한 지도자가 아닙니까?"

유기의 표정이 갑자기 차갑게 변하며 말했다.

"그게 다 유비의 연극에 모두가 속고 있는 거란다. 유비는 자신의 야심을 채우기 위해 결국 수많은 백성들의 목숨을 맞바꾼 셈이지. 전쟁터에서 화살이 사람을 가린다는 말 들어보았느냐? 그는 순진무구한 백성들을 사지로 내몰고도 나중에 가서는 고의가 아니었다고 발뺌하는 데 명수지. 극단적으로 말해서 유비는 명분만 소중히 여길 뿐, 애초에 백성들이란 그의 안중에도 없단다. 이런 유비야말로 무책임한 지도자의 전형이 아니겠느냐?"

아형은 여전히 아리송하다는 표정으로 물었다.

"그럼 공자님은 왜 조조에게 투항하지 않으셨어요?"

유기는 눈을 지그시 감으며 말했다.

"어쩌면 그것이 내 인생 최대의 실수인 지도 모른다. 한창 피 끓던 청춘시절에는 내 자신이 대단한 인물이라 착각하고는 언젠가는 반드시 큰일을 해낼 거라고 자만했었다. 그게 바로 오늘 날의 비극을 불러들일 줄은 몰랐구나."

아형은 고개를 갸웃거리며 두 눈만 깜박거렸다. 아초가 다시 물었다.

"만약 이 형주가 유기 공자님의 통치를 받았다면 저희 백성들은 얼마나 행복했을까요? 이게 다 채부인의 모략 때문이에요. 만약 형주가 채부인의 아들인 유종(劉琮)의 손에 들어가면 천하는 다시 혼란에 빠지게 될 거예요."

유기가 대답했다.

"자기 배 아파서 낳은 자식에게 정이 가는 것은 인지상정이란다. 유종에게 형주를 물려주고 싶은 어머니의 욕심도 어찌 보면 당연한 일이 아니겠느냐? 어찌 되었든 유종은 나와는 이복형제지간이니 그가 형주의 태수가 된다면 나로서도 기쁜 일이 아니겠는가? 다만 그가 처참하게 죽은 것이 안타까울 뿐이다."

유기의 눈은 다시 창밖을 향하고 있었다. 그는 혼잣말처럼 중얼거렸다.

"솔직히 말해서 이번 전쟁을 무조건 계모 탓으로 돌릴 수만은 없단다. 아무리 새어머니가 베갯머리송사를 했다고 해도 아버지께서 현명하게 결정하셨다면 이렇게 되지 않았을 텐데…. 가장 큰 잘못은 막판에 아버지의 판단이 흐려졌기 때문인 걸 누구의 탓을 하겠느냐?"

유기는 사실 지극한 효자였다. 더 이상 돌아가신 선친의 허물을 들추어내고 싶지 않았다.

아형이 말했다.

"누가 뭐래도 원흉은 유비가 아니겠어요? 애초에 유비가 형주에 와서 유표 어른께 의탁하지만 않았던들, 또 유표 어른을 부추겨 조조와의 전쟁을 일으키지만 않았던들, 게다가 제갈량까지 합세하여 온갖 감언이설로 유표 나리를 꼬드기지만 않았던들, 지금쯤 형주는 아무런 근심걱정 없이 평화롭게 지냈을 거예요."

유기는 힘겹게 고개를 가로 저으며 말했다.

"네 말도 일리는 있다. 하지만 유비는 환난 중에 아버지를 찾아와 자신을 의탁했었다. 당시 우리로서는 조조에게 쫓기고 있던 그를 모른 척할 수 없었지. 우리의 선택은 당시로서는 옳은 결정이었으나 단지 유비의 야심을 저지시키지 못한 것이 실수였다."

여기까지 이어가던 유기의 숨이 돌연 멎을 듯 정신이 혼미해졌다.

아형과 아초가 소리쳤다.

"공자님, 정신을 차리세요. 이렇게 한마디 원망도 없이 설마 이 세상을 하직할 생각은 아니겠지요?"

유기는 가까스로 눈을 떴으나 희미한 눈동자에는 이미 초점이 없었다.

"원망이라… 내가 무엇을 더 원망하겠느냐? 다만 운명을 따를 뿐이다. 인생이란 한낱 나비의 꿈처럼 덧없는 것이니 더 이상 원망하여 무엇 하겠느냐?"

그는 초점을 잃은 눈으로 멍하니 허공을 바라보더니 이렇게 중얼거렸다.

"사실은 나도 이대로 주저앉고 싶지만은 않았다. 나름대로 방법도 마련해 놓았었지. 유비의 감시를 뚫고 조조나 손권에게 극비리에 밀서를 보내기만 한다면 유비도 결코 두 다리 뻗고 편히 잘 수 없을 것이다. 내가 결단만 내린다면 형주의 원로대신들과 뜻있는 인사들이 모두 나와 뜻을 함께 할 것이다. 그렇게만 된다면 백성들 또한 구름처럼 몰려와 봉기를 일으키지 않겠느냐? 유비와 그 형제들이 장강 이북으로 쫓겨나는 것은 시간문제이니라."

나약한 줄만 알았던 유기가 이처럼 담대한 웅지를 품고 있었으리라고는 아무도 짐작하지 못했다. 이 말을 듣자니 아형과 아속은 십년 묵은 체증이 뚫리는 듯 반갑기 그지없었다.

"공자님, 지금 말씀하신 대로 왜 진작 행동으로 옮기지 않으셨어요?"

"맞아요. 공자님, 어서 유비 일당을 해치워 버리세요!

그러나 유기는 마지막 숨을 몰아쉬며 말했다.

"너희들은 아직까지도 나를 모르느냐? 나는 천하보다는 여인을 더 사랑한다. 너희들과 함께 있는 동안은 열 신선도 부럽지 않았다. 그러니 천하를 다투는 일은 이미 내게 부질없는 일일 뿐이다."

유기는 숨이 차오르는지 더 이상 말을 잇지 못했다. 한참 후 그는 다시 입을 열었다.

"너희 두 사람은 내 대신에 이 말을 꼭 유비에게 전해다오. 내가 죽고 나면 형주는 손권에게 반드시 돌려주기를 바란다. 계속해서 이렇게 눌러 앉기만 한다고 해서 뾰족한 방법이 나오는 것도 아니지 않은가? 이것이 나의 마지막 유언이다."

아형과 아초는 말없이 고개만 끄덕거렸다. 유기는 아형과 아초의 손을 잡았다. 갑자기 심한 기침과 함께 유기는 피를 토하기 시작했다. 그의 입에서 튄 핏방울은 아초의 부채에 선연한 복숭아 꽃을 만들어 놓았다. 유기는 더 이상 눈을 뜨지 못했다.

아형과 아초는 눈물을 흘리며 목을 놓아 울었다. 어디선가 미풍이 불어와 수양버들을 흔들어 댔다. 정원에 심어놓은 배나무의 꽃망울이 마침내 터지기 시작했다. 봄이 오는 3월의 길목에서 유기는 마침내 영원한 안식을 맞이했다. 천하에 오직 두 사람, 아형과 아초만이 그의 슬픔을 애도했을 뿐, 시절은 바야흐로 꽃들이 만개하는 봄을 향해 성큼 다가서고 있었다.

영웅의 기상은 세상을 향해 그가 품고 있는 웅지(雄志)의 위대함에 있다.

천하도 마다하고 검도 내던지고 조용히 은거하면서 천하의 평화를 기원하는 이를 그렇다 할 수 있지 않을까. 하지만 사실 중국 역사에서 이런 영웅을 찾아보기는 어렵다. 신은 어째서 수단과 방법을 안 가리고 자기 욕심만 채우는 이기적인 남자들은 득세하도록 내버려 두면서 유기처럼 섬세하고 연약한 남자들에게는 상처만 주는 것인지 한탄이 나오지만 어쨌든 그는 유비처럼 널리 알려진 영웅이 될 수는 없었다.

백일몽만으로는 아무것도 이룰 수 없다.

바른 뜻을 품은 것은 훌륭한 일이다. 그 의지를 지켜나가는 것도 좋다. 하지만 세상은 뜻과 의지만으로 이루어지지 않는다. 그 뜻과 의지가 실현되고 현실이 되지 않는다면 저 와룡강가에서 노니는 한량의 신세한탄과 무엇이 다를 바 있으랴. 이루고자 하는 강한 꿈이 있다면 일단 자리에서 일어서라. 그리고 꿈을 향해 무어라도 시작하라. 그것이 영웅이 내디뎌야 할 첫 걸음이다.

여덟,
공성계

때로는 운이 좋은 것만으로도 승자가 될 수 있다.
운은 가장 대단한 능력이기도 하다.

험준한 산령을 따라 이어진 산등성이 사이로 우뚝 서 있는 성곽이 하나 있었다. 성벽에 '서성(西城)'이라는 글자가 새겨져 있었다. 한 무리의 군사를 이끈 사마의(司馬懿)는 사마사(司馬師)와 사마소(司馬昭) 두 아들을 앞장세운 채 성문 가까이 당도했다.

성루를 올려다보니 거문고를 든 한 사내가 봉두난발을 하고 양쪽에 어린 동자들을 데리고 서 있었다. 그는 바로 제갈량이었다. 한 가지 이상한 점이라면 제갈량과 동자를 제외하면 성 안에는 개미새끼 한 마리 얼씬하지 않는다는 것이었다.

잠시 후 성문이 열렸다. 그리고 서너 명쯤 되는 사람들이 나와서 마당을 쓸고 있는 모습이 보였다. 사마사가 물었다.

"아버지는 저 성루 위의 사람이 제갈량이라는 것을 어떻게 확신하실

수 있어요?"

사마의는 유유자적하게 앉아 있는 사내를 바라보며 입가에 엷은 미소를 지었다.

"그는 틀림없는 제갈량이다. 보아하니 그는 지금 허세를 부리고 있는 것 같구나."

"제갈량이… 허세를 부리고 있다니요?"

"그는 지금 우리를 가지고 장난을 칠 속셈인 것 같다. 이게 바로 공성계라는 거란다."

"공성계라니요?"

사마소는 잠시 어리둥절해졌다. 사마의가 빙그레 웃으며 말했다.

"삼십육계 어디를 뒤져봐도 공성계라는 술수는 없단다. 이것은 제갈량이 생각해낸 거야."

"공성계가 도대체 뭔가요?"

이번에는 사마사가 물었다.

"그것은 일종의 연극이란다. 현재 자신의 수중에 보유한 병력이 하나도 없으면서 겉으로는 수많은 군사가 매복해 있는 것처럼 보이게 해서 적군을 교란시키는 술수를 가리켜 공성계라고 하는 거지."

사마사와 사마소가 큰 소리로 웃으며 말했다.

"이제 보니 결국은 애들 숨바꼭질 놀이 같은 거군요."

사마소가 다시 질문했다.

"아버지, 이런 얄은꾀를 내다니 혹시 제갈량의 머리가 어떻게 된 것이 아닐까요?"

사마의가 반문했다.

"얘야, 너는 제갈량을 어떻게 평가하느냐?"

그는 수염을 쓰다듬으면서 말을 이어나갔다.

"우리는 번번이 제갈량 때문에 큰 곤경에 빠졌었다. 너는 이 점을 명심해야 할 것이다. 제갈량, 그는 결코 호락호락하게 넘어갈 위인이 아니다. 그는 이듬해 봄까지 은닉하고 있다가 힘을 키우면 분명 다시 나타날 심산으로 시간을 벌려고 저러는 거란다."

사마사가 불만스러운 듯이 말했다.

"원래 무식하면 용감하다고 하지 않습니까? 제 생각엔 제갈량이 그동안 연거푸 패전을 거듭하다 보니 자신감을 모두 상실한 것 같아요. 소문에 의하면 그는 부하 장수들에게 이런 말을 했다고 하더군요. '위나라와의 전쟁은 한두 해에 끝날 일이 아닌 것 같구나. 그러니 까짓것 대충 시간이나 때우는 것이 좋겠다' 이 말이 사실이라면 그들의 사기는 이제 바닥을 드러낸 것이 분명합니다."

사마소가 말했다.

"제가 보기에 제갈량이란 자는 참을성이 부족한 것 같습니다. 참고 기다리는 자만이 열매를 얻는 법이라는 간단한 진리도 모르고 감히 우리를 공격하다니요? 개구리 올챙이 적 생각 못한다더니 우리 위나라에게 대항했다가 호되게 당한 사실을 벌써 까맣게 잊었나 봅니다."

"그것은 참을성이 부족해서가 아니다. 오히려 자신감이 없기 때문이란다. 왜냐하면 저들이 우리를 공격해오지 않으면 우리는 자연히 내실을 살찌우는데 힘을 모을 것이 아니냐? 제갈량은 우리에게 당할 것이 두려워서 쉬지 않고 우리를 괴롭히는 거란다."

사마의와 이들 부자는 대화를 나누는 중에도 계속해서 제갈량의 행동을 주시하고 있었다. 그때 성루 위의 제갈량이 거문고를 연주하기 시작했다. 사마소는 어이없다는 표정으로 또 다시 질문을 던졌다.

"공성계라… 공성계. 과연 한눈에 텅 빈 성임을 알아보겠군요. 그런데 제갈량은 왜 아직도 이 따위 연극을 집어치우지 않고 있는 걸까요?"

사마의가 대답해주었다.

"자신의 술수가 모두 발각이 났다는 사실을 알 리가 있겠느냐? 어쩌면 자신이 벌이는 연극에 재미가 들렸는지도 모르지. 주유가 누구 때문에 죽었는지 너희들도 소문을 들어 잘 알고 있겠지? 세상 사람들이 다 아는데도 제갈량은 그의 영전 앞에서 대성통곡했다지."

사마사가 말했다.

"아무리 연극으로 가장해도 진실은 언젠가 다 밝혀지게 되어 있어요."

세 사람은 다시 성루를 올려다보았다. 조금 전의 상황과 크게 달라진 것은 없었다. 한참의 정적이 흐른 후 사마소가 또 다시 질문을 던졌다.

"그래도 저는 여전히 이해가 안 가요. 일개 병력도 갖추지 못한 사람 치고는 너무 태평한 것 아닐까요? 아무리 담대한 제갈량이라도 어떻게 저렇게 한가하게 거문고나 뜯고 있을 수 있지요?"

사마소는 또 다시 덧붙이며 말했다.

"아버지, 혹시 성 안에 수만의 군사들이 매복하고 있는 것은 아닐까요?"

사마의가 말했다.

"그럴 리가 없다. 만약 성 안에 수만 군사가 매복하고 있는 것이 사실이라면 제갈량이 어째서 거문고나 타고 있겠느냐? 이것은 필시 우리를 유인하려는 속임수가 분명하다. 제갈량은 늘 싸움을 먼저 걸고 나서 공격하는 척하다가 퇴각명령을 내렸다. 그러면 그들을 뒤쫓던 우리는 항상 제갈량이 미리 파놓은 함정에 걸려들 수밖에 없었다. 이러한 수법은 제갈량이 가장 많이 애용하는 계략이란다."

사마사가 말했다.

"이제야 왜 사람들이 제갈량의 전략을 천편일률이라고 비난하는지 알겠어요. 사실 비겁한 술수로 적군을 유인하여 한꺼번에 몰살하는 방법이잖아요. 제가 제갈량의 전략을 연구해보았더니 신야(新野)전부터 시작해서 무려 열여덟 번 전쟁을 치루는 동안 거의 모든 전술이 다 이 같은 부대 자루 전략이었어요."

사마소가 목소리를 낮추며 말했다.

"아무래도 조심하는 편이 좋겠어요."

이들의 시선이 동시에 성류를 향했다. 제갈량이 연주하는 거문고 소리가 사방으로 퍼져 나갔다. 사마의가 말했다.

"확실히 공성(空城)이 틀림없는 것 같구나."

사마사가 물었다.

"무슨 결정적인 증거라도 찾으셨어요?"

"저 성문을 좀 보거라. 성문 주변에서 마당을 쓸던 사람들이 좀 이상하지 않느냐? 저들은 아침부터 저녁까지 성문을 들락날락하면서 삼교대로 청소를 하는 척했지만 매번 옷을 바꿔 입고 나오는 방식으로 눈속임을 했을 뿐 사실은 동일한 사람이었다. 이것이야말로 지금 성 안에 사람이 얼마 없다는 증거가 아니고 무엇이냐? 다시 말해서 지금 제갈량의 수중에는 병력이 거의 전무하다고 봐야겠지."

사마사는 그제야 알겠다는 듯이 고개를 끄덕였다. 하지만 사마소는 여전히 어리둥절한 표정으로 질문을 계속했다.

"그렇다면 제갈량은 왜 도망치지 않고 이렇게 위험천만한 공성계 장난을 치고 있는 걸까요? 삼십육계 줄행랑이야 말로 가장 안전한 계책이었을 텐데요."

"그것 참 예리한 질문이구나. 사마사야, 너는 왜 제갈량이 도망치지 않는다고 생각하느냐?"

사마의가 첫째 아들에게 물었다. 사마사는 한참을 고심하더니 이렇게 대답했다.

"갑작스런 우리의 출현에 놀라서 순간적으로 판단이 흐려진 것은 아닐까요? 도대체 어디로 가야할지 어떻게 빠져나가야 할지 도무지 아무런 생각이 나지 않았는지도 모르잖아요?"

사마의는 실망한 듯 너털웃음만 지었다. 사마사는 안 되겠는지 다른 추측을 서둘러 내놓았다.

"그게 아니면 혹시 주변의 산세가 너무 험해서 도망갈 엄두도 내지 못하고 그냥 체념한 것은 아닐까요? 혹은 그야말로 제갈량 체면에 도망친다는 사실이 자존심이 상해서 허세를 부리는 지도 모르고요."

사마의의 웃음소리는 조금 전보다 더욱 크게 들렸다. 사마소도 실소를 터트렸다.

"모두 다 틀렸다. 사마사야, 너는 아직도 제갈량이란 인물을 완전히 파악하지 못하고 있나 보구나. 본래 제갈량이란 위인은 지금과 같은 상황에서 도망치지 않을 리가 없다. 내 생각에는 분명히 누군가 제갈량보다 먼저 도주를 제안했을 것이다. 그래서 그는 도주하지 않고 남게 된 것이다."

"정말 희한한 일이군요."

사마소가 질문을 계속했다.

"제갈량이란 사람 혹시 변태 아니에요? 그렇지 않고서는 어째서 그렇게 청개구리 같은 엉뚱한 고집을 부리는 거죠?"

사마의가 대답했다.

"제갈량은 자기중심적인 인간이란다. 누군가 자기보다 한 발 먼저 앞서 나가는 것을 절대로 용납하지 못하는 성격이지. 그는 언제나 남과 다른 기발한 구상을 즐긴단다. 자기가 남들과 똑같이 평가되는 것을 제일 못 견뎌하거든. 하긴 모든 사람들이 네 라고 말할 때 혼자서 아니요 라고 말해야 직성이 풀리는 성품 탓에 오늘 날의 제갈량이 탄생하게 되었는지도 모른다."

사마의는 사마소를 보며 말했다.

"사마소, 너는 네 자신이 똑똑한 사람이라고 생각하지? 하지만 '사마소의 생각은 천하가 다 안다' 는 말처럼 네가 알고 있는 것은 세 살짜리 아이도 다 아는 사실이란다. 하지만 제갈량의 생각은 누구도 예측할 수 없을 만큼 기발하다. 그것이 바로 사람들이 그를 존경하고 두렵게 여기는 이유인 셈이란다. 물론 이번 공성계는 제외하고 말이야."

사마소가 한숨을 내쉬며 말했다.

"저는 제갈량을 폄하하려는 것이 아니에요. 다만 그의 얕은 재주도 이젠 바닥을 드러낸 셈이니 이번 기회에 생포하고 말겠어요."

사마사는 군사들을 향해 손을 들어 전진 명령을 내렸다. 하지만 갑자기 사마의가 그의 앞을 가로 막으며 말했다.

"서두르지 마라. 나는 줄곧 제갈량의 명성에 회의를 품어왔었는데 과연 내 짐작이 맞았구나."

사마소가 물었다.

"아버지, 뭐 또 알아내신 거라도 있으십니까?"

"거문고 소리를 좀 들어 보거라."

사마소와 사마사는 조용히 귀를 기울여 거문고 소리에 집중했다. 순간 두 사람은 고막이 터질 듯한 요란한 소음에 기겁을 하느라 단전 부근에 심한 경련이 일어났다. 사마의가 다급하게 외쳤다.

"저것은 평범한 거문고가 아니다. 엄청난 기를 뿜어내는 무공이 숨겨져 있었다. 아무래도 제갈량이 나와 기 싸움을 벌이고 싶은 모양이지. 아무튼 그의 수중에 현재 병사가 하나도 없음을 증명하는 셈이다."

"저희들에게 맡겨주세요. 겁날 것 하나도 없다고요."

사마사가 앞으로 나서며 이렇게 말했다. 그는 내심 이런 생각에 잠겨 있었다.

'설마 나처럼 건강한 청년이 저 늙어빠진 약골에게 당할 리는 없겠지.'

사마사는 온몸의 기를 모으기 위해 정신을 집중하기 시작했다. 마침 촉국의 병사들이 자신에게 투항할 때 불렀던 노래가 떠올랐다. 사기도 북돋을 겸 목청 높여 불러보려는데 사마사의 목에서는 아무런 소리도 나오지 않았다. 이게 어떻게 된 일일까? 알고 보니 제갈량의 기가 사마사의 온몸을 누르고 있었다.

'진짜 대단하군! 설마 이것은 '구음진경(九陰眞經)? 그게 아니면 '구양진경(九陽眞經)'이란 말인가?'

사마의는 말없이 눈을 감고 '북명신공(北冥神功)'을 일으키면서 제갈량에게 대항하고 있었다. 고소산(姑蘇山)의 모용(慕容)이 자주 쓰던 '눈에는 눈, 이에는 이' 식으로 제갈량의 공격을 막아내는 수밖에 없었다. 하지만 제갈량이 뿜어내는 거문고 공격의 위력은 시간이 지날수록 더욱 음산한 기를 발산하고 있었다.

사마의는 순간 《십면매복(十面埋伏)》을 의심하기 시작했다. 초한 전쟁 때 적들의 포위망이 좁혀오자 항우는 심리적인 압박에 못 이겨 자살을 하지 않았던가? 갑자기 혼비백산해진 사마의가 큰 소리로 외쳤다.

"모두들 철수하라!"

위나라의 병사들이 허둥지둥 퇴각하기 시작했다. 사마의 역시 군사들에게 둘러싸인 채로 두 아들의 손에 끌려 황망히 도망쳤다.

성루 위의 제갈량은 거문고의 현이 끊어지자 그제야 거문고를 내던졌다. 이를 지켜보던 동자가 신기하다는 듯이 물었다.

"사부님, 정말 대단하세요. 방금 무슨 곡을 연주하셨기에 수만 대군이 저렇게 줄행랑을 치고 있지요?

"그거? '수조가두(水調歌斗)'야. 성루에 앉아서 풍경을 바라보자니 눈앞이 심란하구나. 그러다 아래를 내려다보니 갑자기 성벽이 어찌나 높은지 아찔해서 온몸에 닭살이 돋을 지경이야. 생각해보니 이번 장난도 이제 다 끝난 것 같으니 이제 훌훌 털고 입지성불이나 하러 갈까?"

그러면서 제갈량은 노래 한 곡조를 읊조렸다.

"구름과 바람을 타고 돌아가려 하여도 옥루가 너무 높고 험하니 두려움을 참을 수가 없다네. 먹구름이 일어 맑은 하늘을 가리니 우리네 인간사를 닮았구나."

동자는 박수를 치며 말했다.

"와! 참 잘 부르시네요."

제갈량이 우모선을 흔들며 말했다.

"음치는 아닌 것 같지? 사마의는 어째서 이렇게 서정적인 노래를 감상할 생각은 않고 저리 기겁을 하고 도망치는지 도대체 그 이유를 모르겠구나. 정말 귀신이 곡할 노릇 아니겠느냐"

제갈량은 또 다른 동자를 보며 말했다.

"너는 즉시 유비에게 이 소식을 전하여라. 제갈량이 기산(祁山)의 계곡에서 공성계를 이용하여 수만의 위나라 병사를 물리쳤노라고."

집중력을 잃지 마라.
집중력을 잃은 순간, 이미 진 전투가 된다.

사마의와 사마사가 제갈량의 계략에 넘어간 이유가 무얼까? 여기에는 심리적인 요인이 크다. 성공가도를 달리는 사람들의 공통점을 보면 대부분 다른 사람보다 심리적인 우월감이 드높고, 그것이 외부에도 영향을 미친다는 것이다. 한마디로 자신감이 넘치고 있다는 것이다. 평범한 사람들은 이런 사람들 앞에서 자신도 모르게 주눅이 들거나 자신의 판단에 회의를 갖게 되어버린다. 심한 경우에는 얼토당토 않는 엉뚱한 판단을 내려 일을 망치게 되는 일도 있다.

가장 단순한 해법이 정답에 가까운 법이다.

스스로 꾀가 많다고 여기는 사람일수록 자신이 파놓은 함정에 빠지기 쉽다. 물론 다른 사람들에게 들통이 나는 것도 시간문제이다. 그들은 왜 이렇게 쉽게 발각되는 것일까? 그것은 바로 생각이 너무 많기 때문이다. 자기 자신을 믿지 않는 이들은 대부분 그 직관을 무시하고 다른 해법을 찾으려 애를 쓰다가 결국 자멸해버리고 만다. 무엇보다도 자신을 믿어라. 그 자신이 틀렸을 경우에는 또 다른 해법을 찾으면 되는 일이다.

아홉,
읍참마속

처음부터 결과가 실패로 결정되어 있다 해도
한 번쯤 도전해보는 것이 젊음이다.

　희미한 호롱불만이 비추고 있는 깊은 감옥, 낡고 해진 깔개 위에 수
갑과 족쇄까지 찬 마속(馬謖)이 쓰러질 듯 힘없이 앉아 있었다. 깊은 시
름에 잠긴 그의 모습은 초췌하기 이를 데 없었다. 용맹함이 넘치던 예
전의 모습은 전혀 찾아볼 수가 없었다. 하룻밤 사이에 이제 겨우 서른
인 그의 머리가 백발로 변해 있었다.

　찰카닥 하는 소리와 함께 감옥 문이 열렸다. 늙은 옥졸 하나가 술 한
병과 소고기 한 접시를 가지고 들어왔다. 옥졸의 등 뒤로 위연(魏延)이
따르고 있었다. 위연을 본 마속은 너무나 놀란 나머지 벌떡 일어났다.
마속의 눈에 이내 눈물이 맺혔다.

　"위연, 제갈량이 나를 무고하게 하옥시킨 이후로 만조의 문무 대신
들은 나를 거들떠보지도 않더군. 그런데 오늘 자네가 위험을 무릅쓰고

나를 찾아온 것을 보니, 나도 세상을 헛살지는 않은 것 같네."

위연은 대답 대신에 마속의 손을 부여잡았다. 지금 이 순간 무슨 말이 필요하랴. 밤 새워 이야기를 나눈들 이 참담한 심정을 어찌 말로 표현할 수 있겠는가?

옥졸이 술과 고기를 내려놓고 자리를 피하려 하자 위연이 그를 잡았다.

"마속 장군은 내일 날이 밝으면 참형에 처해질 것이네. 나중에는 얘기를 나누고 싶어도 그럴 수 없게 될 거라네. 자네도 이리 와서 마속의 말동무가 되어 주게나."

그 말을 들은 옥졸이 와서 말없이 앉았다. 술이 서너 잔 들어가자 세 사람의 얼굴이 붉어지기 시작했다. 위연은 잔을 내려놓으며 말을 꺼냈다.

"마속, 오늘 있었던 군법회의에서 왕평(王平)이 모든 책임을 자네에게 떠넘기려고 할 때 자네는 왜 아무런 말도 하지 않고 잠자코 있었는가?"

취기가 오르자 마속은 사나운 맹수처럼 두 눈이 붉게 빛나기 시작했다.

"무슨 소용이 있겠나? 자네도 왕평과 제갈량의 관계를 잘 알고 있지 않은가? 유비가 죽은 다음에 우리는 비빌 언덕을 잃은 셈이네. 제갈량의 수하에서는 능력이 없는 자는 밥도 빌어먹을 수 없게 되어 버렸네."

잠시 술잔을 바닥에 내려놓은 그는 계속해서 말을 이었다.

"사실 이번 전투에서 가정(街亭)을 잃게 된 것은 왕평에게 모든 책임이 있다네."

"그 말은 무슨 뜻인가?"

침울하게 듣고만 있던 위연이 흥분하여 묻기 시작했다. 마속은 고개를 숙인 채 잠시 깊은 생각에 잠겨 있다가 입을 열었다.

"좋네. 어차피 내일이면 곧 죽을 몸이 아닌가? 이제 와서 내가 모든 진실을 다 털어놓는다 해도 새삼 후환이 있을까 두려워할 이유도 없으니 말일세."

마속은 계속해서 말을 이어갔다.

"사실 제갈량은 겨우 2만여 명의 군사를 주면서 가정을 사수하라고 했지. 겨우 그 정도의 병력가지고 수십 만 위나라의 군사를 어떻게 당해낼 수 있었겠나? 결국 이번 작전은 나를 희생양으로 삼아 제갈량의 체면을 세우기 위한 생색내기용이나 마찬가지라네."

그러면서 마속은 술잔을 한 입에 털어 넣었다.

듣고 있던 위연이 고개를 끄덕이며 말했다.

"자네는 대의를 위해 자신의 목숨도 돌보지 않은 셈이니 그저 존경스럽고 감탄스러울 따름이네. 가정에 도착해보니 사방을 가로 막은 높은 산과 험난한 지세를 보고 첫눈에 수비에 적합한 요지임을 알았다네. 이런 지형은 공격을 개시하기에는 부적합하다는 판단 아래 나는 우선 산 정상을 사수하고 지원병이 오기를 기다리기로 했네. 적당한 시기에 적들을 가운데로 몰아 전투를 개시하면 승산이 있다고 보았던 거지."

위연은 고개를 연신 끄덕이며 감탄해마지 않았다.

"그야말로 죽음을 각오한 자만이 목숨을 부지할 수 있다는 병법의 가장 기본적인 원칙과 딱 맞아 떨어지는군. 안 그런가, 마속?"

마속은 위연을 흘깃 바라보며 말했다.

"나는 2만여 명의 군사를 가지고 위나라의 주력부대를 견제했다네. 이것은 우리 병사들의 뛰어난 기동력을 입증하는 것 아니겠는가?"

위연은 크게 탄복하며 말했다.

"정말 대단한 능력이네. 전에도 자네는 제갈량에게 수없이 많은 의견을 건의하곤 했었지. 그런 자네의 의견을 따랐던 경우는 승리를 얻을 수 있었지만 제갈량이 자네의 의견을 묵사발로 만들었던 경우에는 어김없이 패배의 쓴 잔을 마셔야 했었지 않은가?"

마속이 쓸쓸히 웃으며 말했다.

"그게 다 무슨 소용이 있는가? 이젠 모두 지난 과거의 일이라네. 이번 가정 전투 역시 왕평은 이 같은 나의 의견을 무시하고 따르지 않더군. 아무리 그를 설득하려 해도 도무지 말을 듣지 않았어. 오히려 자신의 의견을 따르라면서 고집을 부렸다네. 그는 제갈량의 오른팔이 아니던가? 내게는 그를 막을 아무런 힘이 없었네."

위연이 물었다.

"그가 자네의 의견을 반대하는 이유가 도대체 무엇이던가?"

"왕평의 말로는 적군이 수적인 우세에 있으므로 장수들을 산 정상에 배치하는 작전은 승산이 없다고 하더군. 산 정상에서는 물을 구하기 어렵기 때문에 만일 적군에게 포위라도 당하게 되면 큰 곤경에 빠지게 될 거라고 하면서 말이야."

위연은 잠시 생각에 잠겼다가 곧 입을 열었다.

"역시 제갈량이 키운 녀석이라 그런지 입심 하나는 끝내주는군. 얼핏 듣고 있으면 모두 일리가 있는 말처럼 들리잖아."

마속은 엷은 미소를 띠며 말했다.

"하지만 그는 하나만 알고 둘은 모르는 사람이네. 내 말대로 산 정상에 군사를 배치했다고 해도 적군을 막을 수는 없었을 테지. 그렇다면한 번 물어보겠네. 산 정상이 아닌 대로에서 그들을 공격했다면 이겼을 것 같은가? 겨우 2만의 군사를 가진 내가 말일세."

마속은 깊은 한숨을 내쉬더니 다시 말을 이어갔다.

"사실 이번 작전은 원천적으로 불가능한 일이었어. 하지만 이것 하나만큼은 제갈량과 왕평에게 자신할 수 있다네. 내 말대로 군사들을 산 정상에 배치한 후 산봉우리를 사수했다면 지원군이 올 때까지 충분히 시간을 벌 수 있는 지형적인 이점이 있었다는 사실일세. 내게는 적군을 섬멸할 확실한 승산이 있었거든."

위연은 가만히 고개만 끄덕이고 있었다. 옥졸 역시 이들의 이야기를 마치 전부 알아듣는다는 표정으로 열심히 귀를 기울이고 있었다. 마속이 다시 말을 이었다.

"산 정상에서 물을 공급하지 못하면 어떻게 된다는 것쯤을 내가 몰랐을 거라고 생각하는가? 그건 누구나 다 아는 지극히 상식적인 병법이라네."

흥미진진해진 옥졸이 질문을 던졌다.

"장군님은 어떻게 하실 생각이셨어요?"

마속은 흘깃 그를 바라보다 술잔을 들어 건배를 했다. 그러나 술잔은 그대로 내려놓고 말을 이었다.

"아군의 전투력과 비축하고 있던 군량미로 미루어보아 만에 하나 물이 떨어진다고 해도 삼일 밤낮을 견뎌낼 수 있다고 판단했네. 만약 식량이 떨어지고 병사들의 사기가 떨어졌는데도 제갈량의 지원군이 나타나지 않는다면 이 몸이 부서질 때까지 적군과 결사항전하기로 결심했었지."

위연이 조심스럽게 물었다.

"제갈량이 이런 사실을 알고 있는가?"

"왜 모르겠는가? 당초 내가 작전 명령권을 받을 때 그 제갈량이 내건 조건의 하나가 가정에서 사흘만 버티면 지원군을 보내주겠다는 것이었다네. 제갈량이 보증서까지 주었는걸."

"그런데 그는 아까 군법회의에서 이것에 관해서는 한마디도 언급하지 않았잖은가?"

"나도 그 일에 관해서는 입도 벙긋하지 못했다네. 우리 같은 군인들은 윗사람의 죄를 물을 권리가 없지 않은가."

위연은 흥분을 가라앉히지 못하며 소리쳤다.

"역사가 그를 심판할 것일세!"

마속이 다시 입가에 미소를 보이며 말했다.

"역사? 촉국의 역사를 좌지우지하는 사람이 제갈량이라는 것을 모르나? 나는 이런 민감한 문제는 건드리고 싶은 마음이 없다네. 다만 나는 왕평에게 계속해서 나의 의견을 주장했지. 하지만 그는 오히려 군사 5천 명을 빼내어 십 리 밖으로 도망치고 말았지."

당시 마속의 처지를 생각하니 위연은 안타까워 미칠 지경이었다.

"아군이라고는 모두 합해봐야 2만인데, 거기서 5천 군사를 데리고 가버리다니. 이런 상황에서 자네는 어떻게 전투를 제대로 치룰 수 있었겠나?"

마속이 다시 긴 한숨을 내뱉고 쥐고 있던 술잔을 단숨에 들이켰다. 그의 눈은 아까보다 훨씬 더 빨갛게 충혈 되어 있었다. 취기가 오른 그가 말했다.

"맞아, 왕평은 나의 실낱같은 희망마저 짓밟아 버린 셈이지. 만약 그가 제갈량의 측근이 아니었다면 나는 그를 명령 불복종이란 명목으로 벌써 처단하고 말았을 걸세. 그랬다면 나중에 뻔뻔스럽게도 나를 찾아와 누가 과연 최후의 승자인지 따지는 일도 없었을 텐데 말일세."

위연이 말했다.

"없는 자리에서는 나라님도 욕한다고 했네. 자네가 너무 원칙을 따지다 보니 그 은혜를 원수로 받은 셈이 되었지 뭔가?"

마속은 연신 입가에 엷은 미소를 띠었다.

"후에 상황이 어찌 되었는지 자네도 들어서 알고 있겠지? 내가 남은 군사를 이끌고 산 정상에서 삼일 밤낮을 사투를 벌이는 동안 적군은 예상대로 감히 공격을 감행하지 못하더군. 만일 제갈량이 약속한대로 제 날짜에 지원군을 보내주었더라면 결과는 달라졌을 것이야."

잠자코 듣고 있던 옥졸이 끓어오르는 분노를 참지 못하고 땅바닥을 주먹으로 내리쳤다.

"이렇게 터무니없는 말만 늘어놓는 제갈량이 어떻게 승상이 될 수 있었지요!"

"말 한번 잘했구나."

위연이 옥졸의 말에 맞장구를 치며 회한을 털어놓았다.

"애초에 나는 제갈량이 과연 승상의 자격이 있는지 강한 회의를 품고 있었다. 나 역시 한현(韓玄)을 없애고 황충을 구한 뒤 기쁜 마음으로 촉국에 의탁하긴 했지만 제갈량이 사전에 유비를 꼬드겨 나를 죽이고자 했을 줄은 생각지도 못했지. 다행히 유비는 자신의 소신대로 나를 살려두기로 했다. 그런 유비가 죽은 후 제갈량은 득의양양해져서 이제 모든 일을 독단적으로 처리하고 있는 셈일세. 자네도 알고 있지? 그는 매년 위나라를 공격할 때마다 편리한 대로를 놔두고 일부러 먼 산길을 돌아가게 했다네. 우리는 그나마 나은 셈이지. 병사들은 말도 타지 않고 두 발로 걸어서 그 먼 육로를 행군해서 갔으니 얼마나 처참했겠는가? 험준한 기산을 돌아 행군하느라 정작 전투를 치를 때는 힘이 남아 있을 리가 있는가? 너무나 속이 훤히 들여다보이는 일도 그는 짐짓 모른 척하기 일쑤지. 나는 책임감을 가지고 그에게 몇 차례 건의했지만 오히려 병법도 모른다며 온갖 조롱을 퍼부었다네. 세상에 가장 간단한 일도 그에게로 가면 복잡하고 난해한 문제로 둔갑한다네."

마속이 말했다.

"기산은 지세가 험난하기로 유명한 요충지라네. 방어는 쉽지만 적의 공격은 여의치 않은 최적의 조건을 타고 난 지역이기 때문에 우리에게도 승산이 전혀 없는 것은 아니었지. 하늘이 주신 이렇게 완벽한 기회를 다 버려두고 제갈량의 명령을 따를 수밖에 없었던 내 심정이 어떠했겠는가? 자네 적벽대전 당시의 상황을 기억하는가? 조조의 대군을 대파하고 우리는 그 기세를 몰아 형주까지 점령했었지. 당시의 승세로 보아 낙양(洛陽)과 허창(許昌)까지도 충분히 손에 넣을 수 있었다네. 그런데 갑자기 제갈량이 나서서 장사(長沙)와 영릉(零陵)쪽으로 공격의 방향을 틀어 놓지 않겠나? 결국은 변방지역을 차지하는 것에 그치고 말았지. 나는 '고자재복(高者在腹)'이란 옛말을 들어 중원을 고집했으나 제갈량은 오히려 궁벽하기 짝이 없는 변방으로 우리를 내몰았지. 결국 그는 나라의 도읍지를 촉국으로 정한 후 마지막 황제를 자처하고 말았지 않은가? 아무 죄 없는 백성들만 유랑민으로 전락한 셈이지. 내 생각에는 적벽대전의 패자는 조조가 아니라 아무래도 유비인 것 같네."

위연이 말했다.

"제갈량은 전에도 유비 앞에서 입만 열었다 하면 하늘이 내린 땅이니 어쩌니 하면서 촉국 타령을 했다더군. 오죽하면 이런 속담까지 있겠나? '촉국의 개가 해를 보고 짖는다' 자고로 촉국은 미개하고 낙후

한 지역으로 아무도 거들떠보지도 않은 땅이었다네. 그러니 내가 어찌 제갈량의 안목을 의심하지 않을 수 있겠는가?"

위연은 커다란 사발에 술을 부어 단숨에 마셨다. 아직도 당시의 비분을 삭이지 못하는 듯했다. 마속이 말했다.

"말해봐야 입만 아픈 일이지. 제갈량에게는 애초부터 중원의 패기가 부족하네. 그는 필시 저 남양 촌구석의 시골 농부였을 거야."

잠시 침묵이 흘렀다. 옥졸은 호기심을 참지 못하고 물었다.

"그래서 마속 장군님은 어떻게 적군의 포위망을 뚫었습니까?"

마속은 잠시 망설이는 듯했지만 곧 말문을 열었다.

"기다리던 지원병이 오지 않자 나는 즉시 적의 포위망을 뚫을 것을 명령했지. 정상에 있던 군사들이 하산하면서 주변 정세를 살펴보니 과연 우리 군이 수적으로 열세였다는 사실을 깨닫게 된 거야. 내 생각이 그대로 들어맞은 셈이라고 할 수 있지. 결국 우리는 적군의 포위망을 뚫는 데 성공했고 함정에 빠진 왕평을 구해낼 수 있었지. 위나라 군사들은 감히 공격을 해오지 못하더군."

옥졸은 두 눈을 휘둥그렇게 뜨며 말했다.

"왕평 같은 인간을 무엇 때문에 살려주셨어요? 마속 장군님은 속도 좋으십니다."

마속이 대답했다.

"나는 원망을 품는 대신에 덕으로 왕평을 포용하고 싶었다네. 다만 나와 함께 생사고락을 나누며 눈물을 흘려준 부하들에게 미안할 뿐이지. 그들이 흘린 눈물은 아마도 강을 이루고도 남을 것일세. 하지만 나는 그저 고맙다는 말밖에 달리 전할 말이 없다네. 그건 그렇고 왕평을 구한 직후 우리는 흐트러진 병력을 정돈하고 있었는데 갑자기 좋은 계책이 떠올랐지 뭔가? 적진의 후방이 비어있는 틈을 노린 거지. 우리는 적군의 후미를 공격한 후 그들의 퇴로를 차단했다네. 그런 연후에 지원군이 당도하기만을 기다리고 있었던 거야."

위연은 경탄을 금치 못했다.

"대단하군! 자네의 작전대로라면 위나라 군사들을 완전 섬멸되었겠군."

"그랬지. 왕평의 반대만 없었다면 말이야."

"왕평, 그 녀석은 무조건 남의 의견을 묵살하는 데 특기가 있었군. 만약 왕평 같은 놈을 부하로 두었다면 나는 벌써 울화통이 터져서 죽고 말았을 걸세. 아니, 도대체 왕평은 뭐라고 하면서 반대를 하던가?"

"그는 열류(列柳)성에 있는 고상(高翔)부터 구해야 한다고 주장하더군. 그때 나는 이미 제갈량의 본심을 눈치 챘다네. 제갈량은 뒤늦게야 병력이 부족하다는 것을 깨달았지만 이미 돌이킬 수 없는 상황이었지. 나중에서야 제갈량은 고상에게 군사 5천 명을 주어 열류성에 주둔시켜 놓았지만 말이 지원군이지 실상은 아무런 도움도 되지 못했다네."

"군사 5천 명이라고요?"

옥졸이 놀라서 물었다.

"기왕에 지원군을 보내려면 많이 보낼 것이지. 쩨쩨하게 5천이라니!"

마속은 옥졸의 반응에 맞장구를 치며 말했다.

"맞는 말이오. 고상을 보낸 뒤에야 제갈량은 밑 빠진 독에 물 붓기였음을 깨닫고 오히려 내게 그를 구출하라는 명령을 내리지 뭐요? 전쟁이 무슨 계집아이 소꿉놀이인 줄 압니까? 그런데도 그는 늘 이렇게 앞뒤를 너무 재다가 일을 그르치고 만답니다. 애초 그에게서 사나이 대장부다운 기백을 찾는다는 것이 어불성설이라오. 제갈량의 전략이란 늘 앞서 저지른 실수를 만회하기 위한 후속조치에 지나지 않는다오. 제갈량의 전갈을 받은 후 병사를 보내어 알아보니 열류성에 과연 고상의 군대가 주둔하고 있더군. 상황이 너무나 긴박하게 돌아갔던 터라 더 이상 시간을 지체할 수 없었지. 그래서 나는 곧장 군사들을 이끌고 고상에게 향하던 중 위나라 병사들이 이미 열류성을 함락시켰다는 소식을 듣게 된 거라네. 물론 고상은 이미 종적을 감춰버린 후였지."

위연이 말했다.

"고상을 파견한 것은 제갈량 최대의 오점으로 남을 거요. 왜냐하면 고상은 적군의 포위망을 제거하지 못했고, 열류성을 사수하지도 못했으며 적진의 깊숙한 곳에서 적의 퇴로를 막으려던 자네 작전에 혼선을 빚게 했으니까. 게다가 고상을 구해야 하는 부담까지 자네에게 안겨준 것이 마지막 실수라오."

마속은 위연의 이 같은 의견에 박수라도 치고 싶은 심정이었다.

"자네 말이 모두 옳다네. 하지만 고상은 제갈량이 주력으로 내세우고 있던 장수인데다가 곤경에 빠져 있다는 소식을 듣고도 강 건너 불구경하듯 수수방관 하고 있을 수는 없었던 것이라네. 적진의 가장 깊숙한 지역까지 침투하여 백방으로 그의 행방을 찾아 헤맸었지. 그때는 정말 호랑이 굴속에 제 발로 찾아들어간 심정이었다네. 자칫 잘못했다가는 적의 손에 개죽음을 면치 못했을 거야."

"이것 참! 장군님은 산전수전 다 겪으신 셈이군요."

옥졸은 긴 탄식과 함께 말했다.

"이제야 알 것 같네요. 장군님은 처음부터 억울한 누명을 쓰신 거예요."

옥졸은 한꺼번에 술을 들이키더니 갑자기 벌떡 일어서서 옥문을 열었다. 그는 뭔가 큰 결심을 한 듯이 말했다.

"마속 장군님, 듣고 보니 장군님에게는 아무런 잘못이 없는 것 같군요. 비록 내가 황실의 봉록을 먹고 있지만 양심에 어긋나는 일은 하고 싶지 않습니다. 제가 옥문을 열어놓았으니 어서 도망치십시오."

위연 역시 그를 충동하며 말했다.

"마속, 죽느냐 사느냐의 문제는 이제 자네의 손에 달렸네."

마속은 물끄러미 창밖을 내다보았다. 동녘 하늘가로 여명이 밝아오고 있었다. 그는 혼잣말처럼 중얼거렸다.

"고향인 촉국을 등지라는 말은 내게 천하를 모두 버리라는 말과 다를 바 없다네. 단 하루를 살더라도 나는 자유롭게 살고 싶네. 두 사람의 마음은 고마우나 한번 생각해보게. 내가 여기서 도망친다면 촉국은 또 다시 혼란에 빠지게 될 것 아니겠는가? 제갈량은 모든 책임을 내게 뒤집어씌어 놓았으니 분명 나를 찾느라 혈안이 될 것이고 이처럼 불보듯 자명한 일을 굳이 하고 싶지 않소이다."

어느새 날이 밝았고 형장을 향하는 마속의 발목에서 덜그럭거리는 족쇄소리만이 요란하게 울려 퍼졌다.

조조와 지혜겨루기 아홉

충분한 준비가
되지 않은 상태에서 전투에 임하지 마라.

가정은 처음부터 저주받은 전투였다. 결과적으로 헛된 희생
이 되고 말았지만 당시 마속의 대응은 적절하고 현명한 결정이었다.

승리를 얻고 싶다면 전투의 책임자에게 결정권을 충분히 보장해 주
어야 한다. 그렇지 않고서는 본래 자신의 소신대로 실력을 발휘하지
못하게 된다. 눈밭에서 첫발을 신중히 내딛지 않으면 뒤에 따라오는
사람들이 엉뚱한 길에 들어서 우왕좌왕하게 되는 것처럼 말이다.

실패는 끝이 아니라 또 하나의 시작이다.

패배를 솔직하게 인정하는 것이 중요한 이유는 다음번에 기
회가 다시 왔을 때 같은 실수를 하지 않기 위해서다. 기회가 다시 왔을
때 전과 같은 실수를 번복하지 않는 것보다 나은 것이 무엇이랴. 하지
만 기회가 다시는 오지 않는다면 어쩌겠는가? 그럴 때를 대비해 패배
를 인정하되 패인을 분석해 제시하여 다음 기회를 도모하는 것이 현명
한 이의 자세다. 한 번 실수로 포기하거나, 재도전하지 않는 자는 결코
영웅으로 이름을 남길 수 없다.

열,
조운과 청강검

하늘이 내리는 영웅은 적은 반면,
스스로가 노력해 만들어진 영웅은 많다.

　나의 일생은 한 편의 영웅전이라고 할 수 있다. 나처럼 눈썹 하나
깜짝하지 않고 강호의 수많은 적수들을 가볍게 해치운 사람이 또 있
을까?

　내가 강호에 첫 발을 들여놓게 된 것은 순전히 우연이었다. 당시 나
는 고향 마을을 등진 채 무조건 남쪽을 향해 발걸음을 옮기던 중이었
다. 도대체 어디로 가야 할지 무엇을 해야 할지 아무도 가르쳐 주지 않
았다. 그저 거대한 강줄기를 따라 쉬지 않고 걸어갈 뿐이었다.

　걷는 동안 나는 이런 생각을 하게 되었다. 만약 내 시선을 잡아끄는
어떤 사건이 발생한다거나 혹은 그런 사람을 만나게 된다면 그날이 바
로 정처 없는 내 방랑의 종지부를 찍는 날이 되리라고.

　내가 막 반하(磐河)를 지날 때의 일이었다. 구레나룻이 온통 얼굴을

뒤덮은 한 사나이가 제법 영민해 보이는 한 늙은이의 뒤를 추격하고 있었다. 나중에 알고 보니 이들은 문축과 공손찬이었다. 나는 그 길로 달려가서 문축을 막았다.

문축은 당시 원소 진영에서 둘째가라면 서러울 최고의 장수였지만 나는 그 사실을 미처 알지 못했다. 물론 강호에서 나의 존재를 아는 사람 역시 아무도 없었으나 두려울 것이 없었다. 어쩌면 내게는 태어날 때부터 무사의 피가 흐르고 있었는지도 모른다. 혈투를 벌일 때마다 묘한 쾌감에 사로잡혔기 때문이다. 특히 상대가 악독하고 흉악할수록 그 쾌감은 한층 더했다.

문축과 나는 거의 60여 회에 달하는 회합을 벌였다. 춤을 추듯 창을 휘두르면서 나는 짜릿한 쾌감을 느꼈다. 솔직히 문축을 처음 본 순간부터 그가 만만치 않은 상대라는 사실을 직감하고 혈투를 예상했던 터였다. 하지만 전혀 예상치 못했던 일이 발생하고 말았다.

문축이 계속해서 공격을 하는 척하더니 갑자기 말머리를 돌려 곧장 줄행랑을 친 것이었다. 허둥대며 도망치는 그의 뒷모습이라니. 나도 굳이 손에 피를 묻히고 싶은 생각은 없었다. 다만 오랜만에 멋진 대결을 펼쳐 보이고 싶었을 뿐이었다. 도대체 그는 왜 저렇게 황급히 도망쳐버렸을까?

나는 그저 어안이 벙벙해서 우두커니 서있었다. 그러자 누군가 내게 말을 걸었다.

"뒤쫓지 마시오. 그쪽으로 가면 천지에 적군이 깔려 있으니 당신 머리가 날아가지 않게 조심해야 할 거요."

그는 공손찬이었다. 그는 또 다른 충고도 잊지 않았다.

"이 강호에서 가장 먼저 배워두어야 할 것이 있소. 그것은 바로 자신의 목숨을 소중히 여기는 일이라오. 사람을 죽일 기회야 앞으로 얼마 든지 있지 않겠소?"

당시 내 나이는 겨우 열일곱 살이었고, 이것은 강호에서 내가 들은 첫 번째이자 마지막 충고였다.

그날 이후 나는 강호의 내로라하는 고수들을 물리쳤으나 결코 처음 과 같은 통쾌한 기분을 느낄 수 없었다. 창과 검을 다루는 나의 기량은 일취월장으로 늘어만 갔다. 나의 진정한 실력을 발휘해보기도 전에 상 대는 이미 혼비백산하여 뒤꽁무니를 빼곤 했다.

나의 일생을 통 털어 뇌리에서 영원히 지워지지 않을 일생일대의 대 결을 손꼽으라면 다음과 같다.

첫 번째 대결은 허저와의 결투였다. 허저는 조조의 수하에서 명성을 떨치고 있는 당대 제일의 고수였기에 아마 나 같은 애송이는 안중에도 없었을 것이다. 세월이 흘렀으므로 공손찬과 문축은 이미 죽고 없었 다. 따라서 과거에 내가 문축의 간담을 서늘하게 했던 일은 강호에서 는 잘 알려지지 않은 이야기로 묻히고 말았다. 허저는 관우, 장비가 아 니면 상대할 가치도 없다고 생각하고 있었을 때였으므로 나를 알 리가 없었다.

허저의 첫인상은 한마디로 야수 같았다. 근육으로 다져진 그의 우 람한 상체는 한눈에 내 두 배도 넘어 보였다. 그는 자신의 근육을 과 시하지 못해 안달이 난 눈치였다. 나는 그를 조롱하는 뜻으로 이렇게 말했다.

"근육 빼면 시체로구나."

하지만 허저는 더욱 의기양양해져서 다짜고짜 이렇게 말했다.

"겁이 나는 모양이군 그래? 그럼 어서 항복하시지."

그때 얼마나 어이가 없던지 나는 하마터면 웃다가 말에서 굴러 떨어질 뻔했다. 나는 즉시 반격해주었다.

"얼마든지. 하지만 우선 네놈의 머리통을 날려버린 후에 하지. 이봐, 네 머리가 너무 무겁다고 생각하지 않나?"

창을 든 내가 허저를 향해 돌진하기 시작했다. 물론 허저도 바보는 아니었으므로 멍청히 기다리고 있지만은 않았다. 그와의 회합이 10여 회를 넘기자 그의 얼굴에 점차 당황의 기색이 어렸다. 허저는 아마도 나를 애송이라고 얕잡아 보았던 모양이다. 막상 대결을 하고 보니 그동안 자신의 호적수라 여겼던 장비를 능가하는 나의 위력적인 창술에 놀라지 않을 수 없었다. 우리 두 사람은 한 치의 양보도 없이 계속해서 팽팽한 대결을 벌였다.

처음엔 가소로운 표정뿐이던 허저도 이제는 긴장의 끈을 늦추지 않았다. 소문에 의하면 허저는 지금껏 수많은 강호의 고수들과 대결을 벌였지만 단 한 차례도 패배를 기록한 적이 없다고 한다. 물론 이것은 나를 만나기 전의 이야기에 불과했다. 단지 그는 운이 좋았던 것뿐이다. 또 다시 10여 회의 회합이 이어지면서 허저의 얼굴색이 변하기 시작했다. 그는 남은 힘을 다해 검을 휘두르더니 갑자기 말머리를 돌렸다. 허저는 말의 배 안쪽에 두 다리를 바짝 붙인 채 꽁지 빠진 닭처럼 도망쳐버린 것이다.

참으로 황당한 일이 아닐 수 없었다. 명색이 그는 명실상부한 당대 최고의 고수가 아니었던가? 조조는 허저를 본 후 유방의 맹장이었던 번쾌(樊噲)와 비교해도 결코 뒤지지 않을 만큼 용맹한 장수라며 크게 칭찬했다는 소문이 있었다. 그런 그가 자존심도 팽개쳐가면서 저렇게 볼썽사나운 모습으로 허겁지겁 도망칠 줄이야.

두 번째 대결은 장합과의 일전이다. 원소와 조조의 양 진영을 모두 합친다 해도 그를 능가할 장수를 찾아내기는 쉽지 않았다. 그만큼 그의 용맹함을 따라올 자가 없었다. 허저는 관도전에서 그와 맞붙은 적이 있었는데 젖 먹던 힘까지 다해서 가까스로 무승부를 기록할 수 있었다고 한다. 나야 물론 30여 회의 회합만으로 그를 가볍게 상대해주었다.

마침내 장합마저 내 앞에서 무릎을 꿇었다. 이제 나의 무공 역시 천하제일의 고수들과 어깨를 나란히 하고 있음을 내 스스로 확신하게 되었다. 물론 훗날 마초는 겨우 20여 회의 회합만으로 장합을 제압했다는 소문을 듣기는 했지만 당시 마초는 아버지와 두 형제를 잃고 난 직후가 아니었던가? 그는 혈육을 죽인 원수에 대한 피 끓는 복수심에 불타 있었다. 이 같은 살의야말로 세상의 그 어떤 병기를 능가하는 파괴력을 지녔다.

나는 장합과의 대결이 있기 전부터 극도의 피로감을 느끼고 있었다. 그래서일까? 그와의 대결이 더 이상 흥미진진하지 않았다. 게다가 혼자 힘으로 조조의 대군과 장합을 동시에 상대한다는 것은 불가능한 일이다. 이런 상황에서 승리를 장담할 수 있는 사람은 없을 것이다.

물론 마초의 창술이 귀신보다 날렵하다는 사실은 인정하지만 결코 나를 능가할 수는 없다. 그는 천하제일의 사나이임에 틀림없지만 나처럼 냉혈한 고수는 될 수 없었다.

아무튼 이들을 제외하면 그 누구도 나와 10여 회 이상의 회합을 넘기지 못했다. 나를 상대했던 모든 적수들은 자신들의 기량을 펼칠 기회도 없이 허무하게 쓰러졌다. 어떠한 병기도 일단 내 손에 들어오기만 하면 귀신이라도 붙은 듯 신출귀몰했다.

강호를 무대로 활약하던 천하제일의 고수들이 추풍낙엽처럼 내 앞에서 줄줄이 쓰러져 갔다. 단지 예외적인 인물이 있다면 장무(張武), 주연(朱然), 국의(麴義) 여광(呂曠), 형도영(形道榮)과 같은 이들이다.

❊ ❀ ❊

내 일생에서 가장 흥미진진했던 무용담을 하나만 꼽으라면 역시 장판파(長坂坡)에서의 일전이다.

당시 나는 혼자의 힘으로 유비의 감(甘)부인과 미(糜)부인 그리고 태자 유선(劉禪)의 목숨을 구했다. 피와 살이 튀는 전쟁터 한복판인 적지에서 적장의 목을 60여 명 이상 일거에 베어버리고 10여 개에 이르는 적군의 깃발을 찢어버렸다. 결국 그들은 모두 내 앞에서 등을 보인 채 줄행랑치기에 바빴다.

조운이라는 이름은 장판파를 통해 천하에 알려지게 되었다. 전무후무한 영웅전의 탄생이 그곳에서 비롯되었다.

지금도 부하들은 술만 마셨다 하면 장판파에서의 무용담을 들려달라고 성화다. 나를 바라보는 그들의 눈빛에는 한없는 숭배와 선망과 동경이 가득했다. 하지만 나는 그들의 요구에 응할 수가 없었다. 번번이 그들의 요청을 묵살할 수밖에 없었던 이유는 솔직히 말하면 그것은 두 번 다시 떠올리고 싶지 않을 만큼 처참한 기억이기 때문이다.

수십 만의 죄 없는 백성들이 죽거나 다쳤고 미 부인은 우물에 몸을 던져 스스로 목숨을 끊었다. 미 부인을 끝까지 보호하지 못했다는 자책감은 지금까지도 내 마음의 깊은 상처로 남아있다. 하지만 내 목숨이 다하는 날까지 결코 잊어서는 안 되는 것이 하나 있다. 그것은 바로 오천의 철기병을 앞세워 아무런 무장도 하지 않은 죄 없는 신야의 백성들과 유비의 패잔병들을 무참하게 학살한 조조의 만행이었다.

결전 이튿날이 되자 조조는 더욱 여세를 몰아 친히 군사를 이끌고 나타났다. 구름처럼 몰려든 조조의 군사들은 마치 온 천하를 뒤덮을 기세였다. 그들이 내지르는 살기등등한 함성은 하늘을 찌를 듯했다. 그들의 함성에 놀라 선잠에서 깨어난 나는 즉시 창을 들고 말에 올랐다. 과연 조조의 백만 대군의 위세는 온 천하를 들었다 놓을 것만 같았다. 아군의 대오 후미에 있던 일부 어린 병사들은 순식간에 조조의 철기 병들의 말발굽에 짓밟혀 비명을 지르며 쓰러졌다. 눈 깜짝할 사이에 아군의 대열은 마구 흐트러졌고 그야말로 피비린내 나는 대살육의 한 장면이 연출되었다.

나는 우선 감 부인과 미 부인, 그리고 아두(유선의 아명-역자 주)를 보호해야 할 의무가 있었다. 하지만 아무리 찾아도 그들의 행방은 묘연하기만 했다. 더 이상 머뭇거릴 시간이 없었다. 나는 창을 들고 적군의 진영을 향해 곧장 돌진했다. 철갑옷으로 무장한 조조의 군사들이 사방에서 나를 에워쌌지만 나는 그들을 뚫고 앞으로 나갔다.

그날 하루 동안 내가 베어버린 적군의 수는 이루 헤아릴 수조차 없었다. 다음날 아침 동이 터올 무렵에야 간밤에 내가 얼마나 많은 인명을 살상했는지 알 수 있었다. 밤새도록 핏물에 절은 옷은 붉게 물들어 있었고, 들고 있던 창의 끝 날은 적군의 선혈이 응고되어 겹겹의 더께를 이루고 있었다. 정신을 차리고 주위를 돌아보니 사방에는 죽은 적군들의 시체가 언덕을 이룰 지경이었다.

내 주위에는 도움을 청할 아군이 하나도 없었다. 유비와 장비의 행방조차 알 수가 없었다. 장시간에 걸친 혈투로 인해 나는 극도로 피곤해졌고 신경은 면도날처럼 날카롭게 곤두세워져 있었다. 피바다로 물든 전쟁터를 보면서도 가슴속에서는 아직도 살기가 가라앉지 않고 있었다. 과거에도 물론 이러한 기분을 느껴본 적이 있으나 이곳 장판파에 와서 최절정에 도달했다.

잠시 후 기력을 회복한 나는 감 부인을 찾아 헤매기 시작했다. 한참 뒤 나무 아래 앉아 있던 감 부인을 발견하고 나는 그녀의 이름을 불렀다. 감부인은 내 목소리를 듣자마자 목 놓아 울기 시작했다. 그녀의 울음소리는 마치 지옥에서 들려오는 비명소리 같았다. 하지만 나는 그것이 이젠 자신이 안전하게 구출되었음을 안도하는 기쁨의 눈물이라는 사실을 알 수 있었다. 이것은 지옥 같은 전쟁터에서 하룻밤을 보낸 사람만이 느낄 수 있는 감정이었다.

하지만 그녀의 흐느낌은 쉽게 끝날 기미가 보이지 않았다. 곧이어 또 다른 불안감이 엄습해왔다. 그 불안감의 실체는 미부인과 아두의 생사를 확인하지 못한 데서 기인하고 있었다.

나는 우선 감 부인을 안전한 장소로 옮긴 후 미 부인과 아두를 찾아 나서기로 했다. 감 부인을 후송하는 내내 여기 저기 흩어져 있던 백성들이 모두 달려 나와 나의 소매부리를 잡고 애원하기 시작했다. 그들 중에는 노약자와 어린 아이들도 있었다. 여든이 넘은 한 노파는 태어난 지 한 달 남짓 된 갓난아기를 품에 안고 있었다.

심각한 부상을 입고 곧 숨이 끊어질 듯한 사람들, 배고픔을 호소하는 사람들, 가족을 모두 잃은 사람들이 곳곳에서 눈에 띄었다.

만약 또 다시 광분한 조조의 군사들이 몰려오는 날이면 이들 모두의 목숨이 위태로웠다. 나는 온몸에 전율이 느껴졌다. 도대체 이들에게 무슨 죄가 있을까? 오로지 유비를 자신의 부모인양 섬기며 피란길마저 마다않고 따라나선 죄밖에 없었다. 그러나 그들을 돕기엔 나 역시 역부족이었다. 나는 어쩔 도리 없이 그들을 외면할 수밖에 없었다.

지금도 가끔씩 장판파 전투의 기억들이 되살아날 때면 나는 악몽에 시달리곤 했다. 사실 나는 영웅이 아니었다. 비록 황제의 가족은 구했을지 모르지만 그를 핑계 삼아 힘없는 노인과 가엾은 아이들을 내팽개친 셈이 되어 버렸다. 나의 선택은 과연 옳았던 것일까? 세상 사람들은 나를 영웅이라고 칭송한다. 그러나 애처로운 눈길로 도움을 요청했던 백성들 또한 나를 영웅이라고 생각할까? 전쟁이란 비정한 것이다. 혹시 전쟁이 일어난다면 여러분은 강도가 될지언정 힘없는 백성은 되지 말라.

그들을 지나치고 얼마 안 가 마침내 우물가에 쓰러져 있는 미 부인을 발견했다. 그녀의 모습은 차마 눈을 뜨고 똑바로 쳐다볼 수 없을 만큼 처참했다. 적군의 공격을 받았었는지 그녀의 두 눈에서는 계속해서 피가 흐르고 있었고 옷은 이미 선혈로 붉게 물들어 있었다. 초점을 잃은 허탈한 표정은 또 다른 불행을 예감하고 있었다. 심한 출혈로 미 부인의 얼굴에는 핏기조차 없었다.

그녀를 지켜보는 내 마음은 더욱 고통스러웠다. 그 명분이 어떻든지 간에 전쟁이란 잔인한 것이며 특히 가장 큰 피해자는 여인이라는 사실을 그녀를 통해 깨닫게 되었다.

그날 이후에 나는 군사들을 이끌고 전투에 참전할 때마다 결코 병사들을 함부로 내버리지 못했다. 나는 비정한 전쟁터에서 그들의 생명을 헛되이 잃게 하고 싶지 않았다. 왜냐하면 그들이 무사히 돌아오길 애타게 기다릴 어머니와 그들의 아내가 떠올랐기 때문이다.

미 부인의 상태는 매우 심각했다. 지금까지 버티고 있었다는 사실이 놀라울 뿐이었다. 그녀는 주위를 더듬더니 아두를 찾아 품에 안았다. 미 부인은 반드시 누군가 자신을 구해줄 것이라는 믿음을 버리지 않았다고 했다. 그러한 희망이 있었기에 지금까지 지탱할 수 있었다는 그녀의 말에 나는 가슴이 뭉클해왔다. 미 부인은 고통 속에서도 환한 미소를 지어보였다. 나는 이렇게 밝은 미소를 한 번도 본 적이 없었다. 그녀는 곧 비장한 말투로 말했다.

"장군, 우리 아두를 잘 돌봐주세요."

그리고 그녀는 아두를 다시 바닥에 내려놓았다. 멀리서 우리를 발견한 조조의 군사 일부가 이쪽을 향해 다가오는 소리가 들렸다. 전쟁이 모두 끝난 것은 아니었다. 매우 급박한 상황이었기에 나는 우선 미 부인을 재촉하여 말에 오르게 했다. 하지만 그녀는 담담한 표정으로 고개를 가로저으며 이렇게 말했다.

"적군이 몰려오고 있는데 제게 말을 주고 나면 장군은 어쩌려고 그러세요?"

이것은 그녀의 마지막 말이 되었다. 그녀는 미처 말릴 틈도 없이 스스로 우물 속에 몸을 던진 것이다.

그 후 꽤 오랜 세월이 흘렀음에도 나는 연약한 여자의 몸으로 용기와 지조를 잃지 않았던 미 부인의 마지막 모습을 잊을 수가 없었다. 그녀가 보여주었던 용기는 남자인 나도 감히 흉내 내지 못할 깊은 감동을 안겨 주었다. 그녀는 천하의 그 어떤 영웅호걸들과 비교해도 결코 손색이 없을 진정한 용기를 지녔던 여장부였다.

이제 남은 것은 아두뿐이었다. 어머니의 죽음도 모르는 채 천진난만한 미소를 짓고 있는 아두를 보는 순간 갑자기 알 수 없는 용기가 솟아났다. 아두는 피비린내 진동하는 이 전쟁터의 한복판에서도 조금도 겁먹은 표정 없이 환하게 웃고 있었다. 그의 순진무구한 미소가 나로 하여금 전쟁의 공포와 피로를 한순간 잊게 해주었다. 아두가 결코 평범한 인물이 아님을 나는 그 순간 확신하게 되었다.

유비의 기구한 운명과는 달리 이처럼 낙천적인 성격을 타고난 아두가 신기하기만 했다. 아두에게는 감히 범접할 수 없는 황족의 피가 흐르고 있음이 분명했다. 아두는 반드시 무너진 한조의 강산을 부활할 황제가 되고 말리라는 기대로 내 가슴이 충만해졌다. 나는 아두를 품에 안고 말을 달렸다. 미 부인의 희생을 뼈에 새기며 나는 전쟁의 처참한 살육에 점점 무뎌져만 갔다.

✽ ❋ ✽

그 후에도 나는 장판파 전투에서 살상의 경전이라고 부를 수 있을 만한 명장면들을 만들어냈다. 나의 창끝에서 목이 달아난 적군은 그 끝을 헤아릴 수도 없었다. 그러나 그 정도로는 아직도 분이 풀리지 않았다. 아두와 나를 뒤쫓던 적장 형우도는 결국 내 칼날에 목숨을 잃고 나서야 추격을 멈추었다. 안명과 장합마저 따돌리고 나자 비로소 탈출에 성공할 수 있었다.

이처럼 숨 막히는 접전에서 만약 청강검이 없었다면 아두를 데리고 탈출을 감행하기란 거의 불가능했을 것이다. 만약 하후은(夏侯恩)을 만나지 못했다면 청강검을 손에 넣는 일도 없었을 것이다. 그런 점에서 나는 매우 운이 좋은 편이다.

하후은은 본래 조조의 신임을 한몸에 받고 있던 맹장이었다. 당시 조조는 천하제일의 청강검을 보유하고 있었는데 하후은에게 이 검을 주었다고 한다. 청강검은 강호의 영웅들이라면 누구나 탐내는 진귀한 검이었다. 전설에 의하면 청강검은 몸에 지니기만 해도 천군만마를 얻은 것과 같다고 했다.

하후은은 항상 그림자처럼 조조의 뒤만 따라다녔기에 강호에서는 베일에 가려진 존재였다. 따라서 그의 수중에 감춰진 청강검을 직접 본 사람은 거의 없었다. 그런 자와 대결할 수 있다는 사실은 행운이 아닐 수 없었다. 다만 지금도 이해되지 않는 것은 그가 왜 조조를 두고 혼자서 장판파를 헤매고 다녔는가 하는 의문이다. 설마 시체가 수북하게 널려 있는 장판파의 살풍경에 매력을 느꼈던 것은 아닐까?

그와의 대면은 이미 예정된 운명인지도 모른다. 그의 검술이 도대체 어느 정도인지 이미 명성을 들어 잘 알고 있었기에 이번 대결이 쉽사리 끝날 것이라고는 믿지 않았다. 다행스러운 것은 그가 나의 무공이 어느 수준인지 전혀 짐작하지 못하고 있다는 점이었다.

예상대로 그의 선제공격이 시작되었다. 말로만 듣던 청강검을 높이 든 그는 마치 날아오르듯이 나를 향해 힘껏 내리쳤다. 하지만 나는 귀신처럼 민첩한 동작으로 창을 들어 그의 심장 가장 깊숙한 곳까지 찔러 넣었다. 그는 말 위에서 고꾸라져 바닥에 나뒹굴었고 그 순간을 놓치지 않은 나는 청강검을 손에 넣는 데 성공했다.

사람의 목숨을 앗을 수도 있고 살릴 수도 있는 진귀한 보검. 그것을 손에 쥔 나는 뛸 듯이 기뻤다. 그 뒤로도 마연, 장남, 장의, 초촉과 같은 적장들을 차례로 만났다. 그들은 모두 하북을 대표하는 유명한 검객이었다. 그들을 비롯한 수천 명의 군사들은 경산 부근에서 나를 겹겹이 에워싸고 궁지에 몰아넣었다.

막다른 골목에 다다른 나는 죽기를 각오하고 청강검을 휘둘렀다. 하지만 구름처럼 몰려든 적군들을 죽이는 데는 한계가 있었다. 이들을 다 없애려다가는 내가 먼저 지쳐서 쓰러질 것만 같았다. 어느새 손에서 경련마저 일었다.

조조는 경산의 정상에서 이러한 광경을 모두 지켜보고 있었다. 광분한 나의 검에 자신의 부하들이 낙엽처럼 쓰러져 가는 모습을 보고도 화를 내기는커녕 입가에 엷은 미소까지 지으며 이렇게 말했다고 한다.

"대단한 녀석이군. 또 하나의 영웅이 탄생했구나."

그래서 나를 살려두기로 결심했다는 후문을 들었다. 조조는 전령을 보내어 내 이름을 알려달라고 부탁했고 나는 순순히 가르쳐주었다. 물론 내 이름을 물어본 사람이 조조라는 것을 처음부터 알았다면 절대 가르쳐 주지 않았을 것이다. 조조는 조운이라는 내 이름을 듣고 금시초문인 듯 측근들에게 물었다.

"이 자의 이름을 들어본 사람이 있느냐?"

그 자리에 있던 수많은 장수들은 모두 모른다고 대답했다. 그러나 분명 허저는 내 이름을 모를 리가 없었다. 다만 그는 나의 이름을 입에 담고 싶지 않았을 것이다. 자신의 인생에서 가장 치욕적인 순간을 떠올려야 했을 테니까 말이다.

조조는 다시 이렇게 말했다.

"그와 같은 맹장이 무명의 용사라니. 대단하지 않은가? 만약 저런 자가 나를 위해 싸워준다면 천하가 내 것이 되는 것은 시간문제겠지?"

그래서 조조는 당장 현상금을 걸었다.

"조운을 생포하는 자에게 상금 천 냥을 내리겠다."

하지만 조조의 명령은 여러 사람의 입을 거치는 동안 다음과 같이 엉뚱하게 바뀌었다. '산 채로 껍질을 벗겨오는 자에게 상금 천 냥을 내리겠다' 그리고 이 말은 다시 '조운을 천 꺼풀 벗겨오는 자에게 상을 내리겠노라'로 둔갑하고 말았다. 이것은 결국 내게 적개심만 불러 일으키는 결과를 가져왔다.

솔직히 나도 인간인 이상 아무리 적군이라고 해도 무자비한 살상으로 인한 자책감이 들 수밖에 없었다. 하지만 조조가 내건 상금에 눈이 어두워 굶주린 개떼처럼 몰려드는 적군을 보자 오히려 일말의 죄책감도 남지 않게 되었다.

따라서 양심의 가책을 덜어준 조조에게 감사할 따름이다. 무지막지한 도끼날까지 휘두르며 미친 듯이 달려오는 적군을 향해 나는 청강검을 휘둘렀다. 그들의 머리가 한 놈도 빠짐없이 반 토막 나기 시작했다. 발밑에 나뒹구는 그들의 시체를 뒤로 하고 나는 전쟁의 대 서사시를 방불케 하는 장판파를 유유히 빠져 나가고 있었다.

✸ ❀ ✸

나의 일생에 있어 가장 유감스러운 일로 기억되는 것은 최고의 고수를 죽이지 못한 일이다. 나의 손에 목숨을 잃은 강호의 고수들 중에서 가장 유명한 인물이라면 역시 고람(高覽)이었다. 그는 장합과 쌍벽을 이루는 맹장이었지만 너무 일찍 죽는 바람에 사람들은 그의 이름조차 기억하지 못한다.

그밖에 내 손에 목숨을 잃은 사람들 중에도 잠재력을 충분히 갖추고 있던 젊은 명장들이 여럿 있었다. 만약 살아 있었다면 분명 역사의 한 페이지를 장식했을 맹장들이었다. 그들이 나를 만나게 된 것은 개인적으로도 커다란 불행이 아닐 수 없었다. 뛰어난 기량을 세상에 펼쳐 보일 기회도 갖지 못한 채 나의 날렵한 창과 검 앞에서 무릎을 꿇어야 했다.

또한 안량이나 문축같은 최고의 경지에 올라 있던 고수를 죽일 기회가 없었다는 것도 안타까운 일이 아닐 수 없다. 그들은 세상물정 모르고 덤벼대는 풋내기 같은 무모함이 없었다. 결과를 예측할 수 없거나 위험을 감지하게 되었을 때 그들이 택한 최고의 방법은 바로 삼십육계 줄행랑이었다. 문축과 허저처럼 말이다. 만약 그들과 단 10여 회의 회합만이라도 벌일 기회가 주어졌다면 그들의 수명도 지금처럼 길지는 못했을 것이다.

장판파 전투에서 처음으로 이름을 날리게 된 이후로 대면하게 되는 적수들마다 내가 조운이라는 사실을 알고 나면 모두들 오금이 저린 표정으로 뒤꽁무니를 뺄 생각만 했다.

당시 최고의 고수였던 장합이 서황과 손을 잡고 예순을 넘긴 황충을 괴롭힌 적이 있었다. 그 장면을 목격한 내가 가만히 있지 못하고 즉시 그들을 쫓아내게 되었는데 만약 그냥 지나쳐버렸다면 황충은 벌써 저세상 사람이 되어 있을 것이다. 창을 휘두르는 나를 알아보게 된 그들은 그 길로 곧장 도망치고 말았다. 이것은 솔직히 전혀 상상하지 못했던 일이다. 설마 천하제일의 그들이 나의 명성에 지레 겁을 먹은 것일까?

때때로 나는 고독을 벗 삼아야 했다.

내 손에 마지막으로 피를 묻게 한 고수는 한(韓) 씨 가문의 다섯 호랑이들이다. 유비가 세상을 떠났을 당시 나 또한 이미 반백의 나이였다. 나는 제갈공명을 따라 조조를 정벌하기 위해 위나라로 향하고 있었다.

장안에 당도하자 한덕(韓德)이 자신의 네 아들을 이끌고 와서 대결을 신청했다. 한덕과 그의 아들이 모두 용맹한 장수라는 소문을 익히 들어서 알고 있었다. 그들은 관우와 장비에 필적하는 위력을 지녔다고 했다.

하지만 이들만큼은 눈곱만큼의 과장도 허세도 덧붙여지지 않은 실력을 여실히 증명해주었다. 천하영웅의 1세대들의 대부분이 죽고 없던 이 시기에 그들은 새로운 강호의 패왕이 되고자 했다. 그들의 무공은 매우 감각적이었다. 그러나 그들의 명성은 나를 만나게 된 이후 땅에 떨어지고 말았다.

나는 그들과의 대결에서 승리를 얻은 것이 통쾌하지만은 않았다. 왜냐하면 강호의 새바람을 일으킬 고수들의 출현하기를 바라는 세상의 기대를 내가 나서서 뿌리째 뽑아버린 것은 아닌가 하는 회의가 들었기 때문이다. 그들은 사실 단 한 번의 방심으로 목숨을 잃고 말았다.

그러나 나는 한덕의 네 아들 중 한 아이의 눈에서 범상치 않은 총기가 흐르고 있음을 보았다. 그래서 이 아이만큼은 살려두기로 마음먹었다. 강호에는 비록 기골이 장대하고 허우대는 멀쩡하지만 실은 산송장에 지나지 않은 자들이 적지 않았다. 오히려 이 아이처럼 총기가 반짝이는 고수를 지난 수년간 만나 본 적이 없었다. 그래서 나는 우선 이 아이를 시험해 볼 생각으로 결투를 신청했다. 그가 가진 창술의 수준을 가늠해보고 싶다는 목적일 뿐 죽이고자 하는 마음은 애초에 없었다. 그리고 과연 그 아이는 나를 실망시키지 않았다.

나는 이제 피비린내 나는 전투에서 손을 떼고 강호를 떠나기로 결심했다. 나에게 이런 결심을 안겨준 새로운 강호의 영웅에게 감사한다. 하지만 나의 이 같은 결정은 사실 새로운 강호의 영웅을 탄생시키고픈 나의 오랜 염원이 크게 작용했다. 이 점이 바로 나와 관우가 본질적으로 다른 차이점이다.

강호는 너무 오래 적막강산으로 지냈다. 관우, 장비가 죽고 황충과 마초도 죽었다. 허저와 광덕마저 사라진 지금 강호에는 스산한 바람만 불고 있다. 이제 강유의 출현은 오랜 강호의 침묵을 깨고 활기를 불어넣어줄 것이다.

그 후 모두의 환호를 받았던 일은 제갈공명에게 강유를 추천한 일이다. 공명은 강유를 자신의 수하에 들여서 그를 키웠다. 강유는 어쩌면 평생 나의 전성기를 능가하지 못할 수도 있다. 나와 같은 불굴의 투지가 부족할 수도 있다. 하지만 호방하고 경쾌한 그의 천성은 분명 훌륭한 장수로 성장할 좋은 밑거름이 되리라 믿는다.

창술과 검술은 제외한다 하더라도 경공(輕功)과 궁술 면에서도 나의 솜씨는 천하제일을 자부한다. 그러나 경공을 선보인 것은 딱 한 번 절강(截江)에서 아두를 빼앗아 나올 때뿐이었다. 당시 작은 돛단배에서 마치 날아오르듯 동오의 범선으로 뛰어 올랐었다. 그것은 또 하나의 전설로 남게 되었다.

검술에 대해서 말하라면 아는 사람이 그리 많지는 않다. 적벽대전이 있기 전날 밤, 도도한 강물이 소용돌이쳐 흐르는 장강에 일엽편주 하나를 띄우고 나는 정봉의 범선에 화살을 쏘아 배의 밧줄을 두 동강으로 끊어버렸다. 정봉의 돛은 한 조각의 구름이 사라지듯 갑판 위로 떨어졌다. 그 화살을 쏜 사람이 바로 나라는 사실은 두말하면 잔소리다.

사람들이 내게 열광하는 이유를 나는 잘 알고 있다. 세상에 태어나지 말아야 했을 악인들을 죽여서도, 혹은 뛰어난 무공을 지닌 고수라서도 아니다.

솔직히 나는 인명을 경시하는 사람은 아니다. 평생을 강호를 무대로 종횡무진하며 다녔지만 명분 없는 살상은 한 번도 자행한 적이 없다. 또한 단 한 번도 내 자신의 이익과 명성을 위해 인명을 살상한 경우는 없었다고 자부한다. 그래서 내 삶은 언제나 고독했다. 사람들은 나를 일컬어 고독한 영웅이라고 부르기도 한다. 아마도 수천 년이 흐른 후에 사람들은 나를 영웅의 표상으로 삼을 지도 모르겠다.

물론 고독을 즐기기는 하지만 나는 이기적인 사람은 아니다. 나는 개인의 이익보다 명예를 우선하며 나를 믿어주는 사람에게는 끝까지 충성을 다했다. 비록 나와 의형제를 맺은 사이는 아니지만 천하의 영웅들과 나는 형제처럼 지냈다. 그들은 위험한 순간이 닥치면 어김없이 나를 떠올렸다. 신야에서 유비를 호위하여 형주의 홍문연(鴻門宴)을 빠져나온 것도 나였다. 또한 공명을 마중하기 위해 일엽편주에 몸을 맡긴 채 거대한 장강의 물살을 헤치고 나갔으며, 호랑이 굴에 제 발로 찾아들어간 유비를 보필하여 손권의 누이를 배필로 맞게 한 사람도 나였다.

임종을 앞둔 유비는 자신을 도와 한조를 재건하게 했던 수많은 원로대신들과 제갈량을 제쳐두고 오직 내게만 유언을 남겼다. 그때 제갈량의 얼굴이 마치 벌레를 씹은 듯이 떨떠름했던 것이 아직도 기억난다. 그러나 유비가 남긴 마지막 말은 영원히 나 혼자만의 비밀로 간직하련다.

조조와 지혜겨루기 **열**

영웅이 갖추어야 할 조건이란 무엇일까?

　불가능한 일을 가능하게 만드는 원동력은 천길 지옥으로 추락했을 때 비로소 불사르게 되는 오기와 투지에서 나온다. 진정한 영웅의 기준은 바로 책임감과 용기, 그리고 기적을 창조해내는 오기에 달려 있다. 또한 함부로 나서지 않으나 일단 칼을 뽑았다면 전광석화와 같이 상대의 급소를 노려 다시는 반격할 기회를 주지 않는 것이 진정한 고수가 갖추어야 할 핵심 포인트이다. 더불어 충성심까지 갖추었다면 그 존재 자체가 신이 내린 최고의 선물일 것이다.

영웅이 되기를 바란다면
평생 부끄러움 없이 그 꿈을 좇아라.

　평생 하나의 목표를 가지고 살아가는 것은 쉬운 일이 아니다. 삶에는 언제나 예측불허의 사건이 뒤따르기 때문이다. 때로는 뜻을 굽혀야 할 때도 있고, 또 때로는 실패의 쓴 잔을 맛볼 수도 있다. 하지만 그 모든 것을 이기고 한 가지 목표를 향해 살아온 자만이 영웅의 칭호를 얻기에 부끄러움이 없는 사람인 것이다.

열 하나,
어리석은 장간

생존전쟁이라 불리는 현대사회에 살고 있는 당신은
영웅을 꿈꾸는 한 명의 전사가 되어야 한다.

조조의 백만 대군이 강남으로 이동해오면서 장간(蔣干)도 따라서 장
강변으로 옮겨왔다. 장간은 오(吳)나라의 총사령관 주유가 자신과 동문
수학했던 옛 동창이라는 사실을 알고 심기가 편치 않았다.

'나는 지금 조조의 수하에 있으면서 제대로 기를 펴지 못하고 있는
데 주유는 동오의 총사령관이라니. 도대체 조조는 어쩔 셈이지?'

장간은 조조의 얼굴에 소똥이라도 던지고 싶은 충동마저 치밀어 올
랐다. 그래서 장간은 조조에게 병가를 내면서 그 김에 개인의 자격으
로 동오의 주유를 만나고 돌아오겠다고 했다. 비록 양 측의 군대가 팽
팽하게 대립하고 있는 상황이었으나 조조는 흔쾌히 수락해주었다.

그러나 사실 조조도 나름대로의 계산이 있었다.

'장간에게는 중요한 자리를 내주지 않았으니 군사 비밀 문건을 보았

을 리가 없지. 옛 친구를 만나러 동오에 간다고 해서 아군에 타격을 미칠 전혀 이유가 없다. 설사 돌아오지 않는다고 해도 낭패를 볼 일이 없지 않은가.'

떠나기 전날 장간은 의미심장한 말을 남겼다.

"옛 동무를 만나 오랜만에 술 한잔 한 후에 그쪽의 상황을 알아보고 오겠습니다."

장간은 강을 건너 곧 동오의 해안에 다다르게 되었다. 그가 뭍으로 오르자 간첩으로 착각한 오나라의 초병이 오랏줄을 가져와 그를 포박시켰다. 얼굴이 벌겋게 달아오른 장간이 고함을 질렀다.

"어서 밧줄을 풀지 못하겠느냐. 그렇지 않으면 너희들은 모두 후회하게 될 것이다. 내가 누군지 아느냐?"

"네가 설사 조조의 아버지라고 해도 겁날 것이 없다."

장간은 자신과 주유와의 관계를 말하고자 했으나 초병은 그의 입을 천으로 틀어막았다. 주유는 간첩을 잡았다는 소식을 듣고 그를 심문하기 위해 급히 달려왔다. 주유의 얼굴을 본 장간은 기뻐서 어쩔 줄 몰랐다.

"주유, 반갑네. 자네가 총사령관이 되어있을 줄은 몰랐어. 하지만 언젠가는 출세하리라고 믿어 의심치 않았다네. 자네, 나랑 한밤중에 몰래 서리하러 다니던 것 기억 안 나나? 달리기는 자네가 훨씬 빨랐지."

하지만 주유는 이맛살을 잔뜩 찌푸리며 그렇게 물었다.

"너는 누구냐?"

"무슨 말인가? 정녕 나를 모른단 말인가? 배은망덕도 유분수지. 나는 자네와 동문수학했던 장간일세. 밤에 우리 둘이서 등불을 끄고 누워서 얘기도 나눴지 않은가? 우리의 우정은 절대로 변치 말자고 자네 입으로 먼저 말하지 않았나?"

"장간이라고?"

주유는 이제야 옛 추억이 되살아난 듯 아는 체를 해왔다.

"장간, 너였구나? 그동안 어디에 있었나?"

장간은 괴로운 표정을 지으며 말했다.

"말하자면 길지. 아무튼 뜻대로 되지 않았다네. 조조의 수하에 십년을 있는 동안 겨우 7품의 말단 관리로 지내고 있으니 자네와는 비교도 안 되지?"

주유가 말했다.

"자네의 꿈은 위대한 희극배우가 되는 게 소원이 아니었나? 어째서 예술을 버리고 정치를 택했나?"

장간은 난감한 기색을 감추며 웃는 얼굴로 말했다.

"자네도 알다시피 예술가의 시대는 물 건너갔다네. 요즘 사람들은 예술가를 가난하고 고달픈 직업으로 여기더군. 나라고 별 수 있었겠나. 산 입에 거미줄 칠 수는 없지 않은가!"

주유는 장간의 딱한 처지를 듣고 안타까운 생각이 드는 한편으로는 자신의 부하들 앞에서 불쑥 수박 서리 이야기를 꺼내 자신을 망신시킨 장간이 원망스러웠다. 그래서 속으로 '예전에는 친구였지만 지금은 조조의 부하가 되어 왔으니 죽어도 나를 원망할 생각은 하지 마라' 고 중얼거렸다. 그러나 주유는 티를 내지는 않고 만면 가득 웃음을 머금고 이렇게 말했다.

"장간, 그동안 얼마나 보고 싶었는지 아는가? 설마 이렇게 다시 만날 줄은 정말 몰랐네."

봄바람이 일듯 장간의 어두운 마음이 한결 밝아졌다.

자신을 반기는 주유를 보자 장간은 뿌듯한 마음에 속으로 이렇게 큰 소리를 쳤다.

'조조 이놈! 내가 네가 아니면 어디 가서 밥도 못 얻어먹을 거라고 여겼겠지만 오산이다. 총사령관 주유가 바로 내 친구란 말이다.'

주유는 그날 저녁 군영에서 장간을 위한 연회를 열기로 했다. 모든 문무 대신들이 모두 참석한 자리에서 주유는 장간의 손을 잡고 오랜 우정을 과시했다.

장간은 막사 주위를 찬찬히 살펴보는 것을 잊지 않았다. 병력의 수와 무기고, 군량미까지 봐두었다. 장간은 주유가 자신을 친형제처럼 대하는 것과 병사들이 그의 눈앞에서 사열하는 모습을 보고는 가슴이 훈훈해지기 시작했다.

'참, 예전까지만 해도 세상 물정 모르는 철부지인지라 도대체 어디로 튈 줄을 몰라 조조와 한 배를 탄 것이 어영부영 십년이 흘렀구나. 만약 그때 주유를 따랐다면 지금쯤 부사령관을 맡고 있을 지도 모르는 일 아닌가?'

주유는 장간을 자신의 부하장수들과 문무대신에게 일일이 소개시켜주며 물었다.

"장간, 옛 친구와 함께 하니 좋은가?"

장간은 동오의 문무 고관대작들이 자신을 주유와 마찬가지로 공손히 대하자 자신도 모르는 사이에 의기양양해졌다.

"그럼 좋고말고. 자네가 있는데 어떻게 나쁠 수 있겠는가?"

주유는 장간의 잔에 직접 술까지 따르며 모든 대신들에게 장간을 위한 축배를 들도록 했다. 장간은 현기증이 날 것만 같았다. 정신이 얼떨

떨해진 장간은 이런 생각이 들었다.

"옛날 친구의 실력이 얼마나 대단한지 보고 나니 어머님 얼굴을 볼 면목이 없군."

술자리를 물리고 난 후 주유는 장간과 같은 침대에서 잠이 들었다. 그러나 장간은 모든 일이 꿈만 같았다. 감격에 겨운 장간은 밤새 한잠도 이룰 수가 없었다.

그러나 어떤 잔치도 반드시 끝이 있었다. 다음 날 아침 장간이 작별 인사를 하려고 하니 주유는 자신과 함께 손을 일하자며 가지 말라고 잡았다. 장간은 한참을 망설였으나 결국 냉정한 결정을 내려야 했다.

"아무래도 어렵겠네. 이번에 자네를 만나러 온 것은 순전히 사적인 만남이라네. 처자식을 조조에게 두고 온 이상 그럴 수는 없다네."

주유는 실망의 기색을 감추며 고개를 끄덕였다.

"친구여, 돌아가 잠시 참고 기다리게. 내가 조조를 물리치고 나서 다시 자네와 자네의 가족들을 부르겠네."

그 말을 들은 장간은 너무나 감격스러웠다. 그는 옛정을 참지 못하고 주유의 군대가 비록 충분한 군사와 양식을 보유하고 있긴 하지만 조조의 백만 대군을 결코 얕잡아 보아서는 안 될 거라며 주제 넘는 신신당부를 했다.

"알았네. 내 걱정은 말게나. 조조의 군대는 모두 북방출신의 병사들이라 장강도 건너지 못하고 모두 배가 뒤집히고 말거라네."

주유는 자신만만하게 말했다. 그 말은 들은 장간은 그만 하지 말아야 할 말을 하고 말았다.

"반드시 그렇지 만은 않다네. 채모(蔡瑁)와 장윤(張允)이라는 수전에 능수능란한 남방의 병사가 조조에게 투항했다네. 그들은 지금 조조의 병사들에게 수전을 가르치는 중이라는군.”

주유는 어떻게 해서든지 그들을 제거하고 싶었다. 그래서 장간을 이용해야겠다는 생각이 들었다. 이 좋은 기회를 놓칠 수는 없었기에 주유는 슬쩍 말을 흘렸다.

“장간, 자네가 모르나 본데 채모와 장윤은 내가 은밀히 조조의 측근으로 심어놓은 사람이라네. 그들은 수병을 훈련시키는 척하면서 독약을 이용하여 조조의 병사들을 없앨 준비를 하고 있다네. 장강을 건너기도 전에 병사들은 갑판 위에서 토사곽란을 일으키고 말 걸.”

또한 주유는 편지 하나를 꺼내어 장간에게 보여주며 말했다.

“이것은 채모와 장윤이 보내온 편지로 모든 일이 계획대로 순조롭게 돌아가고 있다고 하네. 얼마 전 조조의 병사들에게 파두(巴豆)를 먹이는 데 성공했으니 다음번에는 비상(砒霜)을 먹일 생각이라는군.”

장간의 얼굴이 달아올랐다. 적군과 아군을 가릴 것 없이 정정당당한 방법으로 겨뤄야 한다는 것의 그의 생각이었다. 따라서 비상이나 파두 같은 독극물을 먹이는 방법은 비겁한 방법이 아닐 수 없다. 아무리 적군이 되어 버린 주유지만 이런 추잡한 술수를 쓰는 것은 친구 간에 할 짓이 아니었다. 장간은 묵묵히 침묵을 지킬 따름이었다.

❉ ❊ ❉

장간은 장강을 건너 조조에게 돌아왔다.

그를 맞이한 조조는 주유를 만나고 온 소감이 어떠냐고 물었다. 장간은 주유와 형체처럼 말을 섞던 조금 전의 모습은 온데간데없이 사라지고 즉시 동오에서 보고 들은 모든 사실을 고자질하기 시작했다.

"채윤과 장윤은 사실 주유가 보낸 첩자였습니다."

그 말을 들은 조조는 채모와 장윤을 잡아와 그 자리에서 목을 베어 버렸다. 그러나 이내 조조는 자신이 큰 실수를 저질렀음을 깨닫고 후회하기 시작했다. 조금 늦기는 했지만 주유가 짜놓은 계략에 말려들었음을 깨닫게 된 것이다. 조조의 참담한 표정을 본 장간 또한 주유가 자신에게 거짓 정보를 흘렸음을 알아차렸다. 장간의 심정은 참담하기 이를 데 없었다.

"주유, 나는 옛 친구가 그리워 위험을 무릅쓰고 장강을 건너갔건만. 너는 나를 환영하는 척하면서 실은 우정을 이용하여 잇속만 차리려 하는구나!"

주유와의 어린 시절을 떠올리자 장간은 더욱 개탄을 금할 수가 없었다.

"출세를 하더니 사람이 변했구나. 어쩐지 사람들이 속이 시커먼 까마귀라고 하더니만…."

장간은 기필코 주유를 다시 찾아가 이를 따져야겠다고 결심했다. 만약 그가 만나주지 않는다면 주유와의 절교를 선언하는 성명서를 내거나 옛 동창들에게 그의 죄상을 알리는 편지를 보내야겠다고 벼르게 되었다.

장간을 태운 배가 해안에 닿자, 이를 본 주유는 내심 '이번에도 얼간이로 만들어 볼까?' 하는 생각을 감추고 지난 번의 일을 사과부터 했다. 그는 이 모든 것이 자신의 부하가 꾸민 짓이라고 변명했다. 또한 그를 이미 내쫓았으니 그만 화를 풀라고 했다. 또한 가짜 편지 역시 부하가 위조한 것이므로 자신은 전혀 모르는 일이었다고 딱 잡아떼었다. 장간은 이와 같은 주유의 말을 듣고 보니 그래도 마음이 한결 가벼워졌다.

"주유, 나는 자네가 똑똑한 줄 알았더니 완전 헛방이구만. 하마터면 우리의 우정에 금이 갈 뻔하지 않았나."

주유는 연신 사과를 했다.

장간은 진심으로 뉘우치는 주유의 태도에 노여웠던 마음이 모두 사라졌다. 비록 앞으로는 각자 자신의 위치에서 살아가겠지만 옛 우정만큼은 잊지 않겠다고 결심했다. 장간은 이제 주유를 용서하기로 하고 강동에 더 이상 머물지 않기로 마음먹었다.

장간이 작별인사를 하려고 하자 주유가 그의 소맷자락을 잡으며 만류했다. 자신이 진 마음의 빚을 갚고 싶으니 우선 임시거처에서 머물면서 조만간 술 한잔을 나누면 어떻겠느냐는 것이었다.

주유의 간청을 차마 거절할 수 없었던 장간은 며칠만 더 강동에 머무르기로 했다. 장간은 지난번 주유의 환대가 너무 거추장스럽다는 생각이 들었다. 그래서 주유에게 말했다.

"우리는 허물없는 동창지간이니 겉치레는 그만두게. 조용한 거처면 족하다네."

그러자 주유는 장간에게 절에서 지낼 것을 권유했다. 장간은 듣고 보니 심기가 불쾌해 졌지만 겉으로는 아무렇지도 않다는 듯이 말했다.

"절이면 또 어떤가? 아무튼 며칠만 지내면 돌아갈 테니 온 김에 이 절의 스님한테 경이나 듣고 가야겠네."

절에 도착한 장간은 주지스님을 만나게 되었는데 그는 서른 살 정도의 학자로 이름은 방통이며 봉추선생으로 불린다고 했다. 봉추 선생의 명성은 장간도 익히 알고 있던 차였다. 조조와 유비가 서로 먼저 방통을 찾으려고 혈안이 되었다는 소문도 있었다.

장간의 학식도 남부러울 것은 없었으니 그는 학문이 깊은 사람을 보면 절로 존경하는 마음이 드는 성격이었다. 그는 자신이 이곳에 와서 방통을 만나게 된 것을 매우 다행스럽게 여기며 영광으로 생각하게 되었다. 하늘의 뜻이라면 오로지 감사할 따름이었다. 그러나 이 모든 것이 주유가 짜놓은 계략이었다는 사실을 장간은 전혀 눈치 채지 못했다.

봉추선생을 만난 장간이 물었다.

"어째서 이 절에는 주지 스님 한 분 뿐입니까? 다른 스님들은 모두 어디에 계신가요?"

봉추선생이 말했다

"불을 피해 모두 달아났습니다."

"주지 스님은 어째서 몸을 피하지 않았습니까?"

"그건 내가 지금 도를 수련하고 있기 때문입니다. '구음진경(九陰眞經)'을 연마하기만 하면 높은 담도 지붕도 훌쩍 뛰어넘을 수 있습니다. 그뿐 아니라 다른 사람의 머릿속까지 훤히 꿰뚫어 보게 되지요."

장간은 깜짝 놀라서 물었다.

"그렇다면 손권이나 유비의 머릿속도 가능합니까?"

봉추선생이 말했다.

"문제없지요."

장간은 잠시 생각에 잠겼다.

'이 스님이야말로 우리가 찾던 인재중의 인재가 아닌가? 만약 그가 조조의 병사들에게 "구음진경"을 가르치기만 하면 손권과 유비를 물리치는 일은 식은 죽 먹기가 되겠군. 수많은 군사를 동원하여 굳이 전쟁을 치를 필요도 없고 말이야.'

또 다른 생각이 장간의 뇌리를 스쳐갔다.

'지난번 거짓 정보로 인해 조조에게 점수를 잃었으니 이번에 봉추선생을 모시고 가서 조조에게 소개시키면 과오를 만회할 수 있지 않을까?'

장간은 자신의 행동이 주유의 기반을 무너뜨리는 배신행위라는 사실 따위에는 아랑곳없이 현란한 말솜씨를 발휘하여 봉추선생을 조조의 편으로 만들고자 했다. 봉추선생은 한참을 망설이는 것 같더니 마지못해 장간의 요청을 승낙했다. 한시도 시간을 지체할 수 없던 장간은 봉추선생을 이끌고 야밤에 강동 땅을 떠났다.

장간과 봉추선생을 태운 배가 어둠 속에서 강동 땅 저편으로 사라지고 있었다. 먼발치에서 그들을 바라보던 주유는 회심의 미소를 지으며 노숙(魯肅)에게 말했다.

"봉추선생이 가짜 '구음진경'을 조조의 병사들에게 전수하게 되면 그들은 머지않아 모두 미치광이 아니면 두꺼비로 변하고 말 것이다. 그 때를 기다렸다가 강남으로 쳐들어가 저들을 하나도 남김없이 불태워 죽이면 적벽대전은 우리의 승리로 끝나고 말 것이다."

어리석은 이기주의자를 경계하라.

정치적 투쟁에서 휴머니즘을 운운하는 것은 지나친 환상이자 민폐다. 진정한 우정이란 오로지 상아탑 안에서만 존재할 뿐이라는 말도 있다. 장간은 바로 이 점을 망각했기에 스스로 화를 부르고 말았다. 당신이 만약 장간형 인간이라면, 혹은 장간형 인간이 주위에 있다면 어서 빨리 지금 있는 곳에서 나오라. 합리적인 판단을 하지 못할 정도로 휴머니즘의 환상에 빠져 있는 장간형 인간은 주위에 큰 손해를 끼칠 뿐이다.

과욕은 화를 부른다. 자제는 영웅의 미덕이다.

과욕과 자격지심은 화를 가져오는 경우가 많다. 출세를 위하여 노력하는 것은 좋지만, 그 노력이나 의욕이 실제 할 수 있는 것보다 과하면 결국 돌아오는 것은 실패뿐이다.

미래를 여는 지식의 힘—

상상예찬 (주) :: 도서출판 선·미디어

http://www.smbooks.com Tel. 02-325-5191

바보온달,
조조와 지혜를 겨루다

지은이 | 런하오(仁 灝)
옮긴이 | 임지영
펴낸이 | 김원중

편   집 | 이민수, 손정아
디자인 | 송혜련
마케팅 | 손광섭
관   리 | 이지영

초판인쇄 | 2006년 7월 25일
초판발행 | 2006년 8월 1일

출판등록 | 제301-1991-6호(1991.7.16)

펴 낸 곳 | 도서출판 선미디어
            상상예찬 (주)
주   소 | 서울시 마포구 상수동 324-11
전   화 | (02)325-5191 팩   스 | (02)325-5008
홈페이지 | http://smbooks.com

```
                          03820
 9 788986 089097
```
ISBN 89-86089-09-2 03820

값 10,000원